侯会 著

文集诗薮

WEN JI
SHI SOU

讲给孩子的国学经典

（四）

生活·讀書·新知 三联书店

图书在版编目（CIP）数据

讲给孩子的国学经典．第四册，文集诗薮 / 侯会著．—北京：
生活 · 读书 · 新知三联书店，2020.8
ISBN 978－7－108－06831－6

Ⅰ．①讲…　Ⅱ．①侯…　Ⅲ．①国学－青少年读物②中国文学－古典文学－作品综合集
Ⅳ．① Z126-49 ② I212.01

中国版本图书馆 CIP 数据核字（2020）第 060921 号

责任编辑　王海燕
装帧设计　蔡立国
责任校对　曹秋月
责任印制　宋　家
出版发行　生活 · 讀書 · 新知 三联书店
（北京市东城区美术馆东街 22 号 100010）
网　　址　www.sdxjpc.com
经　　销　新华书店
印　　刷　河北鹏润印刷有限公司
版　　次　2020 年 8 月北京第 1 版
2020 年 8 月北京第 1 次印刷
开　　本　635 毫米 × 965 毫米　1/16　印张 23
字　　数　246 千字　图 82 幅
印　　数　00,001－10,000 册
定　　价　48.00 元
（印装查询：01064002715；邮购查询：01084010542）

目录

辑八　陆游《示儿》诗，稼轩英雄泪

总序
该不该学点国学

一

孩子们要不要学一点国学？常有朋友提出这个问题。就让我们看看什么是“国学”吧。

“国学”一词有二义。最早是指设在京城的太学（又叫“国子监”），等同于帝制时期的“中央大学”。到了近代，“国学”又成为中国传统学术文化的统称。这后一义的产生和使用，是与清末“西学东渐”的大趋势分不开的。

那时国门半开，许多人对外来文化不无抵触情绪，于是便有了“临潼斗宝”式的反应：你有西医，我就祭起“国医”（中医）；你展示西画，我就挑出“国画”；你唱西洋歌剧，我就敲起“国剧”（京剧）的锣鼓；你有拳击，我就报以“国术”（中华武术）……西来学术统称“西学”，中国传统学术就称作“国学”。然而“不打不成交”，两种文化经过比拼较量，在众多领域形成中西合璧、互生互补的良性文化生态，这又是人们始料未及的。

时至今日，“国学”已定格为传统学术的同义语。宽泛地讲，这个“大筐”里无所不装：“四书五经”、诸子百家、“二十四史”、医方兵书、诗文小说……几乎所有的传统典籍，都成为国学研究的对象。

二

也常听到不同的意见：都什么时代了，还搬出这些“陈谷子烂芝麻”来“难为”孩子？持此论者，不妨听听钱穆先生的一席话。

钱穆是当代著名的历史学家，他在《国史大纲》一书开篇说：“任何一国之国民，尤其是自称知识在水平线以上之国民，对其本国已往历史，应该略有所知。”在“略有所知”的同时，尤其要“附随一种对其本国已往历史之温情与敬意”。

这种“温情与敬意”，表现为“至少不会对其本国已往历史抱一种偏激的虚无主义（即视本国已往历史为无一点有价值，亦无一处足以使彼满意），亦至少不会感到现在我们是站在已往历史最高之顶点（此乃一种浅薄狂妄的进化观）；而将我们当身种种罪恶与弱点，一切诿卸于古人（此乃一种似是而非之文化自谴）”。钱穆认为，只有明白这一点的人越来越多，这个国家才有向前发展之希望。

类似的话，大学者陈寅恪先生也说过。他认为，我们对祖先及本民族的历史，应秉持一种“了解之同情”。

三

朱自清先生是现代散文大家，他也主张学国学吗？——不但积极提倡，还身体力行，写过一本《经典常谈》，为年轻读者引路。谈到写书的缘起，他说：传统教育专注于“读经”，固然失之偏颇；不过终止“读经教育”，并不等于取消“经典训练”——那应是“中等以上的教育”中“一个必要的项目”。而“做一个有相当教育的国民”，至少应对本国经典“有接触的义务”。

《经典常谈》以作品为纲，依次介绍了《说文解字》、《周易》、《尚书》、《诗经》、“三礼”、“《春秋》三传”、“四书”、《战国策》、《史记》、《汉书》等；另有“诸子”“辞赋”“诗”“文”等篇，因涉及作品太多，只能笼统言之。——朱先生在书中没提“国学”这个字眼儿，但这本小册子所划定的，正是国学经典的范畴。

书以“常谈”为名，我理解，便是以聊天的口吻、通俗的语言，把艰深的学术内容传达给读者；是“切实而浅明的白话文导言”，“能启发他们（指读者）的兴趣，引他们到经典的大路上去”（朱自清《经典常谈·自序》）。

大教育家叶圣陶先生称赞朱先生这种“嚼饭哺人的孜孜不倦的精神”，并打比方说，读者如同参观岩洞的游客，朱先生便是向导，“自己在里边摸熟了，知道岩洞的成因和演变”，在洞外先向游客讲说一番，使游客心中有数，“不至于进了洞去感到迷糊”（《重印〈经典常谈〉序》，三联书店 1980 年）。

四

我年轻时每读《经典常谈》，常生感慨：一是省悟大师的白话散文如此优美，应与他蓄积深厚的国学功底密切关联；二来又感到遗憾——书的篇幅不长，正读到繁花似锦处，却已经结束了。

我日后动手撰写《中华文学五千年》（后更名为《讲给孩子的中国文学经典》），便是受朱先生《经典常谈》的感召与启发。书稿中除了对历代文学家做概括介绍，也挑选一些诗文辞赋、小说戏曲的代表作，予以讲解。——明眼的朋友还能从行文中看出对《经典常谈》的学习与模仿。

我的这套小书（包括不久后续撰的《世界文学五千年》，即《讲给孩子的世界文学经典》）问世二十七年，先后在大陆和台湾多家出版社再版，总数达二十多万套（四十余万册），可见即便不是大师之作，青少年学子对此类书仍是有需求的。

只是这套书的内容局限于文学，对经史、诸子着墨不多。几年前，有位出版界的朋友笑着问我：有没有新设想，把“文学经典”扩展到经学、史学、哲学、伦理等方面，写一套《讲给孩子的国学经典》？——我听了不禁心动：那正是《经典常谈》所“谈”的范畴。

然而国学典籍浩如烟海，又该从何谈起呢？我想到了《四库全书》。那是清代乾隆年间按“经、史、子、集”四部分类法编纂的一套大型丛书，尽管存在着这样那样的问题，但该丛书收入了有较高文化价值的传统典籍三千五百余种（连同存目部分，超过万种），在保护、传承传统文化典籍方面，功不可没。

受此启发，我把《讲给孩子的国学经典》分为“儒家经典”（经）、“史书典籍”（史）、“诸子百家”（子）和“文集诗薮”（集）四个分册；从《四库全书》的四部中分别选取十几部乃至几十部经典之作，对各书的作者、内容、主题、艺术做概括介绍，并精选其中有代表性的篇目或片段，做出详注简析；另又采用“文摘”形式，力图把尽量多的精彩内容呈献给孩子们。

有大师开创的“常谈”模式，加上此前编写“文学经典”的点滴体验，本书秉承的仍是一如既往的形式和风格：不端“架子”，不“转（zhuǎi）文”，力求让严肃的经典露出亲切的笑容，使佶屈聱牙的文字变得通俗入耳，在古老经典与年轻读者之间搭起一座畅行无碍的桥梁……

撇开“训练”“教育”这些略显沉重的字眼儿，年轻的朋友（还包括各年龄段的读者）完全可以抱着轻松好奇的态度来翻阅——好在不是侦探小说，不必一行不漏地从头读起；对哪册感兴趣，有需求，便可读哪册。也不妨翻到哪里，就从哪里读起。我深信，经典是有“磁性”的，以其自身的丰富、优美、睿智、理性、深邃，总能吸引到你。你也很容易发现，当个“有相当教育的国民”，承担对本国经典“接触的义务”，其实一点也不难，眼下的阅读，便是“现在进行时”。

顺带说到，本书所引古代诗文，以目前通行的版本为依据。注释及译文凡有歧义处，也尽量采用较权威的说法，恕不一一列出，特此说明。

前言 『集部』经典，文学渊薮

从“集”字说起

这一册是《讲给孩子的国学经典》的第四册，介绍经、史、子、集中的集部经典。

怎么叫“集”呢？从字形上看，“集”字上面的“隹（zhuī）”是只短尾鸟；下面的“木”是棵树。“集”的本义是鸟停在树上，有栖息、停留的意思。早期篆体的“集”字，也有写作雧的，形似三只鸟（代表多只鸟）停在树上，因而“集”又有“集合、聚集”之意。四部中的“集”当取此义，意指多篇作品集合而成的书。

这种“集”的形式，其实在经、史、子部中就有。如《诗经》就收集了三百零五篇先秦诗歌，是最早的汉语诗歌总集。《尚书》收集了三代文献五十八篇；《礼记》收集了有关礼的论文四十九篇，也都是“集”的形式。

此外，像《论语》收入孔子语录四百九十二章，《孟子》收入孟子的语录短文二百六十章，这两本书，大致可以看作孔子和孟子的别集。而《老子》《庄子》《墨子》《荀子》《韩非子》……无一不是以文集的形式出现。

历史典籍也不乏“集”的形式，如《国语》《国策》，便是春秋战国各国史料的合集。甚至《史记》那样的纪传体史书，不也可以看作人物传记与书、表等篇章的合集吗？

只是上述诸作已分别收入经、史、子三部。三部以外的集子，便都归入“集部”。“集部”经典的内容，以诗歌、散文居多，这类文字，我们今天习惯上称为“文学”。

“楚辞”因何闹独立

清代《四库全书总目提要》(以下简称《四库总目》)在“集部”下又分为五类，分别是“楚辞类”“别集类”“总集类”“诗文评类”“词曲类”。

“楚辞”是战国时楚国诗人屈原创造的一种新诗体，既然属于诗歌，为啥要替它单立一类呢？这或许跟它的特殊出身及面貌有关吧。

在人们印象中，诗歌的面貌应是诗行整齐的，如《诗经》中的四言诗以及后来的五言、七言诗歌，便都是如此。而楚辞起源于江淮流域，借鉴了楚地歌谣，用楚调吟诵，句式长短错落，句中或句尾多用“兮”“些”等字协调音节，别有一种结构和韵味，明显有别于中原诗歌。

隋唐人为图书编目，发现此前此后的文集，几乎没有专收楚辞的。于是《隋书·经籍志》便为楚辞单立门户。以后的学者整理图书，也都“萧规曹随”，在目录中保留了楚辞门类。——虽是一大类，作品数量却有限，《四库总目》中只收“楚辞集”六部，另有“存目”十七部。

别集总集，池沼湖海

《四库总目·集部》中的“别集”，是指个人诗文集；“总集”则是汇集多人作品的诗文集。——称“别集”，是与“总集”相对而言的。

别集是个人作品集，题名自然以人名居多，如汉魏时的《扬子云集》《蔡中郎集》《孔北海集》《曹子建集》《嵇中散集》，分别是扬雄、蔡邕、孔融、曹植、嵇康等人的集子。这些别集，又多为后人搜集编辑的。自编诗文集，始于南朝江淹及萧衍，盛行于唐宋。南齐有位文学家张融，将自己的文集题为《玉海集》，他是第一个给别集另外取名的。

据统计，《四库总目·集部》收录的别集作品将近一千部，存目的有一千五百多部。纪昀等撰写《四库全书总目提要》，其中唐以前的别集提要只有一卷；而唐代的别集提要则有三卷。宋代别集提要最多，共有十四卷。此外，金元的三卷，明代的四卷，清代只收到乾隆以前，故只有一卷。——从中还能大致看出各代著述的兴替起伏之势。

至于总集，四库馆臣认为刘向辑录的《楚辞》是“总集之祖”——其实撇开四部分类法，《尚书》《诗经》《礼记》才是总集的老祖宗呢！总集中结集较早、对文学影响较大的，当推南朝梁萧统编纂的《文选》。比《文选》略迟的，还有《玉台新咏》(编纂者徐陵，507—583)。不过若论规模之大，当推宋人编纂的诗文总集《文苑英华》居首。此书可视为《文选》的续编，足有一千卷!

总集也有专收某一朝、某一体裁乃至某一流派作品的，如《唐文粹》《全唐诗》《万首唐人绝句》《宋文鉴》《宋文选》《元文类》《古乐府》《西昆酬唱集》《唐宋八大家文钞》《苏门六君子文粹》《二程文集》等等。

《四库总目·集部》著录总集作品一百六十五部，存目作品将近四百部。

诗评立门户，词曲地位卑

《四库总目·集部》把“诗文评”单列一类，因为这类作品有别于一般的诗文，接近于我们今天所说的“文学批评”。

三国曹丕的《论文》虽然只是一篇不足千字的文章，却是我国最早的诗文评作品。而真正“勒为一书”的诗文评大作，则是南朝刘勰的《文心雕龙》。

另有《诗品》《本事诗》《六一诗话》《中山诗话》等，大多取笔记的形式。《四库总目·集部》著录的诗文评类作品有六十多部。

另外，“词曲类”也单立一类。四库馆臣在序言中为词曲定位说：“三百篇变而古诗，古诗变而近体，近体变而词，词变而曲，层累而降，莫知其然。究厥渊源，实亦乐府之余音，风人之末派。”（从《诗经》演变出古体诗，古体诗演变出近体诗，近体诗演变出词，词演变出曲，层层递降，搞不清转变的原因。不过究其根源，词曲也算是乐府的余绪、诗人的末流了。）——从中还可看出对词曲有那么一点轻蔑味儿。

至于大量的杂剧、南戏、传奇剧本，以及广受民间欢迎的话本小说、章回小说，则全被《四库总目》拒之门外。四库馆臣大概认为这些作品难登大雅之堂吧。——我们也因篇幅有限，暂将戏曲、小说割爱，留待将来介绍。

在介绍作家、讲读作品时，我们一方面依傍作品集（尤其是《楚辞》《文选》《乐府诗集》那样的总集），一方面顾及时序。本册共分十辑，依次介绍先秦及汉代辞赋（第一辑）、汉魏乐府（第二辑）、两晋南北朝诗文（第三辑）、唐代诗文（第四至六辑）、宋代诗文（第七至八辑）、元明诗文（第九辑）、清代诗文及诗文评作品（第十辑）。

延续前三书的写作风格，本书在文字上力求通俗平易。对所引精彩诗文，只做简要析解，尽量让孩子近距离接触作品，自己去体会诗文妙处。“集部”作品数量浩繁，如何取舍是个难题。本书仍采用“文摘”形式，目的是把更多的精彩内容呈献给小读者——限于篇幅，所引诗词多于散文，朋友们当能体谅。

此前，三联书店已出版拙著《讲给孩子的中国文学经典》（四册），介绍了从先民神话到20世纪新文坛的优秀文学家及其代表作，书中相关内容（尤其是诗文），与本册（“文集诗薮”）内容不无重叠。这不奇怪，因为文学遗产正是国学的重要组成部分。不过两书的区别还是至为明显的：前书的阐述以作家为线索，本册则以《四库总目》“集部”分类为线索。所选作品及所做分析，也互有侧重、详略各异。又因兼采“文摘”形式，所展示的诗文篇目，反较前书为多。虽只一册，却兼有“史”及“作品选”的作用，易观易携，可与前书互补。笔者谨此略申数语，尚望读者诸君明鉴。

辑一 《楚辞》《文选》，辞赋当先

“离骚”究竟啥意思

《四库总目·集部》中的第一类，是“楚辞类”。我们知道，最早创作楚辞的是楚国诗人屈原，他在楚地民歌基础上，创制了这种诗歌体裁。

不过从屈原嘴里，从没吐过“楚辞”这个词儿。最早提到楚辞的，应是司马迁。他在《史记·酷吏列传》中说，会稽人朱买臣读书多，“以楚辞与助俱幸”。“助”即庄助，凭借着楚辞，朱买臣与庄助一同受到汉武帝宠幸。大概因为朱买臣是“楚士”，熟悉楚音，能为武帝解说楚辞吧？这是“楚辞”一词头一回出现在文献中。

一开始，楚辞都是单篇流传的。到了汉代，学者刘向把单篇的楚辞作品收集起来，编为一集，便以《楚辞》命名。内中共收楚辞作品十六篇，包括屈原的七篇，有《离骚》《九歌》《天问》《九章》等。另有宋玉的《九辩》《招魂》和景差的《大招》。汉代的则有贾谊、淮南小山、东方朔等人的作品。刘向自已作的《九叹》也收在内。

只是刘向《楚辞》已经失传，今天见到的最早楚辞专集，是汉代王逸编纂的《楚辞章句》，那是以刘向《楚辞》为基础，加上王逸自己的一篇《九思》和班固的两篇叙组成。——所谓“章句”，就是逐章逐句讲解的意思。

到了宋代，又有两部楚辞专集出现：一部是洪兴祖的《楚辞补注》，一部是朱熹的《楚辞集注》。洪氏《补注》以王逸的《章句》为基础，补充了大量注文。朱氏《集注》也以王逸《章句》为依据，篇目有所增删。——“集注”就是汇集各家注释的意思。

举个例子，看看王逸、洪兴祖和朱熹这三位是如何解释“离骚”一词的。——《离骚》在王逸《章句》中题为《离骚经》。王逸则在序言中解释说：“离，别也；骚，愁也；经，径也。”照他的理解，“离骚经”就是“径直宣泄因离别而产生的忧愁”。

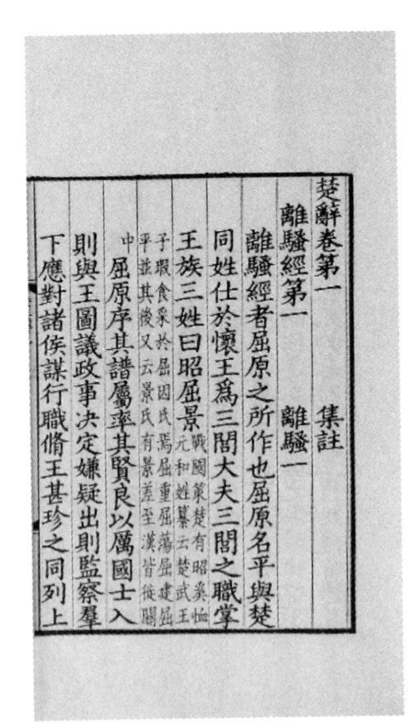
楚辭卷第一　集註
離騷經第一　離騷一
離騷經者屈原之所作也屈原名平與楚同姓仕於懷王爲三閭大夫三閭之職掌王族三姓曰昭屈景
戰國策楚有昭奚恤
元和姓纂云楚武王子瑕食采於屈因氏焉屈重屈蕩屈建屈平並其後又云景氏有景差至漢皆徙關中
屈原序其譜屬率其賢良以厲國士入則與王圖議政事決定嫌疑出則監察羣下應對諸侯謀行職脩王甚珍之同列上

《楚辞集注》书影

洪兴祖的《补注》引班固的解释，驳斥王逸的说法，认为“离，犹遭也”；“离骚”就是遭遇烦忧的意思。他还纠正王逸对“经”的解释，认为“经”字是后人加的，有尊为经典的意思。

朱熹的《集注》如何处理呢？他照抄王逸的序言，却删掉王逸对“离骚经”的注解，保留了洪注中引用的班固和颜师古的解释：

> 班孟坚曰：“离，犹遭也。”颜师古云：“扰动曰骚。”洪（兴祖）曰：“其谓之经，盖后世之士，祖述其词，尊而名之耳，非（屈）原本意也。”
>
> ◎班孟坚：班固。孟坚是他的表字。离：通“罹”，遭遇。◎颜师古：唐代学者，对经学、史学都有研究。扰动：骚动，骚乱。这里当指内心的烦忧。◎祖述：阐述，发扬。

别以为“集注”就是东抄西抄；对前人的注释，保留哪些，删去哪些，朱熹都经过审慎的思考，有着自己的判断。他自己虽然没说一句话，可他的意见，就包含在取舍之间呢。

不过对“离骚”含义的辩论还没完。近代学者就提出，“离骚”应为歌曲名，又作“劳商”，其实就是“牢骚”的意思。——众说纷纭，你赞同哪个？

心之所善，九死未悔

讲《离骚》，还得从作者的身世说起。屈原（约前340—前278）名平，原是表字；自己又说名正则，字灵均。他是战国时人，与孟子、庄子、荀子、韩非是同时代人。他比孟子、庄

屈原，清代陈洪绶绘

子晚生约三十年，比荀子大二十几岁，比起韩非，整整年长一个花甲子！

屈原是楚国贵族，楚怀王时担任左徒职务，曾任三闾（lǘ）大夫，那是掌管王室宗族的官儿。因遭同僚忌妒排挤，曾一度被楚怀王放逐到汉北。以后楚怀王受秦人欺骗，客死在秦国。怀王的长子顷襄王继位，幼子子兰当了令尹。子兰勾结上官大夫，排挤屈原。屈原再次遭受流放，这次被放逐到江南。

眼见秦国军队一天天逼近，祖国危在旦夕，屈原的内心痛苦极了！他脸色难看、骨瘦如柴、披头散发，口中念念有词，简直有点疯癫了。终于有一天，他写下绝笔诗《怀沙》，然后怀抱一块大石头，跳进了汨罗（Mìluó）江……

传说屈原死的那天是夏历五月初五。楚国的百姓热爱这位爱国诗人，都飞快地划着船去营救，还用苇叶裹了糯米投到江中祭奠他。——后世把这一天定为端午节，划船营救的活动也演变成龙舟竞渡，而苇叶裹着糯米，自然就是咱们今天吃的粽子啦。

屈原的楚辞代表作《离骚》，便作于流放途中。诗一开篇，屈原先自报家门：

帝高阳之苗裔兮，朕皇考曰伯庸。摄提贞于孟陬兮，惟庚寅吾以降。皇览揆余初度兮，肇锡余以嘉名。名余曰“正则”兮，字余曰“灵均”。纷吾既有此内美兮，又重之以修能。……

◎高阳：传说中远古帝王颛顼（Zhuānxū）的别号。苗裔：后代子孙。朕（zhèn）：我。皇考：伟大的已故父亲。下文中的“皇”即皇考。◎摄提：寅年的别称。贞：正。孟陬（zōu）：夏历正月。庚寅：庚寅日。降：诞生。◎览：观察。揆（kuí）：揣度，衡量。初度：初生。肇：开始。锡：赐。嘉名：美好的名字。◎纷：盛多貌。内美：内在的美好品行。重（chóng）：重叠，加上。修能：卓越的才能。

这几句是说：我是高阳大帝颛顼的远孙，我的父亲叫伯庸。我生在寅年正月，在庚寅那日降生。父亲查看我的生辰，赐美名给我：我的名字叫“正则”，表字叫“灵均”；我的美德是如此丰沛，我的才能卓而不群……

在诗中，屈原委婉表达了自己的志向：梦想着辅佐君王，做出尧舜文武的辉煌业绩来……不料他的一片赤心，换来的竟是君王的猜忌：“荃不察余之中情兮，反信谗而齌怒。”［君王不体察我的内心忠诚，反而听信谗言对我大发雷霆！荃：一种香草，这里指代君王。中情：内心。齌（jì）怒：盛怒］——面对君王的误解、群小的排挤，诗人叹息流泪，却绝不屈服：

长太息以掩涕兮，哀民生之多艰。余虽好修姱以鞿羁兮，謇朝谇而夕替。既替余以蕙纕兮，又申之以揽茝。亦余心之所善兮，虽九死其犹未悔！

◎太息：叹气。掩涕：拭泪。民生：人生。◎修姱（kuā）：美好。鞿羁（jījī）：马缰绳及笼头，这里做动词，有约束之意。謇（jiǎn）：楚方言，语助词。谇（suì）：同“讯”，进言。替：废弃。◎蕙、茝（chǎi）：香花香草名。纕（xiāng）、揽：佩带，系结。申之：加上。◎善：喜欢。

诗人长叹拭泪，哀伤人生道路的艰辛。他不明白：为什么我洁身自好、自我约束，但早上刚进忠言，黄昏就遭废黜？既然因我佩带香花而遭贬斥，索性我再佩带上更多更香的花草。——无奈我生就的天性，一旦认定美善目的，就是为此死上九回，我也无怨无悔！

香草美人，上下求索

善用比兴是《离骚》的一大特点。奇花异草在诗中大量涌现。看看这些诗句：

扈江离与辟芷兮，纫秋兰以为佩（用江蓠和芷草披在肩上啊，把秋兰佩带在腰间联缀成纹）。……朝搴（qiān）阰之木兰兮，夕揽洲之宿莽（清晨攀折小山上的木兰啊，黄昏采摘水边的香草）。……余既滋兰之九畹兮，又树蕙之百亩；畦留夷与揭车兮，杂杜衡与芳芷（我既已栽种了九顷春兰，又栽植了百亩秋蕙；还分畦种植了留夷与揭车，又间种了杜衡和芳芷）。……制芰（jì）荷以为衣兮，集芙蓉以为裳（把菱叶做成衣衫啊，用荷花编织成裙裳）。

据学者统计，《离骚》中出现的花花草草，有三十多种！不过诗篇中的花草多半有着象征意义，或譬喻高洁的品行，或指贤臣高士，有时也指代君王。同样，诗中出现的美女形象，也并非实指美女，也有君王的象征，有时又是指诗人自己。——由屈原起头，后世诗歌中的“香草美人”便成了约定俗成的政治譬喻。

诗人积郁难纾，于是上天入地寻人倾诉。姐姐女媭（xū）心疼弟弟，说当年鲧（Gǔn）因治水而死，那就是忠贞之士的下场，难道你还不明白？——见姐姐不理解自己，诗人又跑去向圣君大舜倾吐，可大舜也默然无语。

于是诗人插上想象的翅膀，乘玉龙、驾凤车，晨发苍梧，夕至昆仑。“路曼曼其修远兮，吾将上下而求索”（征途漫长遥远，我要上下追寻求索）——屈原要寻求什么呢？是公正、真理，还是美好的人性、理想的政治？

在太阳洗浴的咸池饮过马，诗人把车子拴在扶桑木上；又折下若木枝，拂拭着太阳。经过休整，诗人再度出发。看吧，月神的车夫望舒在前面开道，风神飞廉在后面追随，凤鸟已在翱翔警戒，雷神却还没做好准备！—— 一时间鸾凤飞舞、云霓缭绕，忽聚忽散、闪闪烁烁，簇拥着诗人直抵天帝的宫阙！

没想到天宫的守门人倚着门扇望望他，理都不理。原来天庭也不是理想之地！诗人大失所望，他默默而立，眼见天色渐暗，只好选择离去。（文摘一）

几经碰壁，诗人又转而请教神巫灵氛，灵氛指示他：天涯何处无芳草，你干吗非要恋着故土呢（“何所独无芳草兮，尔何怀乎故宇”）？另一位神巫（巫咸）也劝他趁着年富力强，远赴四海寻找机会。诗人几乎被说动了，他整顿车马，渡过流沙，沿赤水而行，途经不周山直奔西海……可是他偶然低头，瞥见阳光照耀下的故乡，心一下子融化了；车夫也露出悲戚的神色，骏马也止步不前。——就在这一刻，诗人心意已决：

乱曰：已矣哉！国无人莫我知兮，又何怀乎故都？既莫足与为美政兮，吾将从彭咸之所居！

◎乱：诗的尾章称“乱”。已矣哉：算了吧。◎美政：理想的政治。彭咸：殷商贤大夫，因进谏不听，投江而死。

诗的尾声唱道：算了吧！朝廷无人理解我，我干吗还要怀念故都？既然没人能让我实现美政理想，我还是效法彭咸，投身清波吧！

《离骚》是屈原的楚辞代表作，全诗三百七十多句，近两千五百字；篇幅之长，在中国古代诗坛上几乎空前绝后！诗篇想象丰富，充满神话和比喻，以绚烂的文辞，抒发着诗人那浓得化不开的爱国之情；它对后世诗坛的影响，怎么强调也不过分！楚辞也因此被称作“骚体”。

“骚”还成为诗的别称，诗人因此有了“骚人”的别称。骚体还跟《诗经·国风》合称“风骚”——“独领风骚”“媲美风骚”，成了日后人们对才子佳篇的赞美之辞。

《九歌》祭神明，《国殇》吊英烈

生养着屈原的楚国，还保留着氏族社会的遗风，那里民风强悍，鬼神迷信盛行。《离骚》中弥漫着浪漫神异的色彩，大概便与此有关。屈原的另一部作品《九歌》，神异气息更浓。有人说那是屈原流放江南时，模仿民间祭神歌曲所作。据朱熹解释，这是屈原“因彼事神之心，以寄吾忠君爱国眷恋不忘之意”（借民间侍奉神仙之心意，寄托我忠君爱国、眷恋不忘的情意。《楚辞集注·九歌序》）。

说是“九歌”，实为十一篇。头一篇《东皇太一》是献给最尊贵的天神的祭歌。以下的《云中君》，是祭祀云神的。《湘君》和《湘夫人》则是祭祀湘水之神的歌曲。《大司命》《少司命》分别祭祀掌管人类寿命及主宰儿童命运的神。《东君》祭祀太阳神，《河伯》祭祀黄河之神，《山鬼》的祭祀对象是山神。而第十篇《国殇》，是祭奠为国捐躯的将士时所唱的歌；第十一篇《礼魂》则为送神曲。

据学者研究，《九歌》中的一些篇什，实为情歌。像湘君和湘夫人，就是一对情侣。他们在水边你等我、我等你，相互依恋，情意缠绵。

《九歌》之《国殇》是祭奠战死将士时所唱的歌：

操吴戈兮被犀甲，车错毂兮短兵接；旌蔽日兮敌若云，矢交坠兮士争先。凌余阵兮躐余行，左骖殪兮右刃伤。霾两轮兮絷四马，援玉枹兮击鸣鼓。天时坠兮威灵怒，严杀尽兮弃原野。出不入兮往不反，平原忽兮路超远。带长剑兮挟秦弓，首身离兮心不惩！诚既勇兮又以武，终刚强兮不可凌。身既死兮神以灵，魂魄毅兮为鬼雄！

◎吴戈、犀甲：精良的武器和铠甲。车错毂：车轴交错碰撞。毂（gǔ），车轴突出的部分。◎矢交坠：双方的箭交叉落向敌阵。◎“凌余”二句：敌军侵入我方军阵，踏乱我方行列。战车左边的骖马被杀，右边的也被刺伤。凌，侵犯。躐（liè），践踏。骖（cān），战车两旁驾车的马。◎“霾两轮”二句：战车两轮被陷，四马被绊住。主帅拿起鼓槌击鼓，振奋军心。霾，同“埋”，陷入泥中。絷（zhí），绊住。援，拿着。玉枹（fú），玉饰的鼓槌。◎“天时”二句：天地昏暗，犹如鬼神发怒。战士经惨烈的战斗死伤殆尽，尸横原野。天时坠，天地昏暗。威灵，鬼神。严杀，酷烈的杀戮。◎反：同“返”。忽：此处有远的意思。◎惩：有悔恨意。◎凌：凌辱。◎神以灵：精神不死。毅：坚毅不拔。

诗以凶险的战斗场面开篇：两军交战，战士们披甲持刃，短兵相接。战车交错，敌兵如云，战旗遮暗了太阳，空中乱箭如雨——可战士们只知勇往直前，早把生死置之度外！

一场激战过后，原野上到处是战死者的遗体。——可勇士们从出发的那一刻，就没打算活着回来！他们带剑挟弓，远赴沙场，早已抱定必死决心，身首异处也无怨无悔！威武雄壮，刚毅难欺，肉体陨灭，精神永存；就是牺牲生命，也要做鬼中的英雄！

《国殇》成为祭奠中华民族英雄的庄严悲歌，云南腾冲安葬抗日烈士的墓园，即被命名为“国殇园”，这是园中的警钟亭

楚人对祖国的热爱，楚地民风的强悍，诗人对为国捐躯者的崇敬爱戴，全从诗中显现出来！

另有一篇《招魂》，司马迁认为也是屈原所作，王逸《楚辞章句》却把它列在宋玉名下。宋玉（约前298—约前222）身为楚国大夫，但仕途并不顺畅。他的楚辞作品，以《九辩》最为有名。《九辩》以“悲哉秋之为气也”开篇，有人说，中国诗歌中的“悲秋”情调，便是由宋玉开启的。

宋玉有一件大功劳，是从楚辞中演变出“赋”的体裁来。他的《风赋》《高唐赋》《神女赋》《登徒子好色赋》，便都是以“赋”命名。《风赋》借宋玉与楚襄王的一番对话，对君主的奢侈生活有所讽刺。《神女赋》则带着宗教般的虔诚，调动一切修辞手法，使用了世间最美好的字眼儿，塑造出绝美的女性形象，对后世辞赋的影响十分深远。

贾谊、李斯，秦汉“写手”

宋玉的名字，常跟屈原并提，合称“屈宋”。其实还有个“屈贾”的提法，“贾”指的是汉代辞赋家贾谊。

贾谊（前200—前168）世称“贾生”，是西汉初年人。他博览群书，见解超群，二十出头儿就成了皇家博士。汉文帝对他格外器重，跟他一谈就是半宿，因听得入神，不知不觉把座席往前移了又移，可是问的多半是鬼神之事。后人因而作诗讽刺说：“可怜夜半虚前席，不问苍生问鬼神。”（李商隐《贾生》）——不过汉初的许多法令、制度，都出自他之手。

跟屈原一样，贾生因才高见忌，逐渐被文帝疏远，后来竟抑郁而死，只活了三十三岁。他一生留下不少好文章，有辞赋也有散文。——王逸《楚辞章句》收录他的《惜誓》，朱熹《楚辞集注》又增入他的《服赋》（又作《鹏赋》或《鹏鸟赋》）和《吊屈原赋》，列在“续离骚”类。

贾谊的散文也非常出色，代表作是《过秦论》——“过秦”有“数落秦朝过失”之意。文章从秦国的强大写起，写秦强大，又先强调六国的强大。然而六国尽管有高明的谋士、善战的将军、十倍于秦的土地、上百万的军队，却最终没能战胜秦，秦的强大，还用说吗？

秦始皇一统中国，更是有恃无恐，自以为建立了“子孙帝王万世之业”；直至死后，他的“余威”尚能“震于殊俗”（殊俗：指习俗不同的远方）。

然而陈涉瓮牖绳枢之子，氓隶之人，而迁徙之徒也。才能不及中人，非有仲尼、墨翟之贤，陶朱、猗顿之富。蹑足行伍之间，而倔起阡陌之中，率疲弊之卒，将数百之众，转而攻秦。斩木为兵，揭竿为旗。天下云合而响应，赢粮而景从，山东豪俊并起而亡秦族矣！

◎瓮牖（yǒu）绳枢：以破瓮为窗，用草绳系着门扇。形容家境贫寒。牖，窗。枢，门轴。氓：田夫。隶：从事贱役者。迁徙之徒：被罚到边地戍守的士卒。◎中人：平常人。仲尼：孔子。墨翟：墨子。陶朱：越国大夫范蠡，后弃官经商致富。猗顿：鲁人，因经营盐业致富。◎蹑（niè）足行（háng）伍之间：指身为士兵。蹑足，这里有出身的意思。行伍，军队下层。阡陌：原指田间小道，这里指田野。◎“斩木”二句：砍了树木当兵器，举起竹竿当旗帜。兵，武器。揭，举。◎云合：聚合。赢粮：担着粮食。景从：像影子一样跟随。景，同“影”。山东：这里指崤山以东，即东方诸国。

一个戍边小卒，在田间小路振臂一呼，竟能号召天下，推翻“金城千里”的秦政权，这又是为什么？作者在篇末才揭出答案：“仁义不施，而攻守之势异也！”——从前秦国处于攻势，全凭武力取胜；如今拥有天下，形势变了，统治者仍不肯施仁政，一味强横暴虐，不亡国等什么？

贾谊十分讲究文章的章法，全文的中心只是最后一句话，前面却用了九十九分的力量层层论说、步步紧逼。仿佛爬山，一步步爬到绝高处，再猛然一跌，制造出震撼人心的效果。人们读他的文章，只觉得才气纵横，禁不住要拍案叫绝。

其实在贾谊之前，散文写得好的还有李斯。我们知道，李斯（前284—前208）是楚国上蔡（今河南上蔡）人，原是荀子的学生、韩非的同窗。他到秦国谋官，正赶上秦王为了防范奸细渗入，下令驱逐“客卿”，李斯刚好也在被逐之列。于是他连夜写信给秦王，便是那篇有名的《谏逐客书》。

李斯在信中指出：秦国所以富强起来，全靠着广招人才、重用客卿。不单由余、百里奚等功臣都是“客卿”，秦国的珠宝、美女、骏马、音乐，哪一样不是外来的？既然秦国不排斥外来的宝物，为啥单单在人才上排外呢？把外籍人才赶走，等于“借寇兵而赍盗粮”（把兵马粮食送给敌寇、强盗），实在划不来！秦王听了，恍然大悟，马上撤销“逐客令”，并重用李斯。李斯自此一路升发，以客卿身份一直做到丞相。

文章虽用散体叙述，但文中多用排比，如：“臣闻地广者粟多，国大者人众，兵强则士勇。是以太（泰）山不让土壤，故能成其大；河海不择细流，故能就其深；王者不却众庶，故能明其德……”，由此还能见到辞赋之风的影响。

《文选》：最早的诗文总集

在《四库总目·集部》分类中，“楚辞”之后是“别集”和“总集”。——为了叙述方便，先来看几部总集吧。如《文选》《乐府诗集》《玉台新咏》《汉魏六朝百三家集》等，都很著名。

《文选》的领衔编纂者是萧统（501—531，字德施），他是南朝梁武帝萧衍的长子。身为太子，他酷爱文学，广交文士，编撰了不少书籍。可惜萧统英年早逝，身后谥号“昭明”，这集子因称《昭明文选》。

《文选》全书三十卷（唐代李善注本分为六十卷），基本排除经、史、子类的作品，专收文学作品。——那时自然还没有“文学”的概念，萧衍的标准是“事出于沉思，义归乎翰藻”（内容经过深思熟虑，用美好文辞表达义理）。

总体上看，《文选》共收一百三十位作家的七百多篇作品，各种文体的经典之作虽不能说一网打尽，但要检阅从周代到六朝（指东吴、东晋，南朝宋、齐、梁、陈六个定都于南方的政权）这七八百年间的文学成就，有了这部《文选》，精华大半在握。

《文选》的编排，是按文体归类，大致有赋、诗、杂文三大类，又细分为三十八类，包括赋、诗、骚、七、诏、册、令、教、文、策问、表等等。

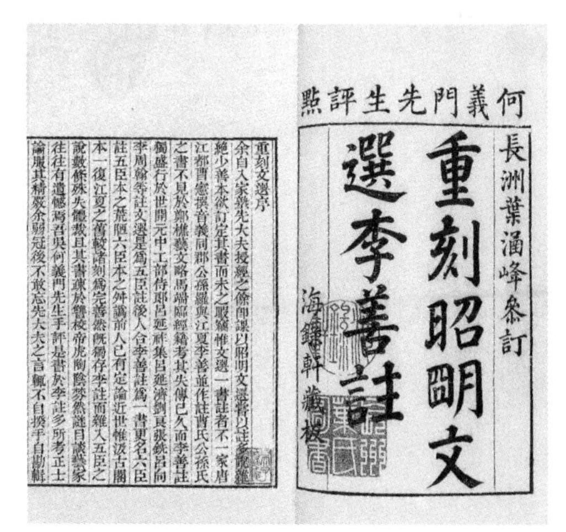
何義門先生評點
重刻昭明文選李善註
長洲葉涵峰參訂
海錄軒藏板

重刻文選序
余自入家塾先大夫授經之餘即課以昭明文選嘗以註多訛雜
絕少善本欲訂定其書而未之暇竊惟文選一書註者不一家唐
江都曹憲撰音義同郡公孫羅與江夏李善並作註曹氏公孫氏
之書不見於鄭樵藝文略馬端臨經籍考其失傳已久而李善註
獨盛行於世開元中工部侍郎呂延祚集呂延濟劉良張銑呂向
李周翰等註文選是爲五臣註後人合李善註爲一書更名六臣
註五臣本之荒陋六臣本之舛譌前人已有定論近世惟汲古閣
本一復江夏之舊較諸刻爲完善然既獨存李註而雜入五臣之
說數條殊失體裁且其書疎於讎校帝虎陶陰夥然溢目談藝家
往往有遺憾焉吾吳何義門先生手評是書於李註多所考正士
論服其精覈余弱冠後不敢忘先大夫之言輒不自揆手自勘讎

《昭明文选》书影

前面提到的楚辞作品，如屈原的《离骚》、《九歌》（选六）、《九章》（选一）、《卜居》、《渔父》，宋玉的《九辩》（选五）、《招魂》等，都收入

《文选》“骚”类。而宋玉的《风赋》《高唐赋》《神女赋》等，则收于“赋”类。此外，李斯的《谏逐客书》(又名《上书秦始皇》)和贾谊的《过秦论》，分别收在“上书”及“论”的头一篇。

三十八类下面，有的还有子类(也称“目”)。——细是细，就是有些过于烦琐了。不过回头想想，《文选》是古人第一次着手编辑如此规模的诗文总集，在保留文学精华、方便后人阅读上，功不可没。以至后来的文士把《文选》当成了科举仕进的“敲门砖”，民间流传着“《文选》烂，秀才半”的口碑。到了现代，研究《文选》成了一门专学——“文选学”。

枚乘《七发》，汉赋开山

《文选》各类文体中，有一类“七”体，排在“赋”“诗”“骚”之后，也属辞赋类。而首创“七”体的，是西汉人枚乘(？—约前140)。他本在吴王刘濞(bì)手下为官。因察觉吴王要造反，便改投梁孝王。后来吴王造反被杀，枚乘未受牵连，人们都称赞他有先见之明。

《七发》是一篇虚构文章，写楚太子久病在床，有位吴客前去探视。吴客认为太子的病是“久耽安乐、日夜无极”造成的。说是“贵人之子”住在深宫，行动有人照料，吃得太肥腻，穿得太暖和，就是金石之躯也要熔化瓦解啊！(文摘一)——那么这病怎么才能治愈呢？吴客说：用不着吃药针灸，凭我一席“要言妙道”的谈话，就能让病去根儿！

于是吴客告诉太子，高山上有一棵奇特的梧桐，命巧匠砍伐，制成名琴，让乐师弹奏歌咏，连鸟兽昆虫都被音乐吸引，变得安静下来。您要不要听呢？——太子说：我病得厉害，不能听啊。

吴客又说：寻来最好的食材，让伊尹、易牙那样的高手烹调，小牛肥狗、熊掌豹胎、“鲜鲤之鲙”、“兰英之酒”，堆满台案，那享用的过程，简直是“如汤沃雪”（把沸水泼在雪上）。可太子回答：我病得厉害，享受不了。

吴客于是又描摹骑骏马、乘豪车、登台纵览、游赏园林之乐，太子仍是那句话：“仆病未能也。”（仆：我）渐渐地，吴客又谈到打猎。他请太子想象着乘上铃车，驾着骏马，带着利箭名弓，在川泽间奔驰：清风徐徐，原野里弥漫着春天的气息；一旦发现猎物，就放出猎犬、纵马急追，直至跑到密林里，裸身跟野兽格斗；最后大家在草地上举杯欢宴、呼声震耳……太子被这活灵活现的描绘打动了，眉宇间显出生气，病也有了起色。

吴客接着又绘声绘色描画了曲江观涛的场面：江涛初来的时候，水雾飘洒，像是白鹭在飞翔；潮头推进，浩浩荡荡，“如素车白马帷盖之张”（如同白马驾着白色的车子，张起白色的帷盖）；波涛上涌，与云相连，纷纷扰扰，又如三军整装向前；潮头横作，高高扬起，又像将军乘坐轻捷的战车，统领着他的百万雄师……

最后，吴客要太子跟庄周、墨翟等哲人“论天下之精微，理万物之是非”，再倾听老子孔子的学说，请孟子来持筹谋划……太子听到这儿，撑着几案起身说：“涣乎若一听圣人辩士之言！”（圣人辩士的话让我豁然开朗啊！）——出了一身汗，病竟然好了！

这位吴客，堪称世界上第一位心理医疗专家！他洞察楚太子的致病因由，采用心理疏导的方法，只凭一张嘴，娓娓道来，绘形绘色，由静到动，由感观到精神，逐渐打开太子的心扉。在他的诱导启发下，太子也终于走出心理困境。

全赋结构宏阔，气象万千，在反复问答中，富于穿插变化；已经摆脱了骚体形式的束缚，体现出铺排的特色，标志着汉代散体大赋的形成。——因吴客从七个方面申说，因称“七发”。在它的影响下，后来又陆续出现《七激》（傅毅）、《七辩》（张衡）、《七依》（崔骃）、《七启》（曹植）、《七命》（张景阳）等模拟之作。——于是在辞赋中形成一个“七”体，又叫“七林”。

相如大赋，《子虚》《上林》

最典型的西汉大赋，还要数司马相如的《子虚赋》与《上林赋》。

汉赋大家司马相如（前179—前118）字长卿，蜀郡成都人。他是位大才子，曾与枚乘一同在梁孝王手下当文学侍从。那篇有名的《子虚赋》，便是那时写成的。

相传汉武帝偶然读到相如的《子虚赋》，十分欣赏，叹气说：可惜我见不到这位老前辈了！武帝身边有个管猎狗的小官儿，刚好是蜀人，对武帝说：作赋的是我的同乡，这个人还健在呢。武帝大喜，马上把相如请到长安，当面赏赐他，还留他在身边做官。相如于是又写下《上林赋》，与《子虚赋》形成姊妹篇。

《子虚赋》虚构了两个人物，一个叫子虚，一个叫乌有。子虚是楚国人，出使到齐国，对齐人乌有先生夸耀楚国，说我时常跟随楚王打猎，十多年了，还没跑遍楚王的所有园囿呢。楚国有七处大泽，我只到过云梦泽，就是这一处，已是方圆九百里；泽中树木葱茏，峰峦直插云霄……子虚把云梦泽的广大、物产的丰美大大炫耀了一番，又夸说楚王出猎场面的隆盛——他显然是在贬低齐国。

乌有反驳说：你不称颂楚王的德行，反倒大谈什么云梦泽，还把射猎游乐这种事吹得天花乱坠，你说的若是真话，简直是给楚王抹黑；若是假话，你的品行可就成问题啦！——乌有把子虚贬了一通，他自己犯了同样的毛病，把齐国的疆域之广、物产之富，也大大夸耀一番，意在压倒子虚。

《上林赋》的主角是亡是公，他听了子虚、乌有的对话，批评两人不谈“君臣之义”“诸侯之礼”，却在“游戏之乐”“苑囿之大”上争论不休，这只能损坏两国君主的名誉。——可是辞锋一转，亡是公也夸耀起来：你们都没见过真正的宏伟壮丽，还是让我说说大汉天子的上林苑吧！

接着，作者用了大量笔墨来夸说上林苑的富贵壮丽和天子射猎的空前盛况。司马相如几乎用尽一切形容词。熟典用完了，又挖掘各种生僻的字眼儿，极力摹写铺张，制造宏伟壮观、气势磅礴的效果。

《上林赋》的结尾，写汉天子幡然悔悟，感到实在太奢侈了，“乃解酒罢猎”，命令把苑囿开垦为农田，于是乎“天下大悦”。全篇洋洋数千言，只有在最后一节里才露出一点讽喻劝诫的意思。有人因此批评它是“劝百而讽一”——劝勉、引诱的话说了一大堆，最后点缀一两句正面的讽诫，实在很难收到讽谏的效果。

相如赋中极力铺陈夸饰的风格，跟汉代这个空前大一统王朝的宏阔气势正相符合。可以说，《子虚》《上林》二赋是时代的产物，又是汉赋的定型之作。——这两篇，收在《文选》的“赋·畋猎”类中。

此外，相如还撰有《长门赋》《大人赋》等。《长门赋》据说是受汉武帝皇后陈阿娇之托所作。陈皇后失宠，贬居长门宫，委托相如写赋劝说武帝。相如还因此获得一笔可观的“润笔”（相当于稿酬），有个“千金买赋”的典故，便指的这个。

司马迁十分佩服这位同姓文学家，在《史记·司马相如列

四川成都有琴台路，相传卓文君因听琴与司马相如结缘，夫妻曾在这里开了一家小酒店

传》中全文引录八篇文字，有七篇是赋。

《隋书·经籍志》载有《司马相如集》一卷，已佚。后人辑有《司马文园集》，收在《汉魏六朝百三家集》内。——那是明人张溥编辑的一部诗文总集，全书一百一十八卷。所收作品上起汉代贾谊，下至隋代薛道衡，共一百零三家。其中每人一集，分列赋、文、诗等作品，附有作者本传，并以题词形式对作家作品做出精到的评价。《司马文园集》的题词中有这样几句："他人之赋，赋才也；长卿，赋心也。得之于内，不可以传。"这个评价，着实不低。

西汉一朝的辞赋家，还有东方朔（生卒年不详）、扬雄（前53—18）等。东方朔的《答客难》，扬雄的《甘泉》《羽猎》，都是汉赋名篇。扬雄的散文也很漂亮，唐代大文豪韩愈就很佩服他。扬雄字子云，《扬子云集》列于《四库总目·集部》"别集"类的头一部。

东汉的班固（32—92）、张衡（78—139）也以辞赋闻名。《文选》头一篇便是班固的《两都赋》。该篇又分《西都赋》和《东都赋》，分写长安和洛阳，开创了以赋体铺写大都会的先河。后来张衡写《二京赋》、左思写《三都赋》，全都受《两都赋》的启发。

班固一家都有文才，父亲班彪撰有《北征赋》，妹妹班昭（曹大家）撰有《东征赋》。——班氏一门出了三位文学家，只有汉末的"三曹"、北宋的"三苏"、明代的"三袁"，可与之媲美。

【文摘一】

离骚（节录） 屈原

朝发轫于苍梧兮，夕余至乎县圃；欲少留此灵琐兮，日忽忽其将暮。吾令羲和弭节兮，望崦嵫而勿迫。路曼曼其修远兮，吾将上下而求索。饮余马于咸池兮，总余辔乎扶桑。折若木以拂日兮，聊逍遥以相羊。前望舒使先驱兮，后飞廉使奔属。鸾皇为余先戒兮，雷师告余以未具。吾令凤鸟飞腾兮，继之以日夜。飘风屯其相离兮，帅云霓而来御。纷总总其离合兮，斑陆离其上下。吾令帝阍开关兮，倚阊阖而望予。时暧暧其将罢兮，结幽兰而延伫。世溷浊而不分兮，好蔽美而嫉妒。……

◎发轫：启程。苍梧：九嶷（Jiǔyí）山。县圃：山名，县同“悬”。◎灵琐：指神人所居的宫门。忽忽：光阴迅速貌。◎羲和：给太阳驾车的神人，一说日神。弭（mǐ）节：犹言驻车。崦嵫（Yānzī）：神话中的山名，相传为日落之处。◎曼曼：同“漫漫”，长貌。求索：寻求。◎咸池：传说中太阳洗浴的地方。总：系，结。辔：马缰绳。扶桑：神木名，相传太阳由此升起。◎若木：神木名，相传太阳由此落下。聊：姑且。相羊：同“徜徉”，徘徊。◎望舒：神话中为月神赶车的人。飞廉：神话中的风神。奔属：跟着奔跑。◎鸾皇：凤凰。戒：警备。雷师：雷神。未具：没有准备好。◎飘风：旋风。屯：结聚。离，附着。帅：率领。霓：虹。御：迎迓。◎纷总总：丛簇聚集貌。离合：忽离忽合。斑陆离：五光十色，参差错综貌。◎“吾令”二句：我命天宫守门人开门，他却靠着天门望着我（无动于衷）。帝阍，为天帝守门的人。阊阖（chāng hé），天门。予，我。◎暧暧：昏暗貌。罢：终极。延伫：久立，逗留。◎溷（hùn）浊：浑浊。蔽美：遮蔽美善。

七发（节录） 枚乘

客曰：“今夫贵人之子，必宫居而闺处，内有保母，外有傅父，欲交无所。饮食则温淳甘膬，脭醲肥厚；衣裳则杂遝曼暖，燂烁热暑。虽有金石之坚，犹将销铄而挺解也，况其在筋骨之间乎哉？故曰：纵耳目之欲，恣支体之安者，伤血脉之和。且夫出舆入辇，命曰蹶痿之机；洞房清宫，命曰寒热之媒；皓齿蛾眉，命曰伐性之斧；甘脆肥脓，命曰腐肠之药。今太子肤色靡曼，四支委随，筋骨挺解，血脉淫濯，手足堕窳；越女侍前，齐姬奉后；往来游宴，纵恣于曲房隐间之中。此甘餐毒药，戏猛兽之爪牙也。……”

◎这是《七发》开篇“客”为楚太子分析病因的一段话。◎宫居而闺处：居住在深宫内室。闺，内室。保母：宫廷或贵族之家负责抚养子女的女妾。傅父：古代保育、教导贵族子女的老年男子。欲交无所：没有机会与人交往。◎温淳：味道鲜美。甘膬（cuì）：爽脆。脭（chéng）：肥肉。醲（nóng）：醇酒。◎杂遝（tà）：众多。曼暖：轻暖。燂（tán）烁：炽热。

◎销铄：熔化。挺解：涣散。◎“纵耳目”三句：放纵声色的欲望，极度追求肢体的安适，必然会损害血脉的和畅。支体，肢体。◎舆、辇：车子。命：名。蹷痿：软足病。机：触媒。◎洞房清宫：幽深清冷的宫室。◎皓齿蛾眉：代指女色。伐性之斧：戕害性命的利斧。此指纵欲会缩短寿命。◎腐肠之药：使肠胃腐烂的毒药。◎靡曼：憔悴。委随：困顿疲弱。淫濯：膨胀。墯窳（yǔ）：懒散松懈。◎越女、齐姬：泛指美女。◎曲房隐间：略同于“洞房清宫”。◎“此甘餐”二句：这一切，都相当于甘心吃毒药，戏耍猛兽（结果不问可知）。

辑二　汉魏乐府，五言时代

《乐府诗集》：总汇乐府

《文选》也选诗歌。翻开《文选》目录，“诗”紧随“赋”之后，又分为补亡、述德、献诗、公宴、祖饯、咏史、招隐、咏怀、哀伤、赠答、行旅、军戎、郊庙、乐府、挽歌、杂诗、杂拟等一二十目；共收诗四百多首。

其中最早的一首诗，当数荆轲在易水岸边唱的那首“风萧萧兮易水寒，壮士一去兮不复还！”。说是一首，其实只有这两句。诗前短序说：“燕太子丹使荆轲刺秦王，丹祖送于易水上，高渐离击筑，荆轲歌，宋如意和之。”（祖：为人送行时对道路之神的祭祀。筑：一种击打乐器。）此诗收在“杂歌”类中，同类的还有汉高祖刘邦的《大风歌》:“大风起兮云飞扬，威加海内兮归故乡，安得猛士兮守四方！”

与刘邦争天下的项羽也有诗歌传世，就是在垓下（Gāixià）被围时唱的那首“力拔山兮气盖世……”，不知为何，这一首《文选》没有选，却被另一部诗歌总集《乐府诗集》选入。——那是宋人编辑的一部乐府诗总集。

“乐府”本是朝廷掌管音乐的衙门，汉惠帝时，官制中已有“乐府令”（一说秦时已有）。到汉武帝时，乐府规模更大，那是负责编写乐谱、训练乐工和搜集歌辞的衙门。朝廷举行典礼或国宴，就让乐工们奏乐演唱。

乐府诗有不少是由民间搜集来的，这还是早年“采风”的传统呢。经过乐府整理，因称“乐府诗”，简称“乐府”。久而久之，连汉以前的“国风”，汉以后的南北朝民歌，唐代的五言、七言古诗以及宋词元曲、明清的俗曲时调，也都统称“乐府”了。

《文选》要兼顾各类文体，故选录的乐府诗有限，只有四十首。要想全面了解乐府诗歌，还应翻翻那部《乐府诗集》，编纂者是宋代的郭茂倩（1041—1099）。

《乐府诗集》是继《诗经》“国风”之后又一部民歌总集，全书共一百卷，囊括了由先秦到唐五代的乐府歌辞及歌谣共五千多首，堪称乐府诗总汇！

乐府诗的特征之一，是和乐歌唱。因而书中又按乐调分为十二大类，什么郊庙歌辞、燕射歌辞、鼓吹曲辞、横吹曲辞……有的用于帝王祭祀活动，有的用于贵族宴会，也有军乐、

郭茂倩《乐府诗集》书影

舞曲、抒情诗篇及民间歌谣。其中“近代曲辞”是指隋唐杂曲，“新乐府辞”则专指唐代的“新乐府”。

乐府诗的一个重要特点，是以五言体为主。五言体不同于《诗经》的四言体和楚辞的骚体。五字又按二三节奏分配，比起四言体的二二节奏，要灵活得多；跟骚体相比，则有整齐、简练、朴素的优点。

乐府诗按乐曲之名，各有标题，多称“歌”“行”“谣”“引”“曲”“吟”等，如《子夜歌》《短歌行》《东门行》《蒿里行》《塞上曲》《梁父吟》等；也有《行路难》《将进酒》《蜀道难》《关山月》《战城南》《有所思》等题。

《乐府诗集》编纂于宋朝，里面收的诗歌，跟以前的选本多有重复。也有《乐府诗集》首次收录的，如项羽的《垓下歌》、无名氏的《木兰诗》等。

饮马长城窟，古辞情最真

跟《诗经》一样，《乐府诗集》里最有生命力的，是一些来自民间的汉魏“古辞”。读读这首乐府古辞《饮马长城窟行》：

青青河畔草，绵绵思远道。远道不可思，宿昔梦见之。梦见在我傍，忽觉在他乡。他乡各异县，展转不相见。枯桑知天风，海水知天寒。入门各自媚，谁肯相为言？客从远方来，遗我双鲤鱼。呼儿烹鲤鱼，中有尺素书。长跪读素书，书中竟何如？上言加餐饭，下言长相忆！

◎见《乐府诗集》“相和歌辞”。◎绵绵：连绵不断。这里既指野草，又喻愁思。远道：这里指远行之人。◎宿昔：昨夜。◎忽觉：忽然醒来。◎展转：辗转不定。指所思之人行踪不定。◎“枯桑”二句：以自然物候比喻心情的孤寂凄冷。◎媚：喜爱，亲密。相为言：这里有安慰之意。◎遗：馈赠，送。双鲤鱼：代书信。古人送信时，将信置于两片刻成鲤鱼形状的木板中。◎烹：煮。这里指打开书信。尺素书：这里指写在绢帛上的书信。尺素，小幅绢帛，常用来写信。◎长跪：古人以跪为坐。长跪是指伸直腰板跪着，是一种恭敬的坐姿。◎上、下：指信的上半部和下半部。长相忆：常常想念，这里有祈使意。

早期乐府诗大多带着“故事”，学者称之为“叙事性”。此首模拟女性口吻，写思夫之情。丈夫远戍边陲，在长城下的水窟边饮马，这应是妻子想象中的画面吧？

开头用比兴手法：河边连绵的青草，犹如绵绵无尽的离愁。亲人远离，思之不见，夜晚形之梦寐。这种辗转难见的凄苦感受，只有风中的枯枝、寒天的海水可以比拟！看着别人家游子归来、家人团聚的场景，想着：谁肯跟我说说话儿，安慰安慰我啊？——亲人的信终于盼来了，喊儿子打开信函，取书敬读，那上面写着啥？前面劝我努力加餐，后面说：千万别忘了我！

语言是那么质朴，可诗中承载的情感，同样地炽热深沉。诗还运用了顶针手法，后一联的开头，重复前一联的尾句：“远道”“梦见”“他乡”等字眼儿反复出现，象征着思绪的缠绵悠长……五言诗一登场，就显示出成熟的气象。

另一首乐府古辞《长歌行》，篇幅相对短小：

青青园中葵，朝露待日晞。阳春布德泽，万物生光辉。常恐秋节至，焜黄华叶衰。百川东到海，何时复西归。少壮不努力，老大徒伤悲！

◎见《乐府诗集》“相和歌辞”。◎葵：古代一种常见蔬菜。晞（xī）：晒干。◎布：散布。德泽：恩惠。生光辉：这里形容生机盎然的样子。焜（kūn）黄：颜色衰败貌。华：同“花”。

诗中感慨四季循环，光阴似箭，如百川归海，一去不返。

最终则落实在“少壮不努力，老大徒伤悲”两句，这应是最古老的励志诗，两千年传诵不衰，可惜作者的姓名已不为人所知。

尽是民间疾苦声

再来看看这首《病妇行》，应是东汉末年的作品。当时战乱频仍，民不聊生，家中再有个病人，就更难过活：

> 妇病连年累岁，传呼丈人前一言。当言未及得言，不知泪下一何翩翩。“属累君两三孤子，莫我儿饥且寒。有过慎莫笪笞，行当折摇，思复念之！”
>
> 乱曰：抱时无衣，襦复无里。闭门塞牖，舍孤儿到市，道逢亲交，泣坐不能起。从乞求与孤儿买饵，对交啼泣，泪不可止。“我欲不伤悲不能已！”探怀中钱持授交。入门见孤儿，啼索其母抱，徘徊空舍中。“行复尔耳，弃置勿复道。”
>
> ◎见《乐府诗集》“相和歌辞”，古辞，此为二选一。◎丈人：丈夫。◎翩翩：泪流不止貌。◎属（zhǔ）累：嘱托。“莫我”句：不要让我的孩子冻着饿着。◎过：过错。笪（dá）笞：鞭打。折摇：夭折。◎乱：乐章尾声。襦：短衣。◎舍：丢下。◎饵：饼饵，食物。◎不能已：不能停。◎索：寻求。空舍：空屋子。◎行复：马上又要。尔：这样，指冻饿而死。弃置：放弃。勿复道：不要再说。

这一首同样有“故事”。开篇写病危的妇人唤来丈夫，没等开口，已是泪如雨下：几个孩子就托付给你了，别让他们冻着饿着，犯了错也别狠命打，念他们是苦命的孩子，能不能活下去还不知道呢！

接下来的“乱”，应是尾章合唱部分，陈说病妇死后的情形：可怜的孩子衣不蔽体，短袄的里子也烂掉了。丈夫关门堵窗，留孩子在家里，自己出门想办法。路遇亲友，话未出口，早已哭坐在地。眼泪不干地向亲友讨得几个饼饵钱，可是回到家中，孤儿一个劲儿地哭着要妈妈！面对空空四壁，丈夫彻底崩溃了：早晚是死路一条，算了，一切由它去吧！

这是发生在里巷中的惨剧，民间诗人已是见惯不惊。他们毫不掩饰地抒写着底层百姓的痛苦与绝望，为不幸者一掬同情之泪，唱出人们心中的怨恨与不平！

战争给百姓带来的痛苦就更深重。有一首《十五从军征》，侧面描写出战争的残酷：白发满头的老兵退伍回来了。他十五岁参军当兵，八十岁才还乡。家里还有谁在？但见松柏苍苍、荒坟累累。老屋变成野兔、野鸡的巢穴，院中井边长满野谷、野菜。采了野谷、野菜凑合着做一餐饭吧，饭倒是熟了，可端给谁一块吃呢？——老人出门看着远方，眼泪串串打湿了衣裳！

这个老兵尽管不幸，总算保住了一条性命。至于《战城南》里那个战死的士兵，就要悲惨得多：

战城南，死郭北，野死不葬乌可食。为我谓乌：“且为客豪！野死谅不葬，腐肉安能去子逃？”水深激激，蒲苇冥冥；枭骑战斗死，驽马徘徊鸣。……

◎见《乐府诗集》"鼓吹曲辞·汉鼓吹铙歌十八曲"，古辞。◎郭：外城。乌：乌鸦。◎豪：同"嚎"，嚎叫。◎谅：料想。子：你，指乌鸦。◎激激：急流声。冥冥：深远暗昧貌。◎枭骑：勇猛的骑兵。

从城南打到城北，战争的酷烈可想而知。战死者无人掩埋，只有等着喂乌鸦了。可死者不甘心，说：替我告诉乌鸦，为我这客死他乡的孤魂野鬼嚎丧几声吧，死在野外的人谅也没人埋，你要吃腐肉，还怕跑了不成！——以下是战后沙场的描摹：城壕里的水哗哗地流，水边的蒲苇苍茫一片，骑兵的尸首横七竖八，无主的战马悲鸣不已……

《乐府诗集》中的汉乐府"古辞"不及百首，绝大部分是后人借乐府旧题吟咏的新辞。如以《战城南》为题的，就又有南朝梁的吴均，陈朝的张正见，唐朝的卢照邻、李白、刘驾、僧贯休……

孔雀徘徊为哪般

《乐府诗集》中的爱情诗也不少。有一首情歌《上邪》，感情真挚而热烈：

上邪！我欲与君相知，长命无绝衰。山无陵，江水为竭，冬雷震震，夏雨雪，天地合，乃敢与君绝！

◎上邪（yé）：天哪。◎相知：相亲相爱。长命句：让我们感情永远不破裂、不衰减。◎山无陵：犹言高山变平地。竭：干枯。震震：雷声。

诗中写一位少女在向心爱的人发誓：上天作证，我要跟你相爱，到老不分开。除非高山夷为平地，江水干枯见底，冬天打响雷，夏天下大雪，天地合到一块儿，咱俩才算完！——这几件事压根儿不会发生，因而这姑娘注定要跟心上人好一辈子！

这一首收在“鼓吹曲辞”中，属于“汉铙歌”。“鼓吹曲辞”本是用短箫铙鼓伴奏的军乐，然而这首竟然是情歌！——其实也不难理解：家乡有这么一位热情似火、忠贞不贰的姑娘在守候，士兵能不拼命向前吗？

有些乐府诗中，虽有美女出现，却带着反抗的调子。像那首《陌上桑》，诗中的女主角罗敷美得惊人。她出门去采桑，人们都被她的美貌惊呆了，赶路的卸下担子，干活的放下犁锄，年轻人情不自禁摘下帽子搔首弄姿，更有回家跟妻子吵闹的，这颠三倒四的举动，全是由美女罗敷引起的！

这时，有个“使君”大官儿出场了，他坐着五匹马拉的车子，神气活现，企图仗着官高势大，把罗敷带走！——罗敷可不怕他。她上前说：你真蠢！你是有妻室的人了，我也是有丈夫的。我的丈夫嘛，他在东方统领着千军万马，骑着戴金络头的白骏马，腰间挎着名贵的宝剑，相貌堂堂、仪表不凡，在几千人里也是顶尖儿的。他的官儿也大得很啊！——诗歌到这里就结束了。我们猜想，那个厚脸皮的使君这时一定是灰溜溜的！

这一首收在“相和歌辞”中，那是一些丝竹乐器伴奏的汉代“街巷讴谣”，作者的立场显然是站在百姓一边。美丽而泼辣的民间女郎罗敷是百姓心目中的女神，跟宋玉、曹植等贵族心目中的女神，大异其趣！

汉乐府最著名的爱情悲歌，要数东汉末年的叙事长诗《孔雀东南飞》了。此诗最早载于《玉台新咏》，那也是一部诗歌总集，共十卷，选辑了从东周至南朝梁的诗歌七百六十多篇。编选者徐陵是南朝梁陈间有名的宫体诗人。这部书的编选，比《乐府诗集》还要早上五百年哩！

“孔雀东南飞，五里一徘徊。”长诗一开头，以孔雀徘徊起兴，接着写到女主角刘兰芝，她“十三能织素，十四学裁衣，十五弹箜篌，十六诵诗书。十七为君妇，心中常苦悲”。

原来，刘兰芝嫁给庐江小吏焦仲卿，婚后夫妻俩恩恩爱爱。可婆婆却难处，尽管兰芝“鸡鸣入机织，夜夜不得息”，像奴仆一样干活，婆婆仍然对她横挑鼻子竖挑眼，凭空指责她不能干、没礼貌、不听调遣。刘兰芝明白，这个家已容不下她！——焦仲卿生性懦弱，不敢违抗母命，哽哽咽咽地跟妻子商量，说准备把她先送回娘家住一阵，日后再想法子接回来。

仲卿远远送兰芝到大道口，两人恋恋不舍。兰芝发誓说：“君当作磐石，妾当作蒲苇。蒲苇纫如丝，磐石无转移！”一个像磐石一样坚定，一个像蒲苇一样坚韧——两人都没死心，还盼着重逢的一天呢。

兰芝的哥哥可不愿家里再添一张嘴，他立逼着妹妹改嫁！没办法，兰芝只好答应下来。仲卿听得消息，立刻来见兰芝，说是：祝贺你攀上高枝啊！我这块磐石倒还是这么坚牢，你那蒲苇怎么这么快就没了韧劲儿了？好啊，愿你一天天富贵，我可要先走一步了！兰芝说：你这是什么话，咱们同病相怜，都是受人逼迫。咱们黄泉下相见吧，谁也别违背诺言！

出嫁的日子到了，兰芝被送进洞房。就在“晻（yǎn）晻黄昏后，寂寂人定初”，她“揽裙脱丝履，举身赴清池”，投水自尽了。仲卿听到消息，也“徘徊庭树下，自挂东南枝”，拿一死来报答兰芝的深情。——一对恩恩爱爱的夫妻，就这样被无情的礼教逼上了绝路！

两人被合葬于华山旁，“东西植松柏，左右种梧桐。枝枝相覆盖，叶叶相交通。中有双飞鸟，自名为鸳鸯，仰头相向鸣，夜夜达五更”。这个浪漫的结尾，象征着精神不死，爱情永存。在神奇的想象里，蕴含着百姓的美好心愿和深切同情。

《孔雀东南飞》全诗一千七百多字，是中国诗歌中少有的长篇叙事诗。诗歌叙述中夹着抒情，比兴、铺陈、夸张、对比、衬托等手法都运用得自然纯熟，显示了很高的文学技巧。此诗收入《乐府诗集》，题为《焦仲卿妻》。它与另一首乐府诗《木兰诗》，被誉为乐府叙事诗的“双璧”。

文人乐府丞相诗

最早对乐府诗发生兴趣的文人，当数“三曹”——曹操和他的儿子曹丕、曹植。他们借汉乐府的旧题来填写新的题材内容，从而开启了文人创作乐府诗的风气。由此引发的乐府诗创作热，一直延续到唐代。

曹操（155—220）字孟德，是汉末著名的政治家、军事家兼诗人，官至丞相，加封魏王。他写过不少乐府诗，如《短歌行》《步出夏门行》《薤露行》《蒿里行》《苦寒行》《对酒歌》《陌上桑》《塘上行》《秋胡行》《瑟调曲》《却东西门行》等等。

《文选》“诗·乐府”选了曹操的《短歌行》和《苦寒行》。《乐府诗集》选的就更多。看看这首《短歌行》：

对酒当歌，人生几何？譬如朝露，去日苦多。慨当以慷，忧思难忘。何以解忧？唯有杜康。青青子衿，悠悠我心。但为君故，沉吟至今。呦呦鹿鸣，食野之苹。我有嘉宾，鼓瑟吹笙。明明如月，何时可掇？忧从中来，不可断绝。越陌度阡，枉用相存。契阔谈宴，心念旧恩。月明星稀，乌鹊南飞。绕树三匝，何枝可依？山不厌高，海不厌深，周公吐哺，天下归心。

◎见《乐府诗集》“相和歌辞”。◎朝露：早上的露水，譬喻容易消逝。去日：过去的日子。苦多：太多。◎慨当以慷：即慷慨。◎杜康：这里指酒。◎“青青”二句：《诗经·郑风·子衿》的诗句，这里表示对贤才的思慕。衿，青衿，是周代学子的服装。◎“呦呦”二句：诗句出自《诗经·小雅·鹿鸣》，这是宴请宾客的诗，此处表示诗人优礼贤才的诚意。苹，艾蒿。◎掇（duō）：摘取。◎越陌度阡：穿越阡陌。阡陌，田间小路。枉用相存：屈尊来访。枉，枉驾，屈尊。用，以。存，存问，问候。◎契阔：此词有多义，这里有久别重逢的意思。谈宴：欢宴交谈。◎匝：圈。◎厌：满足。周公吐哺：这里用周公“一饭三吐哺，一沐三握发”（吃一顿饭，多次吐出口中的食物；洗一次澡，多次拧干头发，只为及时接见前来投奔的贤者）的典故。

单看前面几句，不过是人生苦短、借酒浇愁的老调子。然而往下读你会发现，让诗人忧心忡忡的，原来不是什么个人得失，而是平定天下、缺少贤才。诗人备下酒席，随时准备鼓瑟吹笙，迎接贤者。——“青青子衿，悠悠我心”和“呦呦鹿鸣，食野之苹”的诗句，都是从《诗经》中借来的，用得恰到好处。

诗人的呼唤得到了回应，新朋故友“越陌度阡”，前来襄助，大家欢宴高谈，气氛热烈。“月明星稀，乌鹊南飞。绕树三

“东临碣石，以观沧海”（曹操）

匝，何枝可依”，既写眼前之景，又喻示贤士彷徨无依的处境。而诗人不无骄傲地说：高山不让土壤，大海不捐细流，有“一饭三吐哺”的周公在，何愁贤才不至、天下不平！——曹操这是以周公自比呢，而诗的境界也因此变得宏阔。

曹操还有一组乐府诗《步出夏门行》，共分四解（章），分别为《观沧海》《冬十月》《土不同》《龟虽寿》。——《观沧海》和《龟虽寿》最为人所熟悉，而“老骥伏枥，志在千里；烈士暮年，壮心不已”等句（文摘二），脍炙人口，成为后世老者常用的座右铭。

才高八斗的曹子建

曹丕（187—226）字子桓，政治才能不及其老爹，诗歌创作也缺乏慷慨气度。《文选》收了他的《燕歌行》和《善哉行》，前者写一位妇女在秋夜思念丈夫：

> 秋风萧瑟天气凉，草木摇落露为霜。群燕辞归雁南翔，念君客游思断肠。慊慊思归恋故乡，何为淹留寄他方？贱妾茕茕守空房，忧来思君不敢忘。……
>
> ◎摇落：凋残。◎慊（qiàn）慊：空虚、怨恨之貌。何为：一作“君何”。淹留：久留。寄：寄居。◎贱妾：妇女自谓。茕（qióng）茕：孤单。

《燕歌行》是乐府旧题，内容情调也没啥创新，但诗歌的形式却是新的，诗句由五言扩展为七言。——七言体日后发展成中国古典诗歌的重要形式，曹丕如同给七言体埋下一块基石。

弟弟曹植的乐府诗，《文选》中收了四首：《箜篌引》《美女篇》《白马篇》《名都篇》。曹植（192—232）字子建，自幼才华早露，很受父亲赏识。然而显贵的身份并没有给他带来快乐。曹操死后，曹丕对几个兄弟严加控制，曹植身为王侯，却跟囚徒没啥两样。相传曹丕曾逼他七步之内作诗一首，于是曹植借煮豆燃豆萁的意象，发出“本是同根生，相煎何太急”的呼声。——典故虽出于传闻，却是曹植境遇的真实写照。

曹植跟着父亲在军营里长大，从小培养起报效国家、建功立业的雄心壮志。他在《白马篇》中赞扬了北方的游侠儿，实则是借此表达自己的志向和情怀：

白马饰金羁，连翩西北驰。借问谁家子，幽并游侠儿。少小去乡邑，扬声沙漠垂。宿昔秉良弓，楛矢何参差。控弦破左的，右发摧月支。仰手接飞猱，俯身散马蹄。狡捷过猴猿，勇剽若豹螭。边城多警急，虏骑数迁移。羽檄从北来，厉马登高堤。长驱蹈匈奴，左顾凌鲜卑。弃身锋刃端，性命安可怀？父母且不顾，何言子与妻？名编壮士籍，不得中顾私。捐躯赴国难，视死忽如归！

◎羁：马笼头。连翩：翻飞不停貌。◎幽并：二州名，相当于今河北、山西、陕西的一部分。◎乡邑：家乡。扬声：扬名。垂：边陲。◎宿昔：经常。秉：持。楛（hù）矢：以楛木做杆的箭。◎控弦：拉弓。的（dì）：目标。月支：白色的箭靶。◎“仰手”二句：迎面射中飞奔的猿猴，弯腰射碎箭靶。接，迎射。飞猱（náo），一种体小而敏捷的猿猴。散，射碎。马蹄，箭靶名。◎狡捷：矫捷，灵巧。剽：轻快。螭（chī）：传说中的龙种神兽。◎警急：警报。数（shuò）：多次。◎羽檄：告急的军书。厉马：策马。堤：这里指军事工事。◎蹈：踏。凌：压制。匈奴、鲜卑：都是汉代屡犯中原的北方少数民族。◎弃身：置身。◎壮士籍：指军人的名册。中：内心。◎忽：忽视，不在乎。

幽并在汉代是边塞地区，民风强悍。诗的开头写幽并好汉骑着戴金络头的白马向沙场上飞奔，他们从小就离开家乡，到沙漠边陲去建功扬名。以下又赞美游侠儿箭法出众，身手矫捷。——边城发出了警报，匈奴和鲜卑人又来进犯。游侠儿迎着刀尖冲上前去，策马高岗、左冲右突，父母、妻儿乃至自己的性命全都抛在脑后——名字已登上壮士的名册，又怎么能怀有私心呢！在国家危难之时，游侠儿把为国捐躯看得像回家一样轻松！

曹植才情四溢，热烈奔放。读着这首诗，你能想见游侠儿昂扬矫健、激情焕发的身影，那就是诗人自己呀！

收在《乐府诗集》中的曹植诗还有不少，如《薤露》、《平陵东》、《吁嗟篇》、《豫章行》、《蒲生行浮萍篇》、《丹霞蔽日行》、《野田黄雀行》（文摘二）、《怨诗行》等等。

曹植还写过四十余篇赋，产量之多，称雄于汉魏文坛。《文选》收了《洛神赋》和《七启》两篇。

东晋诗人谢灵运曾说：“天下才共一石，子建独得八斗。”——

"石（dàn）"是古代称粮食的单位，一石为十斗。你看，天下的才华，曹植一人就占了八成，后人对他的仰慕与赞誉，几乎是不留余地的！而"才高八斗"这个词儿，便是由此而来。

元代赵孟頫书曹植《洛神赋》（局部）

曹氏父子周围，团聚了一批贤士，单说文学人才，就有孔融、陈琳、王粲、徐幹、阮瑀（yǔ）、应玚（yáng）、刘桢七位。他们主要活动在汉末建安年间，因称"建安七子"。七子中陈琳（？—217）、王粲（177—217）的诗写得最好，善用乐府旧题写当下的生活。又因时势动乱，作品带着特有的苍劲风格，后人称为"建安风骨"。

【文摘二】

步出夏门行·龟虽寿　曹操

神龟虽寿，犹有竟时。螣蛇乘雾，终为土灰。老骥伏枥，志在千里；烈士暮年，壮心不已。盈缩之期，不但在天；养怡之福，可得永年。幸甚至哉，歌以咏志。

◎见《乐府诗集》"相和歌辞"。◎"神龟"二句：龟是古人心目中长寿的动物。竟，终了，完结。◎螣（téng）蛇：又作腾蛇，是传说中的神物，与龙同类。◎骥：千里马。枥（lì）：马棚。◎烈士：指重义轻生或积极建功立业的人。暮年：晚年。不已：不止。◎盈缩之期：这里指寿命长短。◎养怡：养生，修养。永年：长寿。

野田黄雀行（三选一） 曹植

高树多悲风，海水扬其波。利剑不在掌，结友何须多。不见篱间雀，见鹞自投罗。罗家得雀喜，少年见雀悲。拔剑捎罗网，黄雀得飞飞。飞飞摩苍天，来下谢少年。

◎见《乐府诗集》“相和歌辞”。曹丕登位前后，曹植的朋友、亲信多被杀掉。曹植痛心自己没有利剑，不能救拔朋友，因有此作。◎“利剑”二句：说自己没有权势，交很多朋友，无力保护，也是枉然。◎鹞（yào）：鹰类猛禽。罗：网罗。◎罗家：设罗捕雀的人。◎捎（shāo）：除。一作“削”。◎摩：迫近。

辑三　陶令赋《归去》，庾信《哀江南》

古诗十九首，文人性情篇

《文选·诗》中有一组“古诗十九首”，也是五言，却不属于乐府。——乐府诗多以叙事见长，这几首却独重抒情。从情调上看，明显是文人之作，时间应在东汉末年。看看这首《行行重行行》吧。

行行重行行，与君生别离。相去万余里，各在天一涯。道路阻且长，会面安可知！胡马依北风，越鸟巢南枝。相去日已远，衣带日已缓。浮云蔽白日，游子不顾返。思君令人老，岁月忽已晚。弃捐勿复道，努力加餐饭。

◎这是“古诗十九首”中的第一首。◎行行：这里极言走得远。重：又。

诗中模拟女子口吻，诉说对远游亲人的思念。这本是民歌中常见的题材，不过这首却多了文人式的委婉。像“相去日已远，衣带日已缓”，就写得很含蓄——为什么离别日久“衣带日已缓”呢？原来相思令人消瘦，衣带自然显得宽松。这样的写法影响深远，六朝鲍照《拟古》诗有“宿昔改衣带，旦暮异容色”，宋代柳永《蝶恋花》词有“衣带渐宽终不悔，为伊消得人憔悴”，都是由此而来。

“古诗十九首”中也有从游子角度叙写别离的，像这首《去者日以疏》：

去者日以疏，来者日以亲。出郭门直视，但见丘与坟。古墓犁为田，松柏摧为薪。白杨多悲风，萧萧愁杀人。思还故里闾，欲归道无因。

◎“去者”二句：过去的日子一天天远去，未来的时日一天天亲近。◎郭门：城门。丘与坟：指大小坟墓。◎“古墓”二句：指坟墓年代久远，被农夫犁为田地，墓边栽种的松柏，也被砍作柴薪。◎萧萧：树木被风吹发出的声音。◎故里闾：指故乡。道无因：没办法归去。

游子在异乡作客，看到古老的坟墓被犁为田垄，墓边的松柏也被砍作柴薪。而新的坟墓还在不断增添，白杨树在风中发出凄凉的悲音。游子感叹人生的短暂，更加思念家乡，却又没法子归去。——在诗中，外界的景物与诗人的心境相互感发，共同印证着人生易老的千古感慨，这种伤感带着哲理味儿，明显是文人式的。

“十九首”里也有一类宣扬“及时行乐”的。像那首《生年不满百》就说：人生不过百年，干吗老是想得那么长远啊！应当抓紧时间，及时行乐，白天不够用，就点着蜡烛夜游才对！

另有一首《今日良宴会》，则鼓吹人生短暂，就像狂风中的尘土，一会儿就不知去向了！赶紧去攫取富贵吧，先下手为强，何必守着穷神，苦一辈子呢！对这类诗，以前人们常持批评态度，认为宣扬消极颓废的生活态度。不过从另一面看，作品又反映了诗人自我意识的觉醒，其进步意义又是不可忽视的。

“十九首”代表着早期五言诗的最高成就，古代文人没有不推崇它的——不但推崇它的形式，更欣赏它的内容和情调。它与乐府诗的最大区别，是由叙事转为抒情，文人作者开始关注自己的精神世界。

紧随“十九首”之后，《文选》中还有一组“苏李诗”。

“苏李”即苏武和李陵。诗共七首，也是五言的，风格与“十九首”相近。“携手上河梁，游子暮何之。徘徊蹊路侧，恨恨不得辞。……”（李陵《与苏武》）——手拉手送好友到河桥，暮夜将临，前路漫漫，游子要到哪里去啊？临别徘徊，不忍分手，却又找不出合适的话安慰对方……看似平常的几句，却富于感染力。难怪杜甫要说“李陵苏武是吾师”（《解闷十二首》）了。

阮籍“青白眼”，嵇康《绝交书》

仿佛是跟“建安七子”相呼应，曹魏末期的文坛上又出了七位名士：嵇康、阮籍、山涛、向秀、刘伶、阮咸和王戎。这七位交往密切，又都喜好老、庄，聚在山阳的竹林中高谈阔论，人送雅号“竹林七贤”。

“七贤”中阮籍（210—263，字嗣宗）诗名最高。建安七子中有个阮瑀，是他的父亲；而“七贤”中的阮咸，又是他的侄

明代仇英绘《竹林七贤》

子，人们把这叔侄俩称为“大阮”“小阮”。

阮籍的代表作是一组五言《咏怀诗》，共八十二首，大部分是感叹身世的内容，也有咏史之作。其中一首《驾言发魏都》，借战国时魏王婴不用贤才、终致身死的历史，讽刺在位者的腐败与昏庸。其中“战士食糟糠，贤者处蒿莱”一联，正是对当下社会不公的写照。

魏晋时期，政局复杂，危机四伏。为了躲避是非，阮籍说话十分谨慎，但内心是非分明。他善作“青白眼”：看朋友用黑眼珠，见了讨厌的家伙，就用白眼珠去瞪他，因此得罪了不少人。他常常独自乘车离开大路，信马由缰地走去，走到没路的地方，便大哭而返。他登临楚汉相争的古战场，发感慨说：“时无英雄，使竖子成名！”——他这是借古讽今呢。

明人张溥的《汉魏六朝百三家集》收有《阮步兵集》——阮籍好饮酒，听说步兵营有人擅长酿酒，并存有三百瓶佳酿，便请求去当步兵校尉；“阮步兵”这个称呼就是这样来的。

“七贤”中的嵇康（224—263）字叔夜，年轻时家里很穷，靠打铁谋生。不过他人穷志不短，不肯跟那些附庸风雅的贵族攀交情。人家慕名来拜访，他不紧不慢地抡着锤子，好友向秀在一旁给他拉风箱，他对人家不理不睬。

嵇康的态度激怒了当权者，最终司马氏对他下了狠手。据说嵇康临刑那天，远近的人都赶来为他送行。嵇康抬头看看日影，知道大限将至，要来一张琴，弹了一曲《广陵散》；弹罢叹气说：当初有人向我学这支曲子，我没教他。唉，《广陵散》今后算是绝响啦！

嵇康有一封《与山巨源绝交书》，收在《文选》中，最能体现他那特立独行的个性。山巨源即山涛，也是"七贤"之一。他隐居只是为了求名，出了名，便下山去求官，还写信引诱嵇康出山。嵇康接到他的书信，如同吞了苍蝇，于是挥笔写下这封绝交书信。

在信中，嵇康指责山涛中途变节、跟当权者同流合污；并说自己性格耿直，脾气古怪，不是当官的"料"。信中有这样一段话：

少加孤露，母兄见骄，不涉经学。性复疏懒，筋驽肉缓，头面常一月十五日不洗，不大闷痒不能沐也。每常小便而忍不起，令胞中略转乃起耳。又纵逸来久，情意傲散，简与礼相背，懒与慢相成。而为侪类见宽，不攻其过……

◎孤露：这里指父亲早死，无人呵护。见骄：被（母兄）溺爱娇惯。经学：儒家经书学术。◎筋驽肉缓：这里形容筋肉松弛。头面：头颅面孔。沐：洗浴。◎"每常"二句：因为懒得动，小便常常因膀胱胀得转侧不安，才起身如厕。胞，膀胱。◎纵逸：放纵。傲散：倨傲散漫。简：简略，这里指不守礼法。慢：怠慢。相成：相互促成。◎侪（chái）类：同辈，朋友。过：过失，过错。

嵇康为啥不愿当官呢？他说：我从小死了爹，因娘和兄长娇惯，自己不但不读经书，还养成一身毛病：性情疏懒，筋肉松弛，懒到个把月不洗一回脸；不是闷痒得难受，从不洗澡！

甚至有了小便也忍着不动，不到胀得难受，绝不上厕所！好在朋友们了解自己，宽恕自己的简慢。这种性格，哪里受得了当官的束缚呢！

古人把写文章看得十分郑重，嵇康竟在信中扯起洗澡、撒尿的事来，对收信者的轻蔑和鄙视，还用明说吗？在书信末尾，嵇康讽刺山涛说：有个农夫觉得太阳晒脊梁是最美的事，献宝似的跑去告诉皇上。你可别学农夫的样儿。言外之意是：你觉着做官儿是件了不起的好事，我还不稀罕呢！

《与山巨源绝交书》嬉笑怒骂，不拘章法，把讽刺的效能发挥到极致，研究讽刺文学的，一定不要忘记这篇佳作！——嵇康有《嵇中散集》，收在《汉魏六朝百三家集》中。

受时代风气的影响，“七贤”的文章多为辞赋体。如嵇康的好友写过《思旧赋》，用以悼念嵇康。而“七贤”中的刘伶也写过《酒德颂》，那同样是赋体。——“七贤”几乎个个好饮，刘伶（约 221—300）酒瘾最大。相传他常常乘一辆鹿车，带上一壶酒，让仆人扛着铲子跟在车后，吩咐说：我啥时喝死了，把我直接挖坑埋掉就算了！

《酒德颂》收在《文选》中。文中以夸张的笔墨写一位“大人先生”，他拿天地的寿数当一个早晨，把万年的时光看作一刹那，又拿日月当窗户，八方做庭院，所过之处不留车辙印儿，居住之所也没有房屋，天就是帷幕，地就是座席，他想干啥就干啥，整日酒杯不离手。这时来了两位正人君子，谴责他不遵礼法。不说还好，越说他喝得越凶，直喝得天昏地暗……

文章名为歌颂“酒德”，实则表达了作者对礼法的蔑视，所反映的，是文人个体意识的觉醒，以及对礼教的厌恶、对自由的渴求！

洛阳纸贵因左思

《汉魏六朝百三家集》所收晋人别集，还有《张茂先集》（张华）、《潘黄门集》（潘岳）、《潘太常集》（潘尼）、《陆平原集》（陆机）、《陆清河集》（陆云）、《张孟阳集》（张载）、《张景阳集》（张协）、《陶彭泽集》（陶渊明）等。

西晋文人诗歌喜欢模仿古人，讲究形式的华美，内容上则跟现实有些脱节。人们称这一时期的诗风为“太康体”——太康（280—289）是西晋年号。这一时段的作家，有三张、二陆、两潘、一左。“三张”是指张载、张协、张亢三兄弟；“二陆”指陆机、陆云兄弟；“两潘”指潘岳、潘尼叔侄；“一左”是左思——左思传世诗文较少，只有两篇赋和十四首诗，因而张溥《汉魏六朝百三家集》中没有他的别集，然而正是他，留下“洛阳纸贵”的佳话。

左思（约250—305）字太冲，他的《三都赋》名气很大。“三都”是指蜀都益州、吴都建业和魏都相州。赋中借西蜀公子、东吴王孙和魏国先生之口，各自夸说本国都城的繁华宏大。以往的作者往往把精力放在辞藻上，左思却注重现实生活的描写，因而别有价值。

《三都赋》写了整整十年。据说他家的居室、庭院甚至厕所都搁着纸笔，想到一个好句子，别管在哪儿，马上记下来。赋写成了，当时的文学名流皇甫谧（mì）为它写序，张载、刘逵为它作注，曾经提携陆机的张华也赞叹不已。洛阳的豪贵之家都争相传抄，弄得纸价飞涨——“洛阳纸贵”的典故便是由此而来。

左思另有《咏史诗》八首——说是“咏史”，其实是“借古人酒杯，浇自家块垒（块垒：指胸中郁结之气）”。像那首《郁郁涧底松》，便是针对当时的门阀制度写的：

> 郁郁涧底松，离离山上苗。以彼径寸茎，荫此百尺条。世胄蹑高位，英俊沉下僚。地势使之然，由来非一朝！金张藉旧业，七叶珥汉貂。冯公岂不伟，白首不见招。
>
> ◎郁郁：茂盛貌。离离：下垂貌。◎径寸茎：直径一寸的树干。荫：遮蔽。条：树干。◎世胄（zhòu）：世家子弟。蹑（niè）：登。下僚：小官。◎金张：金日磾（Mìdī）、张世安，都是汉宣帝时的高官；这里指他们的家族。藉：凭借。旧业：先人遗业。七叶：七世。珥汉貂：做汉代高官。珥貂指冠旁插貂鼠尾，是汉代贵官的装饰。◎冯公：冯唐，汉文帝时人，有才能，但老年仍居郎官。伟：奇伟。不见招：不被重用。

当时的社会最讲究出身，所谓“上品无寒门，下品无世族”。左思在诗中打了个比方：郁郁苍苍的百尺青松，就因为长在涧底，反被山头上寸把粗细的小树苗遮蔽着，就如同那些庸才凭借门第势力，压在有才干的寒士头上一样！诗人又借汉代典故，说这种荒唐的人才选拔机制由来已久。——读者不难从诗中感受到作者的激愤之情。

陶令弃官归田园

陶渊明

东晋文坛上最引人瞩目的诗人是陶渊明。从屈原到李白、杜甫的一千年间，陶渊明要算最重要的诗人了。

陶渊明（365—427）字元亮（一说名潜，字渊明），世称靖节先生，浔阳柴桑（今江西九江）人。他的曾祖父陶侃（kǎn）做过晋代的大司马，战功卓著。可是到他出生时，家道已然衰微。

陶渊明一生做过几任小官。他做彭泽县令时，有一次郡里派官员下来视察，县吏告诉他要系好腰带、衣帽整齐地去迎接。陶渊明不耐烦，说："我岂能为五斗米折腰向乡里小儿！"当天就交还官印，回乡种田去了。——有一篇《归去来辞》，便是他弃官归田时所作。看开头几句：

归去来兮，田园将芜胡不归？既自以心为形役，奚惆怅而独悲？悟已往之不谏，知来者之可追。实迷途其未远，觉今是而昨非……乃瞻衡宇，载欣载奔。僮仆欢迎，稚子候门。三径就荒，松菊犹存。携幼入室，有酒盈樽。引壶觞以自酌，眄庭柯以怡颜……

◎归去来：归去。来是语气词。芜：荒芜。胡：为什么。◎心：心灵。形：身体。役：役使。奚：为什么。◎悟：觉悟。谏：劝止；也有挽回的意思。追：补救。◎今是：指现在的归隐。昨非：指以前的入仕。◎衡宇：衡门，这里指旧宅。载：助词，且。◎稚子：年幼的儿子。◎“三径”句：汉代蒋诩隐居时，在舍前竹下开三条小路，只与两个好友来往。“三径”因成隐士之居的代称。就荒，变得荒芜。◎眄：斜视。庭柯：庭院里的树木。柯，树枝。怡颜：使高兴。

这是陶渊明自己劝自己：回去吧，田园都荒芜了，为什么还不回去呢？既然为了养家糊口，让心受了委屈，干吗还要独自惆怅伤悲？如今算是知道了，过去的事不可挽回，今后却还可以补救。既然认识到昨天错了，今天才找到正道儿，那就走下去吧，好在弯路走得还不算远……

接下来是到家时的情景：远远望见旧宅，高兴得要跑起来。仆人和孩子早在门前迎候着。院子虽然显得荒凉，可松树和菊花还在。拉着小儿进了屋，酒早就备着呢。端壶举杯自斟自饮，看着院中青苍的松枝，快乐从心中洋溢到脸上……

诗人读书弹琴，享受着天伦之乐；农忙时则亲自到田里去除草培土，生活自然而和谐！——“云无心以出岫（xiù），鸟倦飞而知还”，这分明写的是诗人那颗热爱自由、向往自然的心啊！

这篇文字以“辞”为题，句多双出，语带骈偶，通篇分别押几个韵；但文气自由流转，很少用“兮”字调节，带有散文气象，但仍属辞赋类。

种豆南山下，力耕不吾欺

陶渊明打心眼儿里喜欢田园生活。他有《归园田居》诗五首，第一首这样写道：

> 少无适俗韵，性本爱丘山。误落尘网中，一去三十年。羁鸟恋旧林，池鱼思故渊。开荒南野际，守拙归园田。方宅十余亩，草屋八九间。榆柳荫后檐，桃李罗堂前。暧暧远人村，依依墟里烟。狗吠深巷中，鸡鸣桑树颠。户庭无尘杂，虚室有余闲。久在樊笼里，复得返自然。

◎适俗：适应世俗，随波逐流。韵：气质，性情。丘山：这里指大自然。◎尘网：尘世。三十年：一说应为“十三年”，指他此前做官的时间。◎羁鸟：笼子里的鸟。池鱼：养在小池中的鱼。◎守拙：这里指固守节操，不随波逐流。◎方宅：宅地范围。或说方同“傍”。◎荫：遮挡，遮荫。罗：罗列。◎暧（ài）暧：昏昧貌。依依：轻柔貌。墟里：村落。◎颠：巅，顶。◎樊笼：本为鸟笼，喻不自由的境地。

诗人说，我从小就讨厌世俗的那一套，天生喜欢自然风光，田园生活。尽管如此，为了谋生，在官场上白白消磨了十几年大好光阴，如今总算是迷途知返啊。

诗人选取了乡村里最迷人的风景放到诗中：一带草屋，屋后是浓郁茂密的榆树，房前是明艳照人的桃李。远方的村落若隐若现，轻柔的烟霭袅袅升起。狗不知在哪条深巷里吠叫，鸡飞上桑树引吭高歌……生活在这闲暇恬静的气氛里，再没有尘俗杂事来打扰他，多像是久在笼子里的鸟，重又飞回到大自然里去！

陶渊明歌颂田园生活的诗还有不少，如《和郭主簿》、《读山海经》（文摘三）等。——然而田园生活又是艰辛的：

种豆南山下，草盛豆苗稀。晨兴理荒秽，带月荷锄归。道狭草木长，夕露沾我衣。衣沾不足惜，但使愿无违。（《归园田居》其三）

◎南山：庐山。◎兴：起床。荒秽：杂草。荷锄：扛着锄头。◎愿无违：不违背隐居的心愿。

拿笔的手如今拿锄头，总不那么顺手，搞得田里“草盛豆苗稀”。披星戴月、露湿衣衫的生活，也是从前不曾体验的。然而远离官场，让心获得自由，这点苦累又算得了什么？

诗人新交了许多农民朋友，“相见无杂言，但道桑麻长”（文摘三），大家有着共同的喜悦和期望。以后诗人遭遇了一场火灾，不得不移居南村。新的邻居中也有谈得来的文士，农事紧时，大家各忙各的，有了闲暇，就在一起饮酒赋诗。这首《移居》，就描写了这时的生活：

春秋多佳日，登高赋新诗。过门更相呼，有酒斟酌之。农务各自归，闲暇辄相思。相思则披衣，言笑无厌时。此理将不胜，无为忽去兹。衣食当须纪，力耕不吾欺。

◎辄：就，总是。◎披衣：这里指披上衣服去拜访朋友。◎此理：指其中的生活意趣。不胜：十分丰富。“无为”句：意谓不要轻易离开这种生活。忽，轻忽，轻易。兹，这种日子。◎纪：经营。不吾欺：“不欺吾”的倒装。

《移居》共两首，这是第二首。在前一首中，诗人说自己移居此地的原因之一，是这里有几个谈得来的好朋友。尽管新居窄小，但能跟好友高谈阔论，“奇文共欣赏，疑义相与析”，也是让人高兴的事。——第二首依然抒写友朋之乐，同时也讲到“农务”“衣食”等现实话头。诗人已习惯了自食其力的劳动生活，有点舍不得离开了！

《饮酒》吟采菊，《挽歌》唱白杨

陶渊明喜欢喝酒，当彭泽令时，有一块官田，他全让人种上秫米，好用来酿酒。酒酿熟了，他等不及拿滤酒工具，随手摘下头上的葛巾，滤酒畅饮。

归隐后，他有《饮酒》诗二十首，大多是乘着酒兴写下的。其中那首“结庐在人境”最有名（文摘三），诗中“采菊东篱下，悠然见南山”一联，写隐者情怀，冲淡悠远，传诵最广。

不过陶渊明的生活并不富裕，酒不能常饮。亲友知道他的嗜好，有了酒总会想到他。他则有请必到，喝就喝个够；醉了也不留恋，起身就走。他自己若有酒，也不吝惜，有客人来，无论贵贱，都端出来同饮。自己喝醉了，就对客人说，“我醉欲眠，卿可去”（我醉了想睡觉，你走吧），从不讲客套，人家也不怪罪他。他家墙上挂着一张无弦琴，喝得高兴时，他便把琴摘下来，用手在上面比画。那琴声大概只有他自己听得到。

遇上天灾人祸，诗人瓮中无米，不得不向人乞讨。可他一点也不觉得“丢人”，还把这情景写进诗里，题为《乞食》：

> 饥来驱我去，不知竟何之。行行至斯里，叩门拙言辞。主人解余意，遗赠副虚期。谈谐终日夕，觞至辄倾杯。情欣新知欢，言咏遂赋诗。感子漂母惠，愧我非韩才。衔戢知何谢，冥报以相贻。
>
> ◎之：前去。◎斯里：这处里巷。拙言辞：不知说啥好。◎遗（wèi）赠：赠送。副虚期：符合我的期待。此句一作“遗赠岂虚来”。◎谈谐：聊得很融洽。倾杯：干杯。◎新知：新朋友。◎“感子”二句：这里用典，表示对对方的感谢。韩信贫贱时，有洗衣老妇给他饭吃。韩信发迹后，拿千金报答老妇。漂母，漂洗织物的妇人。惠，恩惠。韩才，韩信的才能。◎衔戢（jí）：藏敛，藏于心中。冥报：指死后报答。相贻：相赠，报答。

被饥饿驱赶着，诗人出了家门，一时竟不知往哪儿去好。来到一处里巷，敲开门，怎么跟人说呢？主人善解人意，又是招待，又是馈赠；宾主相谈甚欢，酒喝了一杯又一杯。诗人因交了新朋友而高兴，诗句脱口而出，说您就是救助韩信的漂母，可惜我没有韩信的才能。您的好意我深藏内心，此生不能回报，来生也要报答！——读者感受到的，是诗人的坦荡与真诚！

不过贫困没能让诗人放弃操守。江州刺史檀道济来看他，请他出山做官，还给他带来米和肉，陶渊明不肯收，挥手要他拿走。

陶渊明也写乐府诗。他临终前给自己写了三首《挽歌》，被《乐府诗集》收在“相和歌辞·相和曲”中。且看第一首：

荒草何茫茫，白杨亦萧萧。严霜九月中，送我出远郊。四面无人居，高坟正嶕峣。马为仰天鸣，风为自萧条。幽室一已闭，千年不复朝。千年不复朝，贤达无奈何。向来相送人，各自还其家；亲戚或余悲，他人亦已歌。死去何所道，托体同山阿。

◎萧萧：风吹木叶声。◎嶕峣（jiāoyáo）：突兀高耸貌。◎幽室：墓穴。朝（zhāo）：早上，天亮。◎山阿（ē）：山陵。

这是诗人想象着别人为自己送葬的情景：墓室一旦封闭，就再也没有重见天日的时候。不过对待生死，诗人倒是看得很透彻。他知道，送葬的人群一散，死者在这个世界上的影响也就完结了。也许亲人还要伤心一阵子，可不相干的人早已唱起歌来。自己把躯壳交给山陵大地，还有什么可说的呢！

陶渊明的伟大，是逐渐被人认识的。活着的时候，他穷困潦倒，诗也不被人看重。以至百年以后，文学批评家钟嵘写

《诗品》时，也只把陶渊明的诗歌列为中品。然而到了唐宋时，陶诗的价值逐渐显露出来。李白、杜甫、白居易、王维、孟浩然、韩愈、柳宗元、苏轼、黄庭坚、陆游、辛弃疾……几乎没有一位不诚心诚意仰慕他、学习他。苏轼、苏辙、朱熹等都写过“和陶诗”。元代有个叫郝经的，一生写过一百一十八首“和陶诗”。

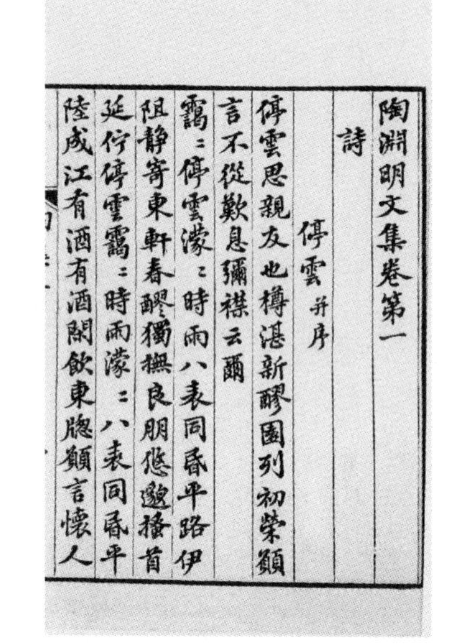

陶淵明文集卷第一

詩

停雲 并序

停雲思親友也罇湛新醪園列初榮願言不從歎息彌襟云爾

靄靄停雲濛濛時雨八表同昏平路伊阻靜寄東軒春醪獨撫良朋悠邈搔首延佇停雲靄靄時雨濛濛八表同昏平陸成江有酒有酒閑飲東牕願言懷人

《陶渊明文集》书影

陶渊明又是第一个把田园生活写进诗中的文人。从他的田园诗里，可以看出他对生活和大自然爱得那样深沉、那样真挚。

陶渊明的散文也写得浑朴洒脱，他的《桃花源记》和《五柳先生传》都是耳熟能详的散文名篇。这里就不再絮叨了。

【文摘三】

读山海经（十三选一） 陶渊明

孟夏草木长，绕屋树扶疏。众鸟欣有托，吾亦爱吾庐。既耕亦已种，时还读我书。穷巷隔深辙，颇回故人车。欢言酌春酒，摘我园中蔬。微雨从东来，好风与之

俱。泛览《周王传》，流观《山海图》。俯仰终宇宙，不乐复何如。

◎孟夏：初夏，农历四月。扶疏：形容树木枝繁叶茂，疏密有致。◎欣有托：因有所寄托而高兴。庐：宅庐，屋宇。◎穷巷：深巷。深辙：深深的车辙，喻贵人的车迹。回：招致。◎《周王传》：《穆天子传》。流观：浏览。《山海图》：带图的《山海经》。◎俯仰：形容很短的时间。终宇宙：与宇宙相始终。

归园田居（五选一） 陶渊明

野外罕人事，穷巷寡轮鞅。白日掩柴扉，虚室绝尘想。时复墟曲中，披草共来往。相见无杂言，但道桑麻长。桑麻日已长，我土日已广。常恐霜霰至，零落同草莽。

◎这是《归园田居》第二首。◎“野外”二句：谓乡村人与人交往少，偏僻的巷子少有车马来到。穷巷，偏僻的巷子。轮鞅，指车马。鞅（yāng），马颈上的皮带。◎尘想：世俗的念头。◎墟曲：墟里。披：拨开。◎长（zhǎng）：生长。◎“常恐”二句：常怕有霜冻灾害降临，使农田受损，变为荒地。霜霰（xiàn），这里指霜冻灾害。霰，一种小冰晶。草莽，荒地。

饮酒（二十选一） 陶渊明

结庐在人境，而无车马喧。问君何能尔，心远地自

偏。采菊东篱下，悠然见南山。山气日夕佳，飞鸟相与还。此中有真意，欲辨已忘言。

◎这是《饮酒》诗第五首。◎人境：人类聚居的地方。◎尔：这样。远、偏：都有远离人境的意思。◎日夕：黄昏时分。◎“此中”二句：用《庄子》语，意为从大自然的启示领会到的真意，不可言说，也不必言说。

“三日不读，便觉口臭”

陶渊明晚年，东晋已为刘宋取代，历史也进入南北朝时期。这一时期有几位成就突出的诗人，他们的集子也都由张溥辑入《汉魏六朝百三家集》，如《谢康乐集》（谢灵运）、《鲍参军集》（鲍照）、《谢宣城集》（谢朓）、《江醴陵集》（江淹）、《沈隐侯集》（沈约）、《丘中郎集》（丘迟）、《孔詹事集》（孔稚珪）、《庾开府集》（庾信）、《何记室集》（何逊）、《王司空集》（王褒）、《吴朝请集》（吴均）……

谢灵运（385—433）乳名“客儿”，又称“谢客”。他比陶渊明晚生二十年。其曾祖谢安在东晋做到宰相，祖父谢玄战功卓著，曾在淝水大败苻坚。谢灵运承袭爵位，十八岁就被封为康乐公，人称“谢康乐”。

入宋以后，谢灵运被降为侯爵，心中不满，整天游山逛水，不理政事。后来干脆辞官回家，仗着祖上留下的丰厚家业，凿山挖湖，大建别墅；还常常带着几百童仆前呼后拥，游山玩水，并写了不少吟咏山水的诗歌，成为中国最早的山水诗人。

他的诗中名联佳句有不少。像“林壑敛暝色，云霞收夕霏”(《石壁精舍还湖中作》)、“野旷沙岸净，天高秋月明”(《初去郡》)、“明月照积雪，朔风劲且哀”(《岁暮》)、“春晚绿野秀，岩高白云屯”(《入彭蠡湖口》)、“池塘生春草，园柳变鸣禽”(《登池上楼》)等，都给人留下画儿一般的印象。

谢朓（tiǎo，464—499）是谢氏家族又一位有才华的诗人，为了区别，人们称谢灵运为“大谢”，谢朓为“小谢”。小谢曾任宣城太守，又称“谢宣城”。

谢朓字玄晖，他出生时，大谢已去世多年。受大谢的影响，谢朓也擅长写山水诗，诗风清新流丽。像这首《晚登三山还望京邑》：

灞涘望长安，河阳视京县。白日丽飞甍，参差皆可见。余霞散成绮，澄江静如练。喧鸟覆春洲，杂英满芳甸。去矣方滞淫，怀哉罢欢宴。佳期怅何许，泪下如流霰。有情知望乡，谁能鬒不变？

◎三山：在今南京市西南。京邑：这里指金陵。◎灞涘（sì）：灞陵。河阳：县名，在今河南省。京县：洛阳。◎飞甍（méng）：状如飞鸟的上翘屋檐，这里指高大的殿宇。甍，屋脊。参差（cēncī）：高下不齐貌。◎绮：锦缎。澄江：清澈的江水。练：白色熟绢。◎覆：盖，此处言鸟多。杂英：杂花。甸：郊野。◎去：离开。方：将。滞淫：久留，淹留。怀：怀念。◎佳期：归来的日期。怅：惆怅。霰（xiàn）：一种似雪非雪的小冰粒。◎鬒（zhěn）：黑发。变：指变白。

这是谢朓登山纵览长江春景、回顾金陵城所作。登高望远，他不禁联想到：在灞陵望长安、在河阳望洛阳，应该也是这个样子吧？接下来写眼前景色：夕阳照耀下的宫殿飞檐高低错落，历历可见；天上的彩霞散如绮罗，长江波澜不起，如同一匹白绸，静静地延展。江中的洲渚上鸣禽翔集，各色野花铺满草甸……然而想到即将离开这里，不知何时归来，诗人不禁泪下如雨，头发也要愁白了！

小谢的诗已做到情景交融，“余霞散成绮，澄江静如练”一联描写春江晚景，比起大谢的“林壑敛暝色，云霞收夕霏”更胜一筹！

小谢诗中名句很多，像“天际识归舟，云中辨江树”（《之宣城出新林浦向板桥》）、“鱼戏新荷动，鸟散余花落”（《游东田》），都是神来之笔。再如那首《赠西府同僚》，开头便是“大

安徽宣城谢朓楼

江流日夜，客心悲未央”，气势有多大！此外，《观朝雨》一诗开篇即“朔风吹飞雨，萧条江上来”，似乎冷风裹着雨点，已经打在读者脸上！

谢朓的诗在当时深受人们推重。梁武帝说：我三日不读谢诗，就觉得口臭。唐代大诗人李白也盛赞谢朓，说是“蓬莱文章建安骨，中间小谢又清发”。李白登九华山时，还感叹说：“恨不携谢朓惊人诗来，搔首问青天耳！”感慨里带着钦慕！——大谢开创了山水诗派，小谢是这一派中成就最高者。二谢的诗直接影响到唐代诗坛。

与谢朓同时的诗人还有沈约（441—513），他作诗讲求音调的谐美，并总结出“四声八病”的规律来——沈约的诗作得一般，可他的声调理论推动中国诗歌从自由的古体走向格律严整的近体，意义非凡。也有人说，沈约是从佛教的唱经规律中获得启发的。南北朝时，佛教对中国文化的影响已经十分显著。

鲍明远泪洒“芜城”

南北朝时，辞赋创作再起高潮，鲍照的《芜城赋》，江淹的《别赋》《恨赋》，孔稚珪的《北山移文》，庾信的《哀江南赋》，都是难得的辞赋佳作。

鲍照（416—466）字明远，在南朝宋为官，曾任前军刑狱参军，世称“鲍参军”。他笔下的“芜城”，是指广陵城，也就是今天的江苏扬州。西汉时，这里是吴王刘濞的治所，市井繁华，城垣坚固。然而此后扬州城屡经战乱，到南朝时已破败得不成样子。——鲍照登城观览，被眼前的荒芜景象深深震撼，抚今追昔，写下《芜城赋》。

赋的前半幅回顾太平年代的广陵城，那时“车挂轊，人驾肩。廛闬扑地，歌吹沸天”[挂轊（wèi）：车轴相撞，形容车多。驾肩：肩挨着肩，形容人多。廛闬（chánhàn）：里巷房屋。扑地：遍地。歌吹：歌唱吹奏]，“才力雄富，士马精妍”（精妍：指士兵训练有素装备精良），一幅蒸蒸日上的图景。

谁都认为广陵城坚牢无比，万年不坏；谁承想“出入三代（指汉、魏、晋），五百余载，竟瓜剖而豆分”！眼下的广陵城，葛藤遍布，蛇蝎盘踞，天上饥鹰盘旋，地下虎狼潜伏。鬼魅狐鼠，晨昏出没，凄风苦雨，鬼哭狼嚎；秋风一起，风沙漫天，叶落草衰，凄凉无比！从前的歌楼舞榭、吴蔡妙音、珍玩古董、南国佳丽，全都灰飞烟灭、沉埋废墟……

文章通过鲜明的对比，给读者带来强烈的心灵冲击，同时揭示了盛衰之理。而以赋体记述历史，这在以前还没有先例。

今日扬州，老街新貌

《文选》把这篇收在“赋”类“游览”目下，似乎欠妥——这样的“游览”，实在是太残酷了！

鲍照也写了不少乐府诗，如《拟行路难》（文摘四）、《代东武吟》、《代出自蓟北门行》、《代白头吟》、《代结客少年场行》等，共八十多首。《文选》及《乐府诗集》中多有收录。

鲍照有一首乐府诗《代白头吟》，起头两句是“直如朱丝绳，清如玉壶冰”，这里的“朱丝绳”，是以笔直的琴弦比喻正直的品行；“玉壶冰”则象征着冰清玉洁的节操。——唐人王昌龄有“洛阳亲友如相问，一片冰心在玉壶”（《芙蓉楼送辛渐》）之句，便是化用鲍照此句。

庾信泣血《哀江南》

另一位辞赋家庾信，比鲍照晚生近百年。他的一篇《哀江南赋》与鲍照的《芜城赋》齐名。——“哀江南”一词出自楚辞《招魂》的结句：“魂兮归来哀江南！”

庾信（513—581）字子山，本是南朝梁人，少年时就出入宫廷，给太子做文学侍从。后来奉命出使西魏，被强留在北方，很不情愿地当了西魏的官。到北周时，他已官至骠骑大将军，开府仪同三司，世称“庾开府”；然而他内心十分痛苦，常常思念故国，只是没法子回去。

《哀江南赋》是庾信晚年所作，追叙自己前半生的经历，讲述了江南遭受战乱、梁朝终于亡国的惨史。赋中写到江陵（今湖北荆州，梁元帝萧绎在此称帝）失守、百姓被掳往北方的途中所见，显然，这还是继承《芜城赋》以赋写史的传统呢。

> 水毒秦泾，山高赵陉。十里五里，长亭短亭。饥随蛰燕，暗逐流萤。秦中水黑，关上泥青。于时瓦解冰泮，风飞电散。浑然千里，淄渑一乱。雪暗如沙，冰横似岸，逢赴洛之陆机，见离家之王粲。莫不闻陇水而掩泣，向关山而长叹！况复君在交河，妾在青波。石望夫而逾远，山望子而逾多。才人之忆代郡，公主之去清河。栩阳亭有离别之赋，临江王有愁思之歌。别有飘飖武威，羁旅金微。班超生而望返，温序死而思归。李陵之双凫永去，苏武之一雁空飞。……

◎“水毒”句：春秋时，秦晋作战，秦人曾在泾水中放毒，这里形容行程险恶。赵陉（xíng）：指河北井陉，在当时赵国境内。◎蛰（zhé）燕：冬天蛰伏的燕子，可以用来充饥。◎“秦中”二句：甘肃有黑水，陕西有青泥城。甘陕都属秦地，这里指江陵人被掳到遥远的北方。◎“于时”二句：形容被掳者骨肉分离。泮（pàn），散。◎“浑然”二句：形容被掳者无分贵贱贤愚，全被押上千里流亡之路。淄渑（ZīMiǎn），两条河流的名称，二水水味不同，在山东寿光汇合后，也就混为一味了。◎“逢赴洛”二句：这里喻指流亡人群中的文人。陆机在吴亡后被征召到洛阳。王粲避乱荆州，曾作《登楼赋》。◎陇水：在甘肃境内。古诗有《陇头歌》，悲远行。◎“况复”四句：写夫妻分离、母子失散之状。交河，新疆吐鲁番地名。

青波，在今河南新蔡县附近。石望夫，即望夫石，相传古代有妇女在山头盼丈夫归来，化作石头。山望子，即望子陵，在今河北定州市。逾，同“愈”。◎“才人”二句：是说贵族妇女也受尽凌辱。前者用秦末赵王将宫中才人（宫女）赐给奴仆的典故，后者用晋时清河公主被卖为奴婢的典故。代郡，赵国首都。◎“栩（xǔ）阳亭”二句：《汉书·艺文志》有《别栩阳赋》及《临江王及愁思节士歌诗》，皆咏离别之情。◎“别有”二句：飘飖、羁旅，都指在外作客，漂泊无定。武威，地名，在甘肃。金微，山名，在漠北。这两句形容诗人自己被困北朝。◎“班超”四句：东汉班超经营西域，晚年请求回归中原。东汉温序出使被俘，自尽而死。相传他死后托梦给儿子，希望归葬故里。汉代苏武别李陵诗，有“双凫俱北飞，一凫独南翔”句。以上数句用典，都是作者自表被留北地、不能南归的痛苦。

文中用饱含情感的笔墨，描摹了被掳百姓千里流亡的惨痛画面！赋中用典虽多，却都自然贴切，毫无堆砌感。加之气韵贯通，语调铿锵，读时只觉苍凉悲壮之气扑面而来！赋前有序言，同是用骈体撰写，其中“日暮途穷，人间何世！将军一去，大树飘零；壮士不还，寒风萧瑟”等句，也都流传众口。——跟一般宣泄个人哀乐的诗文相比，庾信抒发的是国家、民族的大悲大痛，因而有着震撼人心的力量！

只是这篇《哀江南赋》未被收入《文选》。——《文选》收编的作品止于南朝前期，庾信的赋作于萧统死后。此赋收在庾

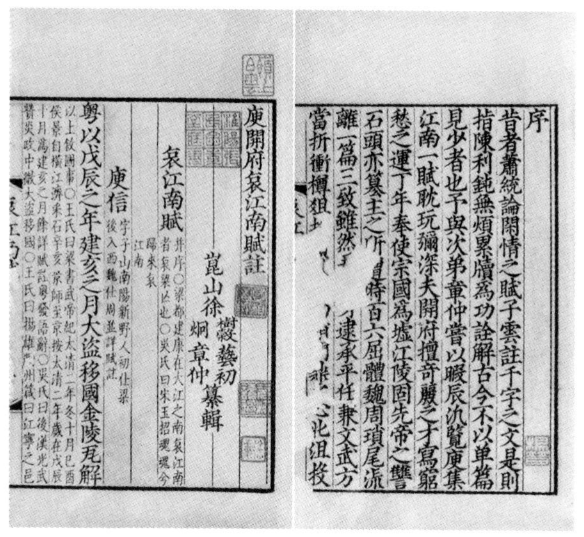
序

昔者蕭統論閑情之賦子雲註千字之文是則
指陳利鈍無煩累牘爲功詮解古今不以单篇
見少者也予與次弟童仲嘗以暇辰汎覽庾集
江南一賦耽玩彌深夫開府擅奇蘡之才寫窮
愁之運丁年奉使宗國爲墟江陵固先帝之豐
石頭亦藂王之所 時百六屆體魏周頊尾流
離一篇三致雖然 逮承平仕兼文武方
當折衝樽俎

庾開府哀江南賦註

崑山徐樹穀藝初 徐炯章仲 纂輯

哀江南賦 并序

庾信 字子山南陽新野人初仕梁後入西魏仕周並詳賦註

粤以戊辰之年建亥之月大盜移國金陵瓦解

《哀江南赋注》书影

信别集《庾开府集》里。

庾信有一组《拟咏怀》，共二十七首，诗中充满身世的感伤以及对故国的怀念。像“胡笳落泪曲，羌笛断肠歌”“楚歌饶恨曲，南风多死声。眼前一杯酒，谁论身后名”，都是十分沉痛的诗句。其中第十七首写北方的军旅生活，“阵云平不动，秋蓬卷欲飞”一联，格外传神。又有《寄王琳》绝句（文摘四），写朋友之谊、故国之思，言短情长。

庾信的诗融合了南北诗风，既是对南北朝诗歌的总结，又开启了唐诗的伟大时代。唐代的杜甫十分推崇庾信，称赞他“庾信文章老更成，凌云健笔意纵横”（《戏为六绝句》之一），又说“庾信平生最萧瑟，暮年诗赋动江关”（《咏怀古迹》之一）。在称颂李白时，杜甫还用“清新庾开府，俊逸鲍参军”

（《春日忆李白》）作比，把庾信的诗歌风格总结为“清新”。

《木兰诗》有几首

六朝的乐府民歌也盛行一时，同汉魏乐府相比，毫不逊色。

最为人熟知的北朝乐府诗，无过于那首《木兰诗》，载于《乐府诗集》“横吹曲辞·梁鼓角横吹曲”中。诗中讲述一个勇敢的女孩子木兰女扮男装、替父从军的故事。

诗在一派叹息声中开始：“唧唧复唧唧，木兰当户织。不闻机杼声，唯闻女叹息。”［户：指门。杼（zhù）：织布机上使用的梭子。］——木兰为什么要叹气？原来，爹爹的名字上了征兵的花名册。为了让爹爹免受军旅之苦，木兰情愿女扮男装，替父从军。接下来是应征前的准备：“东市买骏马，西市买鞍鞯（jiān），南市买辔（pèi）头，北市买长鞭。”木兰披挂整齐，于是跨黄河、越黑山，奔赴战场。

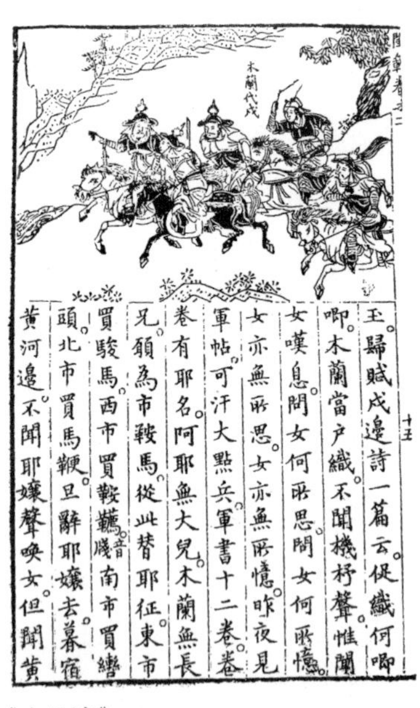

王。歸賦戍邊詩一篇云。促織何唧
唧。木蘭當户織。不聞機杼聲。惟聞
女嘆息。問女何所思。問女何所憶。
女亦無所思。女亦無所憶。昨夜見
軍帖。可汗大點兵。軍書十二卷。卷
卷有耶名。阿耶無大兒。木蘭無長
兄。願為市鞍馬。從此替耶征。東市
買駿馬。西市買鞍韉。音牋南市買轡
頭。北市買馬鞭。旦辭耶孃去。暮宿
黄河邊。不聞耶孃聲喚女。但聞黄

《木兰诗》

十年的战争生活，诗中只是一笔带过。木兰再次出现，是在报捷的朝堂上。不过她不愿受封赏，唯愿解甲还乡——直到此时，同伴还不知道这位勇敢的战友是位

"娇娇女"呢。而诗的最后一段，写木兰回家的景象，洋溢着喜剧气氛：

> 爷娘闻女来，出郭相扶将。阿姊闻妹来，当户理红妆。小弟闻姊来，磨刀霍霍向猪羊。开我东阁门，坐我西阁床，脱我战时袍，著我旧时裳。当窗理云鬓，对镜帖花黄。出门看火伴，火伴皆惊惶："同行十二年，不知木兰是女郎。"
>
> ◎爷娘：爹娘。郭：城郭。扶将：扶持。◎霍霍：急速貌。◎著（zhuó）：同"着"，穿。◎云鬓：如云的鬓发。花黄：古代妇女的面饰。◎火伴：同"伙伴"。

诗中把家人的欢欣与木兰的喜悦，烘染得十分热烈。伙伴们重见木兰时的那声惊呼，又在喜庆中增添了活泼的情调，木兰的形象也因此更加丰满。——有人拿这首北魏民歌跟东汉乐府《孔雀东南飞》并举，称它们是乐府叙事诗的"双璧"。

其实收在《乐府诗集》中的《木兰诗》"古辞"有两首，另一首开篇为"木兰抱杼嗟，借问复为谁。欲闻所戚戚，感激强其颜。老父隶兵籍，气力日衰耗。岂足万里行，有子复尚少……"语言疏简，叙事枯燥，大概经过文人的整理润色，反而失去了活泼的民歌特色。

北朝乐府也有情歌——情歌中的女性形象，自有北方女孩儿的特点。例如这一首《地驱歌乐辞》（四选一）：

驱羊入谷，白羊在前。老女不嫁，踏地唤天！

◎见《乐府诗集》“横吹曲辞”。

民歌中的女孩子一点也不羞羞答答，她对爱情的要求直截了当，带着几分强悍！

北地的男子汉则个个剽悍勇武。有一组《琅玡王歌辞》，内有咏刀诗一首：

新买五尺刀，悬著中梁柱。一日三摩挲，剧于十五女。

◎见《乐府诗集》“横吹曲辞五”。◎剧：这里有超越之意。十五女：十五岁的花季少女。

健儿新买宝刀，悬在梁上，每日摩挲不已，爱兵器赛过爱姑娘！这比喻出人意表，只能出现在民歌里。另有一首《企喻歌》（文摘四），把男子比作鹞鹰，写出健儿的剽悍。

有一首《敕（chì）勒歌》，是鲜卑族民歌，《乐府诗集》记录时，翻译成汉文。虽只有短短十几个字，却唱出游牧民族对家乡深沉的爱，有着感染人的力量：

敕勒川，阴山下。天似穹庐，笼盖四野。天苍苍，野茫茫，风吹草低见牛羊。

◎见《乐府诗集》“杂歌谣辞”。◎敕勒：种族名，北朝时居住于今山西北部。阴山：在今内蒙古境内。◎穹庐：毡帐。◎见（xiàn）：现出，露出。

南朝的民歌，又按地域可分为两类：“吴歌”流传于长江下游，今天的南京一带；“西曲”呢，则产生在长江中游汉水两岸。《乐府诗集·清商曲辞》下，就包含“吴声歌”和“西曲歌”。

“吴声歌”中的《子夜歌》《子夜四时歌》十分有名，相传是女子“子夜”所作。两组歌共一百多首，都是东晋及南朝宋齐的“古辞”。看看《子夜四时歌》中的两首：

春林花多媚，春鸟意多哀。春风复多情，吹我罗裳开。

别在三阳初，望还九秋暮。恶见东流水，终年不西顾。

◎见《乐府诗集》“清商曲辞·吴声歌曲”。◎罗裳：轻罗缝制的裙裳。◎三阳：这里指春天，即三月阳春。九秋：秋天，即九月深秋。◎恶（wù）：厌恶。顾：回。

前一首是春之歌，诗中包蕴的青春热情看似含蓄，实则大胆而热烈！后一首是秋之歌，心上人在春天辞别而去，姑娘盼着他秋天早早回来。因为思念，她讨厌门前的江水：你何曾见过水向西流？我的心上人可别跟它一样！

“西曲”民歌保存下来的较少，跟吴歌相类，也是以爱情题材居多。读读这首《攀杨枝》：

自从别君来，不复著绫罗。画眉不注口，施朱当奈何？

◎见《乐府诗集》“清商曲辞·西曲歌”。◎不注口：别（把画眉的黛色）抹在嘴唇上。不，别。注，涂抹。施朱：这里指涂唇膏。

这个姑娘自情郎远离，情绪低落，绸衫也懒得穿。化妆时魂不守舍，险些把画眉的黛色涂在嘴唇上，那又让红唇膏涂在哪里？

【文摘四】

拟行路难（十八选一） 鲍照

对案不能食，拔剑击柱长叹息。丈夫生世能几时，安能蹀躞垂羽翼？弃置罢官去，还家自休息。朝出与亲辞，暮还在亲侧。弄儿床前戏，看妇机中织，自古圣贤尽贫贱，何况我辈孤且直！

◎这是《拟行路难》第六首。◎案：放食器的小几。◎蹀躞（diéxiè）：小步行走貌。◎弃置：抛弃不顾。◎孤：孤寒，指身世寒微。

寄王琳 庾信

玉关道路远，金陵信使疏。独下千行泪，开君万里书。

◎王琳：诗人的朋友，在梁朝为官。◎玉关：玉门关，在今甘肃省。这里喻指自己身处的北方。信使：使者。

企喻歌

男儿欲作健，结伴不须多。鹞子经天飞，群雀两向波。

◎《乐府诗集》“横吹曲辞·企喻歌”之一。◎作健：做健儿。◎两向波：向左右逃散。波，同“播”，逃散。

辑四　王孟田园曲，高岑边塞诗

唐代“集部”，诗文璀璨

唐代（618—907）是中国诗歌的黄金时代，散文也得到空前发展。《四库总目·集部》收录了唐人别集近百部，存目二十多部。这些集子有作者自编的，也有同代或后人编辑的；有全集，也有选集。有些名家的集子还不止一部，如后人编纂的杜甫诗集，便有《九家集注杜诗》《黄氏补注杜诗》《集千家注杜诗》《杜诗攟（jùn）》《杜诗详注》……连同存目所收，足有二十部！

《四库总目·集部》中的唐人总集也有十几部，像《河岳英灵集》《国秀集》《御览诗》《中兴间气集》《才调集》《唐百家诗选》《万首唐人绝句》《唐文粹》等等。——由清人编纂的《全唐诗》共收两千多位唐代诗人的诗歌近五万首，是迄今最全的

《全唐诗》的当代版本

唐诗总集。负责刻印这部大书的，正是《红楼梦》作者曹雪芹的祖父曹寅。

讲到唐诗，不能不说说古体诗与近体诗的区别。——“古体”是与“近体”相对而言的，也称古诗、古风，格律比较自由，一首诗短不过四句，长则没有上限，但必须是偶数句。不讲对仗、平仄，押韵也比较宽泛，韵脚可平可仄，中途也可以换韵。句子以五言、七言为主，也有四言、六言或杂言的。——乐府诗原是配乐歌唱的，后来渐渐摆脱音乐，也属于古体诗的范畴。

近体诗又称今体诗，指唐代形成的格律诗。规矩很多，对于篇幅、押韵、平仄、对仗，都有严格规定。以五、七言为主，类型又分绝句、律诗。

唐人散文创作也形成高峰。由韩愈、柳宗元倡导的古文运动，影响贯穿千余年，直达清末。唐代散文总集有《全唐文》，也是清人所编，收入唐五代三千多位作者的散文一万八千四百余篇（一说两万多篇）——此书编于嘉庆年间，故未能收入《四库全书》。

唐代历史近三百年，其中经历了“安史之乱”等大变动，不能不对文学的发展产生影响。谈论唐代文学的人，常把唐代文学的发展分为初唐（618—711）、盛唐（712—765）、中唐（766—835）和晚唐（836—907）四个阶段。以下的介绍，也大体依照这个次序。

沈宋追苏李，王勃赋高阁

初唐时，上层诗坛受齐梁诗风的熏染，宫体诗盛行，净是些奉和、应诏、侍宴之作。虞世南、上官仪以及号称“文章四友”的崔融、李峤、苏味道、杜审言等，都擅长这种诗体。

“四友”的诗歌，以杜审言（约645—约708）的成就最高。他是大诗人杜甫的祖父，以五言律诗见长，他的那首《和晋陵陆丞早春游望》（文摘五），是五律代表作。

与杜审言同时的，还有两位宫廷诗人宋之问（约656—约712）和沈佺期（约656—约715）。他俩的律诗声调谐和，对仗工稳；律诗在他们手中更加成熟。当时流传着“苏李居前，沈宋比肩”的口碑，把他俩与号称“五言之祖”的苏武、李陵相提并论。宋之问的《题大庾岭北驿》和沈佺期的《杂诗·闻道黄龙戍》（文摘五），也都是五律佳作。

与“四友”同时的还有“四杰”，那是指王勃、杨炯、卢照邻和骆宾王四位初唐诗人。他们的别集，分别是《王子安集》《盈川集》《卢昇之集》《骆丞集》。

王勃（约650—约676）字子安，才华早露，从小有“神童”之誉。还没成年，就被推荐当了官。不过他仕途坎坷，连遭贬谪。他爹爹也受到了牵连，被贬到交趾（今天的越南）。王勃南下省亲，渡海时不慎落水，惊吓而亡，那时他只有二十七岁。

王勃的诗留下的不多，却有着自己的风格。最有名的是那首五律《送杜少府之任蜀州》：

城阙辅三秦，风烟望五津。与君离别意，同是宦游人。海内存知己，天涯若比邻。无为在歧路，儿女共沾巾。

◎少府：县尉。之任：赴任。蜀州：一作“蜀川”，泛指蜀地。◎“城阙”二句：是说长安到蜀地虽远，但五津风物，还可在城头想望。城阙，此指长安。辅，指京城附近的地方。三秦，泛指陕西一带。五津，四川岷江有五个渡口。◎“海内”二句：是说知己朋友千里同心。天涯，指极远的地方。比邻，近邻。◎无为：不要。歧路：分手的路口。儿女：青年男女。沾巾：流泪。

其中“海内存知己，天涯若比邻”一联，以友谊的誓言代替儿女情长的诉说，成为千古传诵的名句。

王勃还有一篇骈文《滕王阁序》，十分有名。相传阎伯玙做洪州牧时，重修滕王阁，并打算在落成仪式上让自己的女婿孟学士露一手。到了这天，阎公拿着纸笔向大家虚让一番，正要叫女婿一展才华，不想奉陪末座的王勃竟不客气地接过纸笔——他是探亲路过此地的。

滕王高阁临江渚

阎公十分不快，拂袖而去，却暗中派人刺探。一会儿报告说：起笔是“南昌故郡，洪都新府”，阎公说：不过老生常谈罢了。接下去是：“星分翼轸，地接衡庐。”［“星分”句：古人把地域和星宿一一对应。此处说南昌在翼、轸（zhěn）二星的分野。衡庐：衡山和庐山。］阎公听了，沉吟着没说话。等写到“落霞与孤鹜齐飞，秋水共长天一色［鹜（wù）：野鸭］”，阎公一下子站起来，说：真乃天下奇才，这是不朽之作啊！忙请王勃上坐，痛饮美酒，尽欢而散。——有人说这年他才十四岁，也有说二十的。

骆宾王传檄讨武曌

四杰之中，杨炯（650—692）的边塞诗写得格外好。像那首《从军行》（文摘五），虽用乐府题目，形式却是五律。诗中情调慷慨，写出士人渴望建功立业不愿老死书斋的志向。

骆宾王（？—约 687）也是才子，七岁能诗，饱读诗书。但日后经历坎坷，曾因事下狱，有一首五律《在狱咏蝉》（文摘五），便是狱中所作。诗人以蝉自比，用“露重”和“风多”隐喻恶势力的压迫。诗人哀叹没人理解自己的“高洁”，悲伤中含着怨恨不平。

后来徐敬业起兵讨伐武则天，骆宾王参加了他的幕府。他替徐敬业草拟了著名的《讨武曌（zhào）檄》，罗列武氏罪状，开篇即说：

> 伪临朝武氏者，人非温顺，地实寒微。……入门见嫉，蛾眉不肯让人；掩袖工谗，狐媚偏能惑主。……加以虺蜴为心，豺狼成性。近狎邪僻，残害忠良。杀姊屠兄，弑君鸩母。神人之所共疾，天地之所不容！……
>
> ◎又作《代李敬业传檄天下文》。李敬业即徐敬业，赐姓李。◎伪：这里有不合法的意思。临朝：掌握朝廷大权。地实寒微：出身低微。◎“入门”二句：意谓其他妃嫔入宫后都遭到武则天忌妒。◎“掩袖”二句：指武则天迷惑君主，使诡计陷害皇后。掩袖，典出《战国策》，楚姬郑袖施诡计暗害楚王所爱的美人。◎虺（huǐ）蜴：蝮蛇及蜥蜴。◎近狎：亲近。邪僻：小人。◎“杀姊”二句：杀姐姐，害哥哥。又毒死君王和母亲。前二事有据可查，后二事未见记载。

檄文中还痛斥武则天“包藏祸心，窥窃神器”，是企图篡唐的野心家。与此同时，又把徐敬业的军势大大夸张了一番，说是

“喑呜则山岳崩颓，叱咤则风云变色”（喑呜、叱咤：怒吼声）。并号召李唐旧臣响应义军，拿君臣大义激励他们说：“一抔（póu）之土未干，六尺之孤何托？”（先帝的坟土还没干，幼小的孤君又托付给谁？）

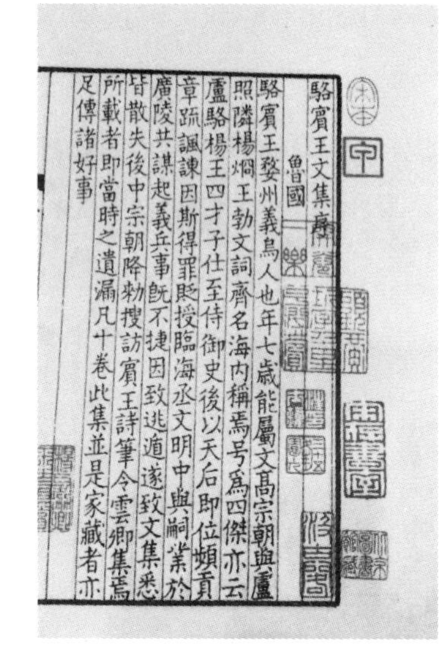
駱賓王文集序

魯國

駱賓王婺州義烏人也年七歲能屬文高宗朝與盧照隣楊炯王勃文詞齊名海内稱焉号爲四傑亦云盧駱楊王四才子仕至侍御史後以天后即位頻貢章疏諷諫因斯得罪貶授臨海丞文明中與嗣業於廣陵共謀起義兵事既不捷因致逃遁遂致文集悉皆散失後中宗朝降勅搜訪賓王詩筆令雲卿集焉所載者即當時之遺漏凡十卷此集並是家藏者亦足傳諸好事

《骆宾王文集》书影

据说武则天读到这两句时，大为震动，问宰相：这是谁写的？回答说骆宾王。武则天质问道：做宰相的失掉这样的人才，该当何罪？——就在这一年，徐敬业兵败，骆宾王也下落不明，有人说他当了和尚，也有人说他死于乱军之中。

“四杰”的政治地位虽然不高，但全都不满齐梁诗风，决心以才华横溢的创作扭转诗坛的萎靡局面，开启了唐诗的新风尚。杜甫写诗赞扬他们说：

王杨卢骆当时体，轻薄为文哂未休。尔曹身与名俱灭，不废江河万古流！

◎此为《戏为六绝句》之二。◎“轻薄”句：有人讥笑“四杰”文风轻薄。哂（shěn），嗤笑，讽刺。◎尔曹：你们这帮人，指嗤笑“四杰”的人。不废江河：流淌不尽的长江黄河。

杜甫这是抨击那些看不起四杰的人，说你们讥笑四杰文风“轻薄”，可你们又在历史上留下了什么？王杨卢骆的诗文，将像长江大河那样万古流传呢！

比四杰稍迟的陈子昂，同样痛恨齐梁风气。他借口“复古”，提出鲜明的诗歌革新主张，在理论和实践上都有创新。

陈子昂（661—702）字伯玉，他有一篇《修竹篇序》，感叹“文章道弊，五百年矣”；批评齐梁诗歌“彩丽竞繁，而兴寄都绝”（辞采竞相华丽，却没有一点意义）。他借着赞扬东方虬（qiú）的诗歌，表达了对建安、正始诗风的仰慕，说：“不图正始之音复睹于兹，可使建安作者相视而笑。”（不图：没想到。兹：此。）这篇短文如同诗歌革命的宣言，标志着唐代诗风的革新与转变。

陈子昂有一首《登幽州台歌》，由天地的空阔，联想到时间的渺茫，感慨古人既不可追，来者又不可见。这种遗世独立的孤独感，流露出诗人对当代文坛的不满。

前不见古人，后不见来者。念天地之悠悠，独怆然而涕下。

◎幽州台：又名蓟北楼，据考，位置在今北京北郊。另有河北定兴一说。◎怆（chuàng）然：伤感的样子。涕：泪。

后人编有《陈伯玉文集》，今人编有《陈子昂集》。

【文摘五】

和晋陵陆丞早春游望　杜审言

独有宦游人，偏惊物候新。云霞出海曙，梅柳渡江春。淑气催黄鸟，晴光转绿蘋。忽闻歌古调，归思欲沾巾。

◎和（hè）：指诗歌奉和。晋陵：今江苏武进。◎宦游人：在外做官的人。物候：季节变化的征候。◎曙：晓色。“梅柳”句：梅柳间的春色从江南渡到江北。◎淑气：和暖的气候。“晴光”句：水上绿蘋在阳光下摇曳生光。

题大庾岭北驿　宋之问

阳月南飞雁，传闻至此回。我行殊未已，何日复归来？江静潮初落，林昏瘴不开。明朝望乡处，应见陇头梅。

◎大庾岭：在今江西大余县。驿：驿站。◎阳月：阴历十月。◎“我行”句：相传雁至衡阳而止，遇春而回。这里是说，我的行程到这儿却还不曾停止。殊，实。◎瘴：旧指南方山林间的湿热致病之气。

杂诗（三选一）　沈佺期

闻道黄龙戍，频年不解兵。可怜闺里月，长在汉家营。

少妇今春意，良人昨夜情。谁能将旗鼓，一为取龙城。

◎这是《杂诗》第三首。◎黄龙戍：黄龙冈，在今辽宁开原市北。戍，驻边的防地。解兵：撤兵，休战。◎“可怜”二句：意谓闺中妇女和戍边的丈夫同看明月却不能团圆。◎良人：古代妻子对丈夫的尊称。◎“谁能”二句：意谓谁能率军一举攻取敌巢，可使戍边者回家团聚。将，带着，率领。旗鼓，借指军队。一为，一举。龙城，匈奴名城，泛指敌方要塞。

从军行　杨炯

烽火照西京，心中自不平。牙璋辞凤阙，铁骑绕龙城。雪暗凋旗画，风多杂鼓声。宁为百夫长，胜作一书生。

◎西京：长安。◎牙璋：兵符，此处代指将军。◎凋：凋谢，引申为黯然失色。◎百夫长：下级军官。

在狱咏蝉　骆宾王

西陆蝉声唱，南冠客思深。那堪玄鬓影，来对白头吟。露重飞难进，风多响易沉。无人信高洁，谁为表余心。

◎西陆：秋天。南冠：此处代囚徒。◎玄鬓：黑色的蝉翼。白头：诗人自指。◎“露重”二句：蝉被露水打湿，难以飞远，叫声也被大风淹没。以此喻世道艰难，有冤难诉。◎高洁：指蝉，实为自喻。表：表白。

曲径通幽，更上层楼

从初唐到盛唐，还有不少著名诗人，如贺知章、王翰、王之涣、王湾、王昌龄、祖咏、崔颢、常建等。不过他们大多没有别集传世，作品收录在各种总集、选本里，流传在人们的口碑中。

贺知章（659—744）字季真，中过状元，名气不小。他自号“四明狂客”，喜欢提携后进，曾跟李白结为忘年交——李白“谪仙”的名号，便出自他之口。他的一首绝句为人熟知：

> 少小离家老大回，乡音无改鬓毛衰。儿童相见不相识，笑问客从何处来。(《回乡偶书》)
>
> ◎鬓毛衰：鬓发稀疏。

这是游子离家多年，终于回乡时的情景：乡音如故，容颜已老，孩子们见了不认识，昔日的主人反成了客人，令人唏嘘！

贺知章是位老寿星，但因出生早，没赶上后来爆发的“安史之乱”（755—763）。有几位比他年岁小的，如王翰、王之涣、王湾、祖咏、崔颢等，因为寿数短，也没赶上那场灾难。——他们的诗歌中，自然是一派祥和景象。

常建（约708—约765）名气不大，不过他那首《破山寺后禅院》（文摘六）却广为传诵，一联“曲径通幽处，禅房花木深”，尤为人称道。

王湾（约693—约751）中过进士，但官做得不大，留下的诗也不多，这一首《次北固山下》最有名：

客路青山外，行舟绿水前。潮平两岸阔，风正一帆悬。海日生残夜，江春入旧年。乡书何处达，归雁洛阳边。

◎次：住宿，停泊。北固山：在今江苏省镇江市北。◎客路：旅途。◎“江春”句：这里指在江上送走旧岁，迎来新春。◎“归雁”句：这里指托北归的大雁捎家书到洛阳。

诗中“潮平两岸阔，风正一帆悬”两句意境辽远。而“海日生残夜，江春入旧年”一联，则被宰相张说题写在政事堂上，誉为五言诗句的楷模！

这几位诗人中，王翰、王之涣、王昌龄、崔颢等都又以边塞诗见长。看看王翰（687—726）的《凉州词》：

葡萄美酒夜光杯，欲饮琵琶马上催。醉卧沙场君莫笑，古来征战几人回？

◎凉州：今甘肃武威。

将军临上阵时痛饮美酒，可酒没到口，琵琶军乐已在催人出发了。有人说，这是借酒浇愁呢；也有人认为，诗人在激昂的军乐声中痛饮美酒，把生死置之度外，这正是盛唐的风度气概！

王之涣（688—742）也有一首《凉州词》：

黄河远上白云间，一片孤城万仞山。羌笛何须怨杨柳，春风不度玉门关。

◎孤城：指玉门关。万仞：形容极高。古代八尺为一仞。◎羌笛：一种少数民族乐器。乐曲有《折杨柳枝》，为哀怨离别之调。

诗的意境开阔而苍凉，在当时成为人们争相传唱的“流行歌曲”。相传王之涣与王昌龄、高适同到酒楼饮酒听歌。后两位的诗都有歌女唱过，唯独王之涣的没人选。王之涣悄悄指着歌女中长得最漂亮的一个说：她定会唱我的诗！果然，那歌女一开口便唱道：“黄河远上白云间……”

王之涣最有名的，还是那首妇孺皆知的《登鹳（guàn）雀楼》：

白日依山尽，黄河入海流。欲穷千里目，更上一层楼。

◎穷：尽。◎更：再。

短短二十个字，朴素至极；但所表达的道理却意味深长，讲的不只是登高观景的事。

王翰、王之涣的《凉州词》，都属于边塞诗。王昌龄（698—约756）也写边塞诗，如《从军行》、《出塞》（文摘六）等。不过他有一首七绝《芙蓉楼送辛渐》，同样受人激赏：

寒雨连江夜入吴，平明送客楚山孤。洛阳亲友如相问，一片冰心在玉壶。

◎芙蓉楼：遗址在今江苏镇江。◎楚山：泛指朋友将要经过的南方山川。孤：孤独。◎“一片”句：表示自己操守高洁，用以宽慰洛阳亲友。冰心、玉壶，全都用来比喻自己心地的莹洁，品德无瑕。

抽象的品格操守，怎么用诗句来表达呢？诗人巧妙地用“冰心”“玉壶”来形容心灵的洁净无瑕。——您应当记得，这一句脱化自鲍照的“直如朱丝绳，清如玉壶冰”，却是青出于蓝。因为七绝写得好，王昌龄又有“七绝圣手”的美名。

崔颢（704—754）早年喜欢写艳体诗，后来从军出塞，诗风为之一变。但最为人称道的，还是一首登临写景的七律《黄鹤楼》（文摘六）。据说李白来到黄鹤楼，看到崔颢的诗题在壁上，感叹说：“眼前有景道不得，崔颢题诗在上头。”（《唐诗纪事》）宋人严羽也说：“唐人七言律诗，当以崔颢《黄鹤楼》为第一。”（《沧浪诗话》）

田园诗人孟浩然

盛唐前后的诗歌，有两个流派成就特别突出，即山水田园诗派及边塞诗派。常建、祖咏都属于山水田园这一派，而这派的鼻祖，可以上溯至六朝的谢灵运和陶渊明；初唐的王绩也属于这一派。不过这一派的顶尖人物，还要数孟浩然和王维。

孟浩然

浩然丈不拔古匠心獨妙時閒適私省秋月新霽諸英華賦詩作會浩然曰微雲淡河漢疎雨滴梧桐舉坐歎其清絕

孟浩然

《四库总目·集部》著录唐人编辑的《孟浩然集》，收诗二百多首，以五言居多。——孟浩然（689—740）生长在太平盛世，一直在家闭门读书，过着隐逸生活。年将四十才想着到长安去谋个官做。身为高官的王维很喜欢他的诗，据说有一回孟浩然到王维的住处谈诗，可巧唐玄宗驾到。玄宗久闻孟浩然的诗名，要他当场作诗。孟浩然不假思索，当场吟诗一首：

北阙休上书，南山归敝庐。不才明主弃，多病故人疏。白发催年老，青阳逼岁除。永怀愁不寐，松月夜窗虚。

◎北阙：朝廷。敝庐：对自己家园的谦称。敝，破败。◎不才：没有才能。◎“青阳”句：春天迫近，一岁将尽。青阳，春天。◎永怀：悠远的情怀。寐：眠，睡。

此诗题为《岁暮归南山》，首联即暗示朝廷不肯采纳正确意见，自己只好返归故里。接下来那句“不才明主弃”，表面是说自己无能，实则带有抱怨情绪。据说玄宗听到这儿很不高兴，说，我何曾抛弃你呀？你这不是冤枉朕吗？——孟浩然也因此错失了当官的机会。

不当官有不当官的好处，孟浩然长期生活在农村，享受着田园生活的乐趣。听听这首《过故人庄》：

故人具鸡黍，邀我至田家。绿树村边合，青山郭外斜。开轩面场圃，把酒话桑麻。待到重阳日，还来就菊花。

◎过：访。◎具：准备。黍：黄米。◎轩：指窗。面场圃：面对园圃。把酒：手持酒杯劝酒。话：谈论。◎重阳日：夏历九月九日。就菊花：乘菊花开时再来探望。就，凑近。

诗人应邀到朋友家做客，朋友杀鸡煮饭招待他。在青山绿树的环抱中，打开轩窗，边饮酒边谈些农桑琐事，一切都是那么自然和谐。结尾写与朋友相约再聚，透出意犹未尽的浓浓友情。

孟浩然也写山水诗，像那首《临洞庭》（文摘六），五言八句，写出洞庭湖远接天宇、波澜壮阔的宏伟气势，读读“气蒸云梦泽，波撼岳阳城”一联，你很难想象这诗句出自“把酒话桑麻”的同一支笔！

王维：诗中有画，画中有诗

孟浩然去世早，没赶上“安史之乱”。然而他的好友王维却赶个正着！王维（701—761）字摩诘，比孟浩然小十几岁。他出身官宦之家，中过进士，在官场上几经沉浮。安禄山攻进长安时，王维被叛军抓住，还被迫当了伪官。安禄山事败，王维也成了罪人。后经人营救，获得朝廷赦免。他本来笃信佛教，经过这次事变，更是整天烧香诵经，直到去世。

王维对于山水之美，有着一种不同寻常的领悟力。且看这首《终南山》：

太乙近天都，连山到海隅。白云回望合，青霭入看无。分野中峰变，阴晴众壑殊。欲投人处宿，隔水问樵夫。

◎终南山：又名中南山或南山，是秦岭山峰之一。◎太乙：太一，是终南山的主峰，也是终南山的别称。天都：天帝之都。海隅：海角，海边。◎青霭：青色的雾霭。◎“分野”二句：古人把地域与天上的星辰一一对应，地上每一区域都划在星空某一分野中。这里形容终南山地域广大，中峰所隔，分野不同，各山之间阴晴不一。殊，不同。

这诗如同一幅山水画轴，满幅都是云峦雾嶂、深山大壑，只在山脚水边点缀一两个人物，更显出野趣无穷。

在另一首《汉江临眺》中，还有“江流天地外，山色有无中”“郡邑浮前浦，波澜动远空”等诗句，写出诗人徘徊山水间的独特感受。——王维又是画家，苏轼对他的评价是：“味摩诘之诗，诗中有画；观摩诘之画，画中有诗。”说得一点不错。

王维重亲情，也重友情，如五绝《相思》和七绝《九月九日忆山东兄弟》《送元二使安西》（文摘六），都以白描手法抒写亲友之情。“每逢佳节倍思亲”的警句流传千载，积淀于民族文化之中。

王维的边塞、军旅诗歌同样出色。他曾一度奉使到过凉州，那里是河西节度使的驻地。且看这两首：

单车欲问边，属国过居延。征蓬出汉塞，归雁入胡天。大漠孤烟直，长河落日圆。萧关逢候骑，都护在燕然。（《使至塞上》）

◎单车：一辆车，这里有轻车简从的意思。问：慰问。属国：对归附的少数民族地区的称呼。居延：古地名，故地在内蒙古额济纳旗境内。◎征蓬：随风飞转的蓬草，这里是诗人自比。◎孤烟直：烟柱直上直下，这是沙漠环境中的特殊景象。长河：黄河。◎萧关：古关名，在今宁夏自治区固原市。候骑：负责侦察的骑兵。都护：汉代官名，这里借指河西节度使。燕然：山名，即今蒙古国境内的杭爱山。这里借指前线。

风劲角弓鸣，将军猎渭城。草枯鹰眼疾，雪尽马蹄轻。忽过新丰市，还归细柳营。回看射雕处，千里暮云平。（《观猎》）

◎角弓：用兽角装饰的弓。渭城：咸阳故城，在长安西北。◎“草枯”两句：野草枯萎，狐兔难以藏身，猎鹰的眼格

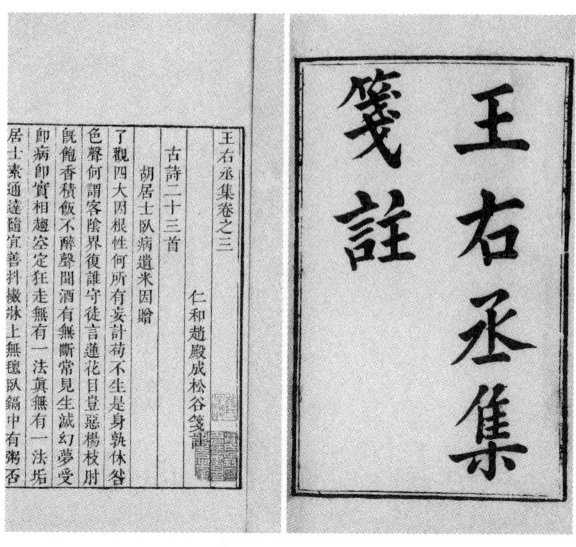
王右丞集箋註

王右丞集卷之三

仁和趙殿成松谷箋註

古詩二十三首

胡居士臥病遺米因贈

了觀四大因根性何所有妄計苟不生是身孰休咎
色聲何謂客陰界復誰守徒言蓮花目豈惡楊枝肘
旣飽香積飯不醉聲聞酒有無斷常見生滅幻夢受
卽病卽實相趨空定狂走無有一法眞無有一法垢
居士素通達隨宜善抖擻牀上無氊臥鎘中有粥否

《王右丞集》书影

外尖；雪消融了，马蹄特别轻快。◎新丰市、细柳营：都是长安附近的兵营。细柳营还因汉代名将周亚夫驻扎而闻名。

前一首写作者出使凉州的见闻，“大漠孤烟直，长河落日圆”的奇特景色，若非亲见，很难写出。后一首写军中见闻，语句简练，场面开阔，“草枯鹰眼疾，雪尽马蹄轻”对仗工稳，自然流畅。——因王维信佛，有人称他“诗佛”，与“诗圣”杜甫、“诗仙”李白并提。有学者指出，王维完全有资格进入中国古代第一流诗人的行列。

王维诗歌佳作还有不少，如五律《山居秋暝》（文摘六）等，至今为人喜闻乐诵。他的诗文，最初由弟弟王缙编辑成集，共收诗歌四百多首，文章七十多篇。《四库总目·集部》收有清人编辑的《王右丞集笺注》——王维官至尚书右丞，故称。

边塞诗豪有高、岑

不过以边塞诗见长的，还要说高适和岑参。高适（704—765）字达夫，又字仲武。他五十岁以前郁郁不得志，是“安史之乱”给了他一展才能的机会。他在战争中官职累进，一直做到剑南节度使，还封了侯，是盛唐诗人中官做得很大的。

高适的《燕歌行》，是一首边塞题材的乐府诗：

> 汉家烟尘在东北，汉将辞家破残贼。男儿本自重横行，天子非常赐颜色。摐金伐鼓下榆关，旌旆逶迤碣石间。校尉羽书飞瀚海，单于猎火照狼山。……

◎汉家：此处是借汉家喻唐朝。◎横行：这里意为驰骋沙场。非常：破格。赐颜色：犹言赏脸。◎摐（chuāng）：击打。金：钲，军中用作指挥的响器。伐：敲。榆关：山海关。旌旆（pèi）：旌旗。碣石：山名，在今河北省昌黎县北。◎羽书：紧急文书。瀚海：指戈壁。单于：匈奴部落首领。猎火：战火。狼山：狼居胥山，在今内蒙古境内。

诗的起首几句，写烽烟起于边庭，汉将奉王命出征，意气昂扬，军威浩大。不过接下去，诗中又写到敌人的强悍。战斗的惨烈，以及军中生活的苦乐不均；再由久戍不归的征夫，写到日夜悬望的妻子。“战士军前半死生，美人帐下犹歌舞”，“少妇城南欲断肠，征人蓟北空回首”，都是形象鲜明的对比。诗中情调时而高昂，时而低沉，气氛悲壮淋漓，既有对士兵的同情，也讽刺了荒淫无能的将军，可以说是唐代边塞诗的杰作！

有一首《别董大》，是诗人为董姓琴师送行而作：

千里黄云白日曛，北风吹雁雪纷纷。莫愁前路无知己，天下谁人不识君！

◎曛：指夕阳下山时的昏黄景色。

黄云千里，风雪交加，前途一片迷茫。然而诗人的鼓励大大增强了朋友的信心：“莫愁前路无知己，天下谁人不识君！”把这一联跟王维的“劝君更尽一杯酒，西出阳关无故人”放到一块儿，你会发现两种完全不同的性格和心态。——《四库总目·集部》录有《高常侍集》。

今天的嘉峪关外风景

另一位边塞诗人岑参（约715—770），中过进士，曾两度随军出塞，几乎算得上半个西域人了。他熟知边塞的风土人情、自然景观、军旅生活，他的诗也染上了独特的异域色彩。

看看这首《走马川行奉送封大夫出师西征》所描绘的大军冒寒夜行情景：

君不见，走马川行雪海边，平沙莽莽黄入天。轮台九月风夜吼，一川碎石大如斗，随风满地石乱走。匈奴草黄马正肥，金山西见烟尘飞，汉家大将西出师。将军金甲夜不脱，半夜军行戈相拨，风头如刀面如割。马毛带雪汗气蒸，五花连钱旋作冰，幕中草檄砚水凝。胡虏闻之应胆慑，料知短兵不敢接，车师西门伫献捷。

◎走马川：地名，在今新疆境内。封大夫：封常清，是唐代北庭都护府的军事长官。◎轮台：唐时属庭州，在今新疆乌鲁木齐市米东区。◎金山：阿尔泰山，这里泛指塞外群山。◎“五花”句：写马身上的汗水结成冰。五花连钱，指马毛呈漩涡状生长，结冰如钱形。草檄：草拟檄文。凝：结冰。◎慑：恐惧。车师：安西都护府所在地，在今新疆吐鲁番市。伫：等待。献捷：胜利后报捷献俘。

此诗记述大军顶风冒寒连夜出击的场面，既有“一川碎石大如斗”的夸张写意，又有“五花连钱旋作冰”的细部描画；而“戈相拨”“面如割”等描写，又让人感同身受……诗人还大胆打破两句一联的常轨，以三句一组的新奇句式营造出奇崛意境，实在是边塞诗中的奇文！

另一首《轮台歌奉送封大夫出师西征》则写白昼行军，气势更大："……上将拥旄西出征，平明吹笛大军行。四边伐鼓雪海涌，三军大呼阴山动。"（旄：旌旗杆上的饰物，表示权力所在。平明：天刚亮。阴山：在今内蒙古中部。）军乐高奏，万众齐呼，单凭这宏大的气势，已足以压倒敌人！

岑参最著名的边塞诗，是那篇脍炙人口的《白雪歌送武判官归京》（文摘六）。西域边陲的冬天，大雪纷飞，环境酷烈，可诗人偏偏从中看出美来："忽如一夜春风来，千树万树梨花开"，这想象有多奇特！

岑参留有诗歌三百六十多首，有《岑嘉州集》传世。——岑参晚年做过嘉州刺史，故称"岑嘉州"。他与高适、杜甫都有交往，因诗风与高适相近，后人并称"高岑"。

【文摘六】

破山寺后禅院　常建

清晨入古寺，初日照高林。曲径通幽处，禅房花木深。山光悦鸟性，潭影空人心。万籁此俱寂，但余钟磬音。

◎悦：使娱悦。空人心：使人俗念俱空。◎万籁（lài）：各种声音。磬（qìng）：佛寺中常用的一种敲击乐器。

出塞（二选一） 王昌龄

秦时明月汉时关，万里长征人未还。但使龙城飞将在，不教胡马度阴山。

◎这是《出塞》第一首。◎龙城飞将：汉将李广英勇善战，匈奴称他“汉之飞将军”。龙城，这里当指卢龙，唐代属北平郡，李广曾在那里驻守。

黄鹤楼 崔颢

昔人已乘黄鹤去，此地空余黄鹤楼。黄鹤一去不复返，白云千载空悠悠。晴川历历汉阳树，芳草萋萋鹦鹉洲。日暮乡关何处是？烟波江上使人愁。

◎黄鹤楼：故址在今湖北武汉长江岸边。传说有仙人自此骑鹤上天。◎“晴川”二句：写隔岸所望景物。历历，分明貌。汉阳，在武昌之西。萋萋，草盛貌。鹦鹉洲，在今武汉市西南长江中。

临洞庭 孟浩然

八月湖水平，涵虚混太清。气蒸云梦泽，波撼岳阳城。欲济无舟楫，端居耻圣明。坐观垂钓者，徒有羡鱼情。

◎诗题一作《望洞庭湖赠张丞相》。◎涵虚：水汽弥漫。

太清：天空。◎气蒸：是说洞庭湖笼罩在水汽中。云梦泽：古代大泽，洞庭湖也包容在内。◎“欲济”句：此句暗示作者想要出仕却无人引荐。济，渡。楫，橹。“端居”句：意为在圣明之世不做官是惭愧的。端居，安居。◎“坐观”二句：意谓羡慕别人出仕。垂钓者，喻出仕的人。

相思 王维

红豆生南国，春来发几枝。劝君多采撷，此物最相思。

◎红豆：又名相思子，是一种植物的果实，可作饰物。◎撷（xié）：摘。

九月九日忆山东兄弟 王维

独在异乡为异客，每逢佳节倍思亲。遥知兄弟登高处，遍插茱萸少一人。

◎“遥知”二句：古代风俗，于九月九日重阳节佩带茱萸囊避邪，并登高饮酒。茱萸（zhūyú），植物名，有浓烈香味。

送元二使安西 王维

渭城朝雨浥轻尘，客舍青青柳色新。劝君更尽一杯酒，西出阳关无故人。

◎渭城：秦都咸阳故城，在长安西北，渭水北岸。浥（yì）：润湿。◎阳关：在河西走廊尽西头，是通往西域的必经之地。

山居秋暝　王维

空山新雨后，天气晚来秋。明月松间照，清泉石上流。竹喧归浣女，莲动下渔舟。随意春芳歇，王孙自可留。

◎浣（huàn）女：洗衣少女。◎“随意”二句：春花凋谢了，但秋景也很美，王孙仍可留下来。

白雪歌送武判官归京　岑参

北风卷地白草折，胡天八月即飞雪。忽如一夜春风来，千树万树梨花开。散入珠帘湿罗幕，狐裘不暖锦衾薄。将军角弓不得控，都护铁衣冷难著。瀚海阑干百丈冰，愁云惨淡万里凝。中军置酒饮归客，胡琴琵琶与羌笛。纷纷暮雪下辕门，风掣红旗冻不翻。轮台东门送君去，去时雪满天山路。山回路转不见君，雪上空留马行处。

◎白草：西域牧草，秋天变白。◎狐裘：狐皮袍子。锦衾（qīn）：锦被。◎控：拉开。都护：官名。著：穿。◎阑干：纵横貌，犹言遍地。◎中军：指统帅的营幕。◎辕门：营门。掣：牵引。

辑五　太白歌“蜀道”，老杜赋《北征》

李太白的壮游人生

李白、杜甫是盛唐诗坛上最伟大的诗人。

李白（701—762）字太白，祖籍陇西成纪（今甘肃秦安），到他爹爹这一代迁居到四川绵阳，李白就出生在绵州郫明县的青莲乡（今江油市青莲镇），日后自号“青莲居士”。——另有说法，认为李白出生于西域的碎叶，也就是今天吉尔吉斯共和国的托克马克，当时那里是唐朝安西都护府所在地。李白五岁时，才随家人迁来四川。

宋人宋祁为李白作传，说他是皇族后裔，又说母亲生他的前夜梦见长庚星，因以“太白”为字。不过李白幼时确实聪颖过人，十岁时已通读诗书，年纪轻轻，就被地方高官看好，认为稍加学习，赶上司马相如没问题！

李白

李白爱好广泛，喜欢纵横之术，还学过剑术，轻财重义，有豪侠之风。最爱饮酒，结交了不少朋友，并梦想得道成仙。

二十岁以后，他开始在蜀中漫游，蜀中的名山大川都被他踏遍了。二十六岁那年，他又“仗剑去国，辞亲远游”，开始了范围更广的游历。他先到了洞庭湖，沿着湘江向南，登上苍梧山。又从江夏沿长江东去，登庐山，下金陵，直至今天的苏州、绍兴一带。一路写下不少吟咏山水的诗歌，如《望天门山》《望庐山瀑布》（文摘七）等。

这以后，他在湖北安陆成家定居，不久又举家迁往山东任城。再迁到宣州南陵。因道士吴筠的推荐，李白得以来到长安。在那里，他很快结交了一批新朋友。前辈诗人贺知章读了他的诗，连连惊叹说：“此天上谪（zhé）仙人也！”——这是被贬谪到人间的活神仙啊！并解下佩带的金龟，换了酒与李白痛饮。

紧跟着是玄宗接见，用七宝床赐食，据说还亲手调羹给他吃。李白被安置在翰林院，做了御用文人，专门替皇帝起草文诰诏书。然而李白并没把往日的傲岸稍稍收敛一点。他看不惯那些权贵，无意间得罪了受玄宗宠信的贵妃杨玉环和宦官高力士。玄宗对李白渐渐失去了兴趣，两年后，李白提出还山请求。玄宗没有挽留。

离开长安这年是天宝三载（744 年），此后李白四处漂泊，生活很不安定。正当他隐居庐山时，“安史之乱”爆发了。唐玄宗被迫入蜀，接着便是肃宗即位。玄宗的另一个儿子永王李璘也起兵抗击安禄山。李白被聘到永王幕府参谋军事。

在接下来的皇权争夺中，永王败北，李白也因当了“伪官”遭流放。好在还没到达流放地，就传来大赦令。诗人那首有名的《早发白帝城》（文摘七）便是这时写下的。

重获自由的李白，此时已年届六十。他四处投亲靠友，境况凄凉，可一听说叛军死灰复燃，就又赶去参与平叛——可惜力不从心，半路就病倒了。他前往当涂，投奔叔叔李冰阳。762年，代宗诏命李白为左拾遗，诏命到时，李白已经病故。——有人说，他是喝醉了酒，跳到水里捞月亮淹死的。这个传说，为李白的人生编织了一个浪漫的结尾！

志存《大雅》，梦到日边

《四库总目·集部》“别集类”著录李白诗文集多种，而清代王琦的《李太白集注》集前人所长，资料丰富，最为完备。

该书卷一为古赋八首，以下依次为古诗、乐府、古近体诗、表书、序文、记颂赞、铭碑祭文和诗文拾遗。最后是附录，收录与李白相关的资料，包括他人撰写的序言、墓志、传记、诗歌、年谱、掌故等。

诗歌部分有五十九首古风，题材广泛。第一首如同一篇诗史：

> 《大雅》久不作，吾衰竟谁陈。《王风》委蔓草，战国多荆榛。龙虎相啖食，兵戈逮狂秦。正声何微茫，哀怨起骚人……我志在删述，垂辉映千春。希圣如有立，绝笔于获麟。
>
> ◎《大雅》:《诗经·大雅》，代表诗歌正声。作：兴。“吾衰”句：孔子曾叹息“甚矣吾衰也，久矣吾不复梦见周公”(《论语·述而》)。陈，陈述。◎《王风》:《诗经·国风》有《王风》，这里代指王者的教化。委：弃置。荆榛：战后的废

墟。◎逮：到，至。狂秦：狂暴的秦朝。◎微茫：微弱渺茫。骚人：这里指屈原。◎删述：孔子曾删订《诗》《书》，并称“述而不作”。垂辉：辉映后代。◎希圣：钦慕、学习圣人。获麟：鲁哀公十四年（前481年），鲁人猎获一只麒麟，孔子的《春秋》也止于这一年。

这里是说：已经很久听不到《大雅》正声了，孔子叹息礼乐传统无人继承，我也有这样的感受呢！战国兵荒马乱，龙虎相争，天下最终统一于暴秦。这中间王者的教化被弃置，诗歌正声邈无踪迹，唯有屈原的《离骚》发出哀怨之音……

接着，诗人表彰了扬雄、司马相如振兴文坛的贡献，肯定了建安诗风的变革……诗人自己又如何？他要效仿孔子，删订新时代的“诗三百”，并当成自己的毕生事业——李白的志向大得很呢！

乐府二百，反战声高

李白一生写了大量乐府诗，单是收在《乐府诗集》中的，就有一百五十多首。而据学者统计，若算上歌行体诗作，李白留下的乐府诗应不下二百首。如《子夜吴歌》《战城南》《将进酒》《长干行》《蜀道难》《关山月》《行路难》等，用的都是乐府旧题。

且看这首《行路难》：

金樽清酒斗十千，玉盘珍馐值万钱。停杯投箸不能食，拔剑四顾心茫然。欲渡黄河冰塞川，将登太行雪满山。闲来垂钓碧溪上，忽复乘舟梦日边。行路难，行路难！多歧路，今安在？长风破浪会有时，直挂云帆济沧海。

◎这是《行路难》三首中的第一首。行路难：乐府“杂曲歌辞”旧题。◎金樽：精美的酒器。斗十千：一斗酒值万钱。珍馐（xiū）：名贵的菜肴。◎箸（zhù）：筷子。◎“闲来”二句：写两位古人，一是吕尚，曾在磻溪垂钓，最终遇到周文王，得以大展宏图。一是伊尹，在遇见商汤之前，曾做梦乘船从日月边经过。◎济沧海：横渡大海。

停杯投箸、拔剑四顾，这里还能看出鲍照乐府诗的影响。这应是李白被召进京之前的作品，诗人虽然感慨冰封雪屯，世路难行，可他不甘心就这么罢手，他还想着能有乘风破浪的时候呢。

再看一首《战城南》，用的也是乐府旧题，后人拟作的不少，却以李白这首最有名：

去年战，桑干源，今年战，葱河道。洗兵条支海上波，放马天山雪中草。万里长征战，三军尽衰老。匈奴以杀戮为耕作，古来惟见白骨黄沙田。秦家筑城避胡处，汉家还有烽火燃。烽火燃不息，征战无已时。野战格斗死，败马号鸣向天悲。乌鸢啄人肠，衔飞上挂枯树枝。士卒涂草莽，将军空尔为。乃知兵者是凶器，圣人不得已而用之。

◎“去年”四句：这里借秦汉与匈奴作战，暗指唐代天宝年间的两场战争。桑干，永定河，源出山西朔县。葱河，新疆葱岭河，这里指天宝间高仙芝讨吐蕃事。◎洗兵：天雨洗兵器，喻胜利。条支：波斯湾古国。这里泛指西域。◎“匈奴”句：意谓匈奴不事农业，专以杀戮抢掠为生。◎秦家、汉家：分别喻指前代和唐代。◎鸢（yuān）：鹞鹰。◎空尔为：徒劳，不作为。◎“乃知”二句：兵书《六韬》“圣人号兵为凶器，不得已而用之”。

当权者拓边心切，四面出击，去岁北伐，今年西征，洗兵条支，放马天山，哪管三军疲惫、将士死伤？黄沙白骨，败马悲鸣，乌鸦叼着人的内脏飞上枯树，这场面刺激着人的感官，也浸透着诗人的悲愤！——这还是乐府古辞“为我谓乌，且为客豪”及“枭骑战斗死，驽马徘徊鸣”的意境呢。诗中结尾两句源于《老子》，被李白直接引入诗中，突出了反战的主题。

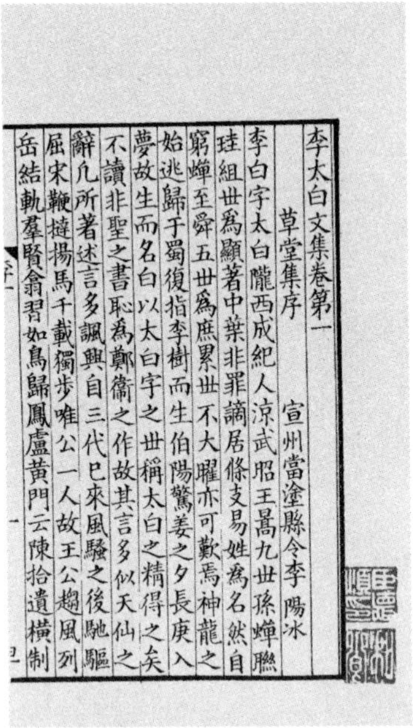

《李太白文集》书影

李白对当权者穷兵黩武的不满，在《关山月》中也有反映：

明月出天山，苍茫云海间。长风几万里，吹度玉门关。汉下白登道，胡窥青海湾。由来征战地，不见有人还。戍客望边邑，思归多苦颜。高楼当此夜，叹息未应闲。

◎关山月：乐府旧题。◎天山：祁连山，在今甘肃省境内。◎白登：山名，在今山西大同东，汉高祖刘邦曾被匈奴困于此。窥：窥伺。青海湾：青海湖。在今青海省境内。◎戍客：戍边的将士。◎高楼：闺阁，这里代指戍客的妻子。

诗中虽咏汉事，却是影射唐代现实。唐玄宗热衷于开边拓土，当权者才不在乎“由来征战地，不见有人还”的结局，对“高楼”思妇的叹息，当然也充耳不闻。诗人对此深表忧虑。

一生遨游，名山入梦

李白一生遨游，足迹遍及大半个中国，所谓“五岳寻仙不辞远，一生好入名山游”(《庐山谣寄卢侍御虚舟》)；名山大川屡屡出现在他的诗中，如峨眉、太白、庐山、华岳、黄河、长江……

其中最奇崛的一篇，要数《蜀道难》了。全诗以一声惊叹开篇：

噫吁嚱，危乎高哉！蜀道之难，难于上青天。蚕丛及鱼凫，开国何茫然，尔来四万八千岁，不与秦塞通人烟。西当太白有鸟道，可以横绝峨眉巅。地崩山摧壮士死，然后天梯石栈相钩连。上有六龙回日之高标，下有冲波逆折之回川。黄鹤之飞尚不得过，猿猱欲度愁攀援。……

◎蜀道难：乐府旧题。◎噫吁（xū）嚱（xī）：惊叹声。◎蜀道：指自陕西入川的山路。◎蚕丛、鱼凫（fú）：都是传说中古代蜀国的国王。尔来：自那时以来。秦塞：秦地。◎"西当"二句：是说秦、蜀两地被太白山所阻，只有鸟道可通。太白，山名，在咸阳西南。横绝，横度。峨眉，山名，在今四川峨眉山市。◎"地崩"二句：传说秦惠王将五名秦女嫁给蜀王，蜀王派五丁迎接，至梓潼，有大蛇入石穴。五丁拽蛇，导致山崩，五丁五女都被压死，山分五岭。天梯石栈，指崎岖山路及人为修筑的栈道。◎六龙回日：传说中的日车由六龙牵驭，至此而回。标：这里指峰巅。逆折：旋回。回川：漩涡。

有啥地方比青天还难攀登吗？有啥地方道路险阻，跟中原隔绝了几万年？那就是蜀地啊！诗人罗列了"蚕丛""鱼凫"等古蜀国君的名字，又描摹太白、峨眉的高耸，借五丁力士的传说渲染蜀道的神异，也揭示了蜀道开凿的艰辛。

诗人又反复描写蜀道难行，再三感叹："蜀道之难，难于上青天！"句式杂用三、四、五、七、八、九、十一言，仿佛要通过变幻无常的节奏，体现蜀道的崎岖艰险，从中还可见到楚辞的影响。

李白写《蜀道难》时，正值"安史之乱"前夜。他在感叹蜀道难行的同时，更记挂着时局的艰危。他向统治者发出警告：在这"一夫当关，万夫莫开"的兵家要地，小心"所守或非亲，化为狼与豺”（守关者倘非亲信，便有可能据险作乱，为非作歹）。他们会像猛虎、长蛇那样“磨牙吮血，杀人如麻”，后果不堪设想！——诗中蕴含着忧国之思，让人读来心情沉重！

李白诗中吟咏名山的警句很多，如“庐山秀出南斗傍，屏风九叠云锦张”（《庐山谣寄卢侍御虚舟》）、“山从人面起，云傍马头生”（《送友人入蜀》）、“相看两不厌，只有敬亭山”（《独坐敬亭山》）、“连山似惊波，合沓出溟海”（《九日登山》）、“黄山四千仞，三十二莲峰。丹崖夹石柱，菡萏金芙蓉”（《送温处士归黄山白鹅峰旧居》）、“西上太白峰，夕阳穷登攀”（《登太白峰》）、“三峰却立如欲摧，翠崖丹谷高掌开”（《西岳云台歌送丹丘子》）……

最奇特的，是李白诗中的梦中仙山。且看那首《梦游天姥吟留别》：

> 海客谈瀛洲，烟涛微茫信难求。越人语天姥，云霞明灭或可睹。天姥连天向天横，势拔五岳掩赤城。天台四万八千丈，对此欲倒东南倾。我欲因之梦吴越，一夜飞度镜湖月。湖月照我影，送我至剡溪。谢公宿处今尚在，渌水荡漾清猿啼。脚著谢公屐，身登青云梯。半壁见海日，空中闻天鸡。……
>
> ◎诗题一作《梦游天姥山别东鲁诸公》。天姥（mǔ）：山名，在今浙江嵊（shèng）州东，在唐代属越州。留别：以诗文作纪念，送给分别的人。◎海客：到过海上的人。瀛洲：传说中的神山。信：果真。◎拔：超越。五岳：指泰山、华山、衡山、恒山、嵩山。赤城：赤城山，在今浙江天台县北。

◎“天台”二句：天台山与天姥山相对，天台虽高，但比起天姥，仿佛在倾身下拜。◎因之：因越人的讲述。镜湖：在今浙江绍兴。◎剡（shàn）溪：在今浙江嵊州南。◎谢公：刘宋诗人谢灵运，他曾有“暝投剡中宿”的诗句。渌水：清澈的水。◎谢公屐（jī）：谢灵运游山时所穿的特制木屐，上山时去掉前齿，下山时去掉后齿。青云梯：高入青云的山路阶梯。◎半壁：半山腰。天鸡：传说中的神鸡，栖于桃都山神树上，先于天下群鸡而鸣。

天姥山位于浙江，李白身在山东，听了“越人”的描述，对此山产生了浓厚兴趣，竟然在梦中去登攀。

梦中的李白飞渡镜湖，夜宿剡溪，一大早便脚踏“谢公屐”，兴致勃勃登上云雾缭绕的天梯，在山腰遥望海上日出，空中又传来天鸡的啼鸣……诗人在千岩万壑间寻路向前，不觉暮色将临，山林间回荡着“熊咆龙吟”，令人战栗，山顶青云欲雨，水雾迷茫；突然霹雳一声，山峦崩塌，天界的石门“訇然”大开，只见“青冥浩荡不见底，日月照耀金银台。霓为衣兮风为马，云之君兮纷纷而来下。虎鼓瑟兮鸾回车，仙之人兮列如麻……”诗人感受到极大的享受和满足，自由跳荡的诗句夹杂着漂亮的骚体！

然而梦中的自由是虚幻的，梦醒了，痛苦依然存在。诗人只能大声疾呼：“安能摧眉折腰事权贵，使我不得开心颜！”——李白寄情山水，就是消解胸中的积郁啊！

“将进酒，杯莫停”

李白诗中多有吟咏黄河的诗句，其中最熟悉的莫过于“君不见黄河之水天上来，奔流到海不复回……”这是乐府诗《将进酒》的开篇，借黄河之水起兴，感叹光阴易逝，岁月难留，于是纵酒放歌：

君不见黄河之水天上来，奔流到海不复回。君不见高堂明镜悲白发，朝如青丝暮成雪。人生得意须尽欢，莫使金樽空对月。天生我材必有用，千金散尽还复来。烹羊宰牛且为乐，会须一饮三百杯。岑夫子，丹丘生，将进酒，杯莫停。与君歌一曲，请君为我倾耳听。钟鼓馔玉不足贵，但愿长醉不愿醒。古来圣贤皆寂寞，惟有饮者留其名。陈王昔时宴平乐，斗酒十千恣欢谑。主人何为言少钱，但须沽取对君酌。五花马，千金裘，呼儿将出换美酒，与尔同销万古愁。

◎《将进酒》是乐府旧题，将（qiāng），请。◎会须：应当。◎岑夫子、丹丘生：岑勋、元丹丘，都是诗人的好友。◎钟鼓馔（zhuàn）玉：形容富贵之家的奢华生活。钟鼓，音乐；馔玉，精美的饮食。◎“陈王”二句：陈王，曹植，他的《名都篇》诗中有“归来宴平乐，美酒斗十千”之句。恣欢谑，尽情地戏谑欢乐。◎五花马：名贵的骏马。将出：拿出。

黄河之水，一去不回；白发如雪，人生短促。这本来是令人感伤的事，在诗人笔下，却表现得夸张而豪迈。美酒让诗人变得亢奋，他有足够的自信："天生我材必有用，千金散尽还复来！"五花马、千金裘又算得了什么？全都拿来换取美酒，招待朋友们喝个尽兴！什么建功立业的愿望、名登青史的梦想，此刻都不在话下。——面对"古来圣贤皆寂寞"的现实，诗人的远大理想，只好降格为"惟有饮者留其名"了！

面对朋友，杯中有酒，诗人最能敞开心扉，看看这首《宣州谢朓楼饯别校书叔云》：

弃我去者，昨日之日不可留；乱我心者，今日之日多烦忧。长风万里送秋雁，对此可以酣高楼。蓬莱文章建安骨，中间小谢又清发。俱怀逸兴壮思飞，欲上青天揽明月。抽刀断水水更流，举杯消愁愁更愁。人生在世不得意，明朝散发弄扁舟。

◎此诗是李白在宣州（今安徽宣城）谢公楼为朋友李云饯别所作。谢公楼是谢朓（小谢）在宣城做太守时修建的。◎"蓬莱"二句：前一句称赞李云的文章有建安风骨，李云是秘书省校书郎，"蓬莱"是秘书省的别称。后一句点题，也有以小谢自比之意。

诗人慨叹：昨日的光荣梦想已弃我而去，今天的日子烦愁正多。只有在秋风送爽的日子里跟朋友高楼聚饮，才能暂时忘记人世的烦恼！在诗中，李白谈文论诗，不吝对好友的赞美，喝得高兴时，简直要与好友同上青天、共揽明月了！——可是回到现实中来，好友即将远去了，离愁别绪如同刀斩不断的流水。人生失意，明天只好去当个隐士了！

李白

李白的饮酒诗还有不少，如《金陵酒肆留别》《月下独酌》（文摘七）等。杜甫在《饮中八仙歌》中为李白的醉态写照："李白斗酒诗百篇，长安市上酒家眠。天子呼来不上船，自称臣是酒中仙。"传说玄宗曾赐他金牌，任凭他"逢坊吃酒，遇库支钱"。至今一些酒店，还高挂"太白遗风"的招牌呢！

李白的诗朋酒友

《李太白集》中有不少诗题为"赠""寄""留别""送"等字样，那多半是写给朋友的。李白喜欢交际，无论年长年幼，只要脾气相投，总是一见如故。如贺知章比他年长四十岁，两人都爱喝酒。李白有《对酒忆贺监》诗，回忆他与贺知章的友谊：

四明有狂客，风流贺季真。长安一相见，呼我谪仙人。昔好杯中物，翻为松下尘。金龟换酒处，却忆泪沾巾。

◎诗共二首，这是第一首。◎四明：山名，主峰位于浙江嵊州市境内。季真：是贺知章的表字。贺晚号“四明狂客”。◎杯中物：酒。松下尘：对死的讳称。

诗句清新明快，感情真挚。豪情满怀的诗人，此刻为前辈的知己之恩流下热泪。另有一首赠诗，是写给诗人孟浩然的：

吾爱孟夫子，风流天下闻。红颜弃轩冕，白首卧松云。醉月频中圣，迷花不事君。高山安可仰，徒此揖清芬。(《赠孟浩然》)

◎孟夫子：这里指孟浩然。◎红颜：这里指少壮时。轩冕：官员的车子和冠服。卧松云：意为隐居。◎中圣：醉酒的隐语。古人称清酒为圣人，浊酒为贤人，“中圣”即饮美酒而醉的意思。“迷花”句：迷恋看花的清闲生活而不去做官。◎徒：白白，只得。揖：作揖，致敬。清芬：清雅馨香的才具与节操。

孟浩然比李白大十多岁，两人初次相见，就如久别的老友。盘桓月余，在黄鹤楼分手时，李白写下那首为人熟知的《黄鹤楼送孟浩然之广陵》(文摘七)。此次李白到襄阳来看孟浩然，却不曾遇见。李白留诗一首，说孟浩然是自己仰望的“高山”，可惜错过见面机会，只好以诗歌向他致敬了！

王昌龄与李白年岁相仿，两人是知心朋友。王昌龄贬官到偏远的南疆，李白写诗安慰他："我寄愁心与明月，随君直到夜郎西。"(《闻王昌龄左迁龙标遥有此寄》)——王昌龄在万里之外吟诗望月，一定能感受到朋友的暖暖心意吧。

杜甫比李白小十一岁，两人也是惺惺相惜的好朋友。李白有一首《沙丘城下寄杜甫》，说"……鲁酒不可醉，齐歌空复情。思君若汶水，浩荡寄南征"。——诗人为啥觉得沙丘城的酒不醇，歌不美呢？还不是因为没有知音同赏吗？就让这浩浩的汶水，寄去我的思念之情吧。

李白也有平民朋友。有个叫汪伦的，擅长酿美酒。听说李白要离开了，他到岸边踏着拍子唱歌，为李白送行，李白因此写下《赠汪伦》(文摘七)。

李白与百姓的血肉联系，在其他诗体中也有体现。有一首五言古体《宿五松山下荀媪（ǎo）家》，写诗人夜宿五松山，感受着农家的艰辛："田家秋作苦，邻女夜舂寒。"(舂：舂米劳作)正在饥肠辘辘时，农家老妇"跪进雕胡饭"(雕胡饭：用菰米煮的饭)，诗人深受感动，想起古代曾受漂母救助的韩信，"三谢不能餐"(谢：辞让。)。

凤台远眺，心雄万夫

李白的近体诗同样写得很出色。看看这首五律《渡荆门送别》：

渡远荆门外，来从楚国游。山随平野尽，江入大荒

流。月下飞天镜，云生结海楼。仍怜故乡水，万里送行舟。

◎荆门：山名，在湖北宜昌市南，长江南岸。从：就。◎大荒：广阔的原野。◎“月下”句：月亮沉落，如天镜飞下。海楼：海市蜃楼，是一种由空气折射形成的虚空幻影。这里指变化的云。◎怜：爱。故乡水：由蜀地流出的长江水。

这应是李白早年离家壮游时所作。他乘船离开蜀地，来到荆门，一路所见自然景色奇伟壮观。诗人感叹说，身在万里之外，只有这船下的江水，是从故乡一路送我而来的呢。——流露出对家乡的眷恋。其中“山随平野尽，江入大荒流”一联，尤为人称道。

李白也写七律，有一首《登金陵凤凰台》最有名：

凤凰台上凤凰游，凤去台空江自流。吴宫花草埋幽径，晋代衣冠成古丘。三山半落青天外，二水中分白鹭洲。总为浮云能蔽日，长安不见使人愁。

◎凤凰台：在金陵（今南京）凤凰山上。相传刘宋时有凤凰集于此，因而得名。◎吴宫：三国时吴国的王宫。晋代：指东晋，建都于金陵。衣冠：指王谢等名门世族。古丘：这里指坟墓。◎三山：金陵西南长江边有三座山峰，称三山。半落：这里指隐约不见全貌。二水：有的版本作“一水”。白鹭洲：在金陵西南长江中。◎“总为”句：这里以浮云遮日暗喻奸邪蒙蔽君王。

安徽当涂采石矶太白楼

李白登上金陵凤凰山的凤凰台，纵览江山美景，发思古之幽情，感慨万千。由遮蔽远山的浮云，又联想到奸邪当道的现实，不觉更添愁绪。——诗中由传说过渡到历史，又从风景切入现实，衔接流畅；颔联、颈联的对仗也工稳自然。

有人说，李白此前登黄鹤楼，因见崔颢的题诗，打消了题咏的念头。此番品题凤凰台，有与崔颢“打擂”的意思。——无论如何，这一首与崔颢的相比，是毫不逊色的。

总的说来，李白心高气傲，情感奔放，才气逼人，诗风豪迈。——他的诗是有热度的，他热爱祖国的大好河山，同情百姓、崇尚英雄，也从不吝于表现自我！他在诗歌中展现了惊人的想象力，夸张大胆，比喻奇特，拟人生动，一些历史典故、神话传说也被他信手拈来，熔炼出五彩诗句……

李白的文章留下的不多，有一篇《与韩荆州书》，是他三十岁左右拜见荆州长史韩朝宗时写的自荐信。在信中，李白的态度不卑不亢，很有分寸，行文奔放流畅、豪气逼人，成为千古传诵的文章佳作。

李白一生仕途坎坷，然而所获得的文坛声誉，却让他扬名千古！唐代的韩愈、李贺，宋代的欧阳修、苏轼、陆游，明代的高启，清代的屈大均、黄景仁，都是他的崇拜者，并从他的诗中吸取了营养。

【文摘七】

望天门山　李白

天门中断楚江开，碧水东流至此回。两岸青山相对出，孤帆一片日边来。

◎天门山：在安徽省。两山夹长江而起，如同门户。◎楚江：安徽古代属楚国，因此称流经此地的长江为楚江。至此回：一作“直北回”，因水流至此转向北。

望庐山瀑布　李白

日照香炉生紫烟，遥看瀑布挂前川。飞流直下三千尺，疑是银河落九天。

◎香炉：庐山香炉峰。

早发白帝城　李白

朝辞白帝彩云间，千里江陵一日还。两岸猿声啼不住，轻舟已过万重山。

◎白帝城：在今四川奉节。这是李白流放夜郎，行至白帝城遇赦，将回江陵时所作。◎江陵：今湖北江陵县。

金陵酒肆留别　李白

风吹柳花满店香，吴姬压酒唤客尝。金陵子弟来相送，欲行不行各尽觞。请君试问东流水，别意与之谁短长？

◎吴姬：吴地的侍女。压酒：酿酒将熟，压榨使出酒汁。◎之：这个，指东流水。

月下独酌（四选一）　李白

花间一壶酒，独酌无相亲。举杯邀明月，对影成三人。月既不解饮，影徒随我身。暂伴月将影，行乐须及春。我歌月徘徊，我舞影零乱。醒时同交欢，醉后各分散。永结无情游，相期邈云汉。

◎解：懂得。◎将：偕。◎“永结”二句：意谓将来到了天上，与月再也不分离；这里有与大自然同归的意思。无情，忘情。相期，相互约定。邈，遥远。云汉，银河。

黄鹤楼送孟浩然之广陵　李白

故人西辞黄鹤楼，烟花三月下扬州。孤帆远影碧空尽，惟见长江天际流。

◎广陵：扬州古称。◎烟花：指暮春浓丽的景物。

赠汪伦　李白

李白乘舟将欲行，忽闻岸上踏歌声。桃花潭水深千尺，不及汪伦送我情。

杜甫：苦难出诗人

杜甫与李白并称“李杜”，两人是非常要好的朋友。杜甫写诗赞美李白：“白也诗无敌，飘然思不群。清新庾开府，俊逸鲍参军。”（《春日忆李白》）——这是拿庾信和鲍照两位前辈诗人来比李白呢。多年后，杜甫还梦见李白，写诗说：“死别已吞声，生别常恻恻。”（恻恻：悲伤。《梦李白》）可谓生死莫逆。

不过李白的诗想象奇特、自由奔放、飘逸洒脱；杜甫的诗呢，“沉郁顿挫”、严整凝重，人们因称李白为“诗仙”，杜甫为“诗圣”。

杜甫（712—770）字子美，自号少陵野老。他出生于河南巩县，远祖杜预是西晋名将，祖父杜审言是初唐有名的诗人；父亲杜闲做过县令，母亲崔氏也出身名门。

杜甫七岁已能作诗，九岁时字写得很漂亮。但毕竟是孩子，据他回忆，小时他壮得像头牛犊，院里有棵枣树，一天爬上爬下无数回！

二十岁以后，杜甫开始了漫游生活。他先到金陵、姑苏，又坐船沿着剡溪直到天姥山下。他甚至想乘海船到传说中的日出之国扶桑去，却没能如愿。这以后，他返回洛阳，参加了科举考试。

杜甫

杜甫自认为“读书破万卷，下笔如有神”，却未能登第。二十六岁时，他北游齐、鲁、赵，登上泰山。有一首《望岳》(文摘八)，就是登山所写。

此后杜甫在洛阳定居成家，几年后又来到长安谋官。唐玄宗下诏举行考试，要搜罗天下贤才。当时的宰相是李林甫，他向玄宗上表说“野无遗贤”；意思是说，朝廷的举贤工作做得很到家，民间再也没有像样的人才了！——这次考试竟一人未录！

杜甫在长安一住十年，为了谋得一官半职，他东奔西走，最后当了一名帅府参军，薪奉微薄。有一年闹饥荒，他的小儿子竟饿死在家乡！——《丽人行》《兵车行》《自京赴奉先县咏怀五百字》等诗，便写于这一时期。

天宝十四载(755年)，“安史之乱”爆发，长安陷落，玄宗逃往西蜀，其后传位给肃宗。杜甫本打算到灵武去晋见刚刚即位的新皇帝，半道却被叛军劫回，在陷落的长安一待就是八个月。“国破山河在，城春草木深”（《春望》，文摘八），春天本来是充满希望的季节，杜甫却是在愁苦中度过的。有一首《月夜》（文摘八），诗人想象着妻子在家乡惦念自己的情景，也是在围城中所写的。

夏天来临时，杜甫逃出了长安，到凤翔去见肃宗，穿着麻鞋，袖子也露出两肘，活像个落难的老百姓。肃宗嘉许他的忠心，给他个左拾遗的闲差。不久，杜甫到鄜（Fū）州（今陕西富县）去探家，有名的《羌村三首》和《北征》，就是这次探家时写下的。

同年九月，官军收复京师。杜甫携全家迁回长安，不久又因上书得罪皇上，被贬为华州司功参军，独自去上任。一路上，他目睹战争带来的破坏，写下不朽的诗篇“三吏”与“三别”。由于关中正闹饥荒，杜甫只好辞了官，携家转往成都。

在成都西郊的浣花溪边，杜甫建起一座茅屋——便是著名的“草堂”。受老友高适及剑南节度使严武的资助，诗人一家暂获温饱。他每日饮酒垂钓，经营药栏，度过一段安定的时光。不过因战乱逼迫，杜甫不得不离开成都。

广德元年（763年）春天，杜甫在梓州得知官军收复中原的消息，狂喜的心情难以抑制，挥笔写下七律《闻官军收河南河北》。

“安史之乱”结束了，吐蕃人的铁蹄又踏进长安。直到第二年春天，长安才再度收复。此时代宗继位不久，严武邀请诗人重回成都。严武还表奏杜甫为检校工部员外郎——杜甫因有“杜工部”的别称。

但随着高适、严武等好友接连故去，杜甫在成都失去了依靠，不得不举家东下，到了夔州。以后又辗转江州、公安、岳州，往来于衡、潭二州间，经济上几乎陷于绝境。《旅夜书怀》《登岳阳楼》（文摘八）和《江南逢李龟年》等诗，便作于西南漂泊时。

大历五年（770年），杜甫乘船入洞庭，准备经汉阳回长安去。就在风浪颠簸中，五十九岁的杜甫一病不起。死前的最后一首诗里，有"战血流依旧，军声动至今"的诗句——他所惦念的，仍是国家的命运！

新题乐府，《丽人》《兵车》

杜甫爱写乐府诗，又以新题乐府著称于世。——《乐府诗集》十二类的最后一类"新乐府辞"，专收唐人的新题乐府。

新题乐府"新"在哪里？首先是题目新。以前文人写乐府诗，多用汉乐府旧题。而自创乐府新题，则始于李白，盛于杜甫。杜甫所创新题，有《丽人行》《悲陈陶》《悲青坂》《哀江头》《哀王孙》《兵车行》等，"率皆即事名篇，无复依傍"（都

《杜工部集》书影

根据内容另取新题，不再沿用乐府旧题。这是元稹《乐府古题序》中的话）。新题乐府的另一特点是不必入乐；但讽喻时事的精神，仍与汉魏乐府一脉相承。

就说说这首《丽人行》吧。诗人在长安一住十年，社会的贫富不均，贵族的骄奢跋扈，令他深感不平。尤其是贵妃杨玉环家族，可谓“一人得道，鸡犬升天”。她的堂哥杨国忠做了宰相，姐妹被封为“秦国夫人”“虢国夫人”。每逢佳日，杨氏五家各成一队，服饰艳丽，分为五色，招摇过市，场面极为壮观。队伍过后，满地是遗落的首饰、绣鞋，风也是香的……《丽人行》描摹的，正是三月三日杨家踏青宴饮的场面：

> 三月三日天气新，长安水边多丽人。态浓意远淑且真，肌理细腻骨肉匀。绣罗衣裳照暮春，蹙金孔雀银麒麟……
>
> ◎三月三日：古代风俗，人们于此日在水边洗浴，祓（fú）除不祥。◎态浓意远：装饰浓艳，神气不凡。淑：娴美。肌理：肌肤。◎蹙：嵌绣。

三月三日，长安城的贵妇们云集在曲江池头，衣饰华丽，争奇斗艳。其中最引人瞩目的是“赐名大国虢与秦”的杨家女眷。她们在临时搭建的帐幕中摆下宴席，尽管酒席上“紫驼之峰出翠釜，水精之盘行素鳞”，可是贵妇们仍感到无处下箸。

宫中御厨源源不断送来美味珍馐，帷幕中箫管齐奏，连跟班伺候的，也都是朱紫高官。最后登场的是谁？只见他大模大样跨马而来，直到轩前才下马，站在华贵的锦毯上，一副春风得意的样子。——“炙手可热势绝伦，慎莫近前丞相瞋”[炙（zhì）手可热：热得烫手。绝伦：无可比拟。瞋（chēn）：怒视]，来的正是杨国忠啊。

诗至此戛然而止。全篇并无诗人的主观评判，可读者已能感受到诗人内心的隐隐不安：贵族的奢华毫无节制，靠裙带上位的人又骄纵无比，“物极必反”的古训，难道整个社会都忘了吗？

同样是在长安城，还有另外的景象：“车辚辚，马萧萧，行人弓箭各在腰。爷娘妻子走相送，尘埃不见咸阳桥。牵衣顿足拦道哭，哭声直上干云霄。”（辚辚：车行声。萧萧：马鸣声。行人：出征的人。干：冲，犯。）

《兵车行》，也是诗人自创的乐府新题。唐玄宗连年发动对云南的战争，为了补充兵源，官府到处抓人，百姓们怨声载道。诗中所谓“边庭流血成海水，武皇开边意未已”，表面是在骂汉武帝，斥责的正是唐代君臣！

诗的后半幅写道：“信知生男恶，反是生女好。生女犹得嫁比邻，生男埋没随百草。君不见，青海头，古来白骨无人收。新鬼烦冤旧鬼哭，天阴雨湿声啾啾！”——诗以车马声始，以鬼哭声结，诗人的怨怒，就蕴含在这有声有色的图画里！

《悲陈陶》所记录的，已是“安史之乱”时的情景。至德元载（756年）官军与安禄山叛军作战，败于陈陶：

孟冬十郡良家子，血作陈陶泽中水。野旷天清无战声，四万义军同日死。群胡归来血洗箭，仍唱胡歌饮都市。都人回面向北啼，日夜更望官军至。

◎陈陶：陈陶斜，又名陈陶泽，在咸阳县东。◎孟冬：初冬，这里指至德元载夏历十月。十郡：泛指西北各郡。良家子：指新招募的义军。◎群胡：指安禄山的部下。胡歌：少数民族歌曲。◎向北啼：当时肃宗在长安西北的彭原（今甘肃宁县）。

陈陶一战，新募义军死了四万人。“群胡”凯旋，在都市酗酒狂歌，兵器上还滴着血！这场景令诗人心如刀割！

《哀江头》则作于下一年。长安沦陷，杜甫被困城中，情绪低落，可他心中惦念的，仍是皇帝的安危：

少陵野老吞声哭，春日潜行曲江曲。江头宫殿锁千门，细柳新蒲为谁绿？忆昔霓旌下南苑，苑中万物生颜色。昭阳殿里第一人，同辇随君侍君侧。……

◎少陵野老：杜甫自称。潜行：偷偷行走。曲江：是长安东南郊的风景区。曲：水湾处。◎霓旌：帝王的仪仗。南苑：芙蓉苑，为帝王苑囿。◎“昭阳”二句：昭阳殿本为汉成帝宫殿名，第一人指成帝妃子赵飞燕，这里代指杨贵妃。辇，皇帝所乘车子。

以下诗中追记君王贵妃恣情游乐的场景。然而“明眸皓齿今何在？血污游魂归不得”，诗人此时应知杨贵妃惨死的消息，然而玄宗的安危如何，还不清楚。这一切让诗人泪下沾臆，神昏意乱，“黄昏胡骑尘满城，欲往城南望城北”，连方向也辨不清了！

《哀王孙》一首则感伤长安陷落，“豺狼在邑龙在野”，皇家子弟沦落街头，乞为奴仆。诗人爱莫能助，只好自我安慰说：玄宗已传位给肃宗，大唐的“佳气”还远未断绝呢。

《咏怀》与《北征》，两篇大制作

谈杜甫诗，就不能不提那两篇叙事抒情的长篇诗歌《自京赴奉先县咏怀五百字》和《北征》。

《咏怀五百字》作于“安史之乱”前夜。天宝十三载（754年），淫雨连绵，秋收无望，长安百姓拿被子换米吃。杜甫官小俸薄，无力养活家小，于是把妻儿送往奉先县谋食。第二年十一月的一个夜晚，杜甫离开长安，到奉先县看望妻儿，写下此诗：

> 杜陵有布衣，老大意转拙。许身一何愚？窃比稷与契。居然成濩落，白首甘契阔。盖棺事则已，此志常觊豁。穷年忧黎元，叹息肠内热。取笑同学翁，浩歌弥激烈。非无江海志，潇洒送日月。生逢尧舜君，不忍便永诀。……
>
> ◎拙：愚笨，笨拙。这里自嘲不能随波逐流。◎许身：自许，自期。◎稷与契（Xiè）：传说中帝舜的两个大臣，分管农业和教化，又分别是周与殷的始祖。◎濩（huò）落：廓落，大

而无用。契阔：这里意为辛勤劳苦。◎“盖棺”二句：意为死了就算了，活着则希望能实现理想。盖棺，言死。觊（jì）豁，希望能达到。◎穷年：终年。黎元：百姓。肠内热：忧心如焚。◎“取笑”句：这里有被同年取笑之意。弥：更加。◎江海志：指隐居的意向。送日月：度日。◎尧舜君：指唐玄宗。永诀：这里指辞官隐居。

在诗中，杜甫自嘲说，我出身布衣平民，是不是越老越糊涂了？居然拿古代贤臣稷和契自比。人死了也就算了，可只要活着，这念头就总也断不了。整年替百姓忧虑，心急如焚，哪管被人嘲笑！虽然也曾萌生退意，可生逢明君在位，又怎忍就那么辞官而去呢？

诗人内心纠结，急急赶路，在这寒冬的夜晚，风急霜冷，手指冻僵，连衣带都系不上了。天蒙蒙亮时，刚好经过骊山脚下。山上的华清宫雾气蒸腾，羽林军戒备森严。皇上赐浴赏宴，乐声大作，高官们获赐的绫罗绸缎，本是民间寒女所织，靠着皮鞭聚敛而来！皇上不吝赏赐，自然是想激励群臣为国效力。群臣若不懂其中深意，赏赐岂不是扔到水里去了吗！

诗人又联想到外戚杨家的奢侈生活，发出“朱门酒肉臭，路有冻死骨”的浩叹！一边是贵族之家酒肉腐臭，一边是黎民百姓冻饿而死，这就是在那个严寒的冬夜，诗人一路上看到的、想到的！——也就在这个月，发生了“安史之乱”！

至于另一首长诗《北征》，则写于至德二载（757 年），那已是“安史之乱”的第三个年头。杜甫从长安逃到凤翔，不久又到鄜州去探家。诗开头便说："皇帝二载秋，闰八月初吉。杜子将北征，苍茫问家室。"

诗人讲述了途中所见：一路人烟稀少，景色荒凉。即便遇见几个人，也多半受伤流血、呻吟不已。夜间路过战场，只见凄冷的月光照着白骨，这使他想起潼关之役，秦地百姓一半都做了鬼！

回到家里，妻子穿着补丁连补丁的衣裙，脸色苍白的孩子光着脚，连袜子也没有。大家终于又见面了，"恸哭松声回，悲泉共幽咽"。

天伦之乐令诗人感到安慰，他看着小女儿学着母亲化妆，脸上涂得白一块红一块，眉毛描得老粗（"移时施朱铅，狼藉画眉阔"）！能活着见到孩子们，饥渴已算不了什么。孩子们扯着自己的胡子问这问那，又怎好呵斥他们呢？想想陷在贼窝的绝

常擬報一飯況懷辭大臣白鷗波浩蕩萬里誰能馴
送高三十五書記
崆峒小麥熟且願休王師請公問主將焉用窮荒爲
飢鷹未飽肉側翅隨人飛高生跨鞍馬有似幽并兒
脫身簿尉中始與捶楚辭借問今何官觸熱向武威
荅云一書記所媿國士知人實不易知更須慎其儀
十年出幕府自可持旌麾此行旣特達足以慰所思
男兒功名遂亦在老大時常恨結驩淺各在天一涯
又如參與商慘慘中腸悲驚風吹鴻鵠不得相追隨
黃塵翳沙漠念子何當歸邊城有餘力早寄從軍詩
杜集一 六
贈李白
二年客東都所歷厭機巧野人對羶腥蔬食常不飽
豈無青精飯使我顏色好苦乏大藥資山林跡如掃
李侯金閨彥脫身事幽討亦有梁宋遊方期拾瑤草
遊龍門奉先寺
已從招提遊更宿招提境陰壑生虛籟月林散清影
天闕象緯逼雲卧衣裳冷欲覺聞晨鐘令人發深省
望嶽
岱宗夫如何齊魯青未了造化鍾神秀陰陽割昏曉
盪胷生曾雲決眥入歸鳥會當臨絕頂一覽衆山小

宋版《杜工部集》书影

望日子，孩子们此刻的吵闹简直就是幸福！——然而时局并不乐观，诗人无时无刻不在关注形势的变化。诗的结尾说："煌煌太宗业，树立甚宏达！"——他相信唐太宗奠定的大业，不会就这么垮掉。

《北征》长达七百字，是杜甫诗中篇幅最长的。有人特别推崇《北征》和《咏怀五百字》，说读上一百遍，也还会有新的感受！

此次探家，杜甫还写下《羌村三首》——羌村便是妻儿栖身的村落。头一首写诗人在满天红霞的黄昏进了家门，妻儿见他还活着，悲喜交集。邻居们扒满墙头，也都感慨唏嘘。入夜点灯与妻子相对，怀疑是在梦中。第二首写回家后的矛盾心情：儿女们不离膝头，怕爹爹再离开。可国家一团糟，诗人又怎能独自偷安？收成不错，酒就要酿好了，暂且借酒浇愁吧。第三首写邻人来访，大家围坐饮酒，讲的都是坏消息。诗人即席赋诗答谢邻人，"歌罢仰天叹，四座泪纵横"，在这多事之秋，大家的心情同样沉重！

"三吏""三别"，忧国忧民

"三吏"与"三别"，分别指《新安吏》《潼关吏》《石壕吏》和《新婚别》《垂老别》《无家别》。

诗人前往华州，路经新安时，那里正在抓丁，连未成年的"中男"也被送去"守王城"，"肥男有母送，瘦男独伶俜。白水暮东流，青山犹哭声"［伶俜（pīng）：孤零］。诗人没法子帮助这些不幸的人，只有解劝说：哭瞎了眼又有什么用？好在官军的给养还好，长官爱兵如子，别太担心吧！——以上是《新安吏》的内容。

《潼关吏》呢，则是借与潼关守吏谈话的口吻，告诫将士们要记取以前失败的教训，千万别轻敌。

“三吏”中传诵最广的还是《石壕吏》：

暮投石壕村，有吏夜捉人。老翁逾墙走，老妇出门看。吏呼一何怒！妇啼一何苦！听妇前致词：“三男邺城戍。一男附书至，二男新战死。存者且偷生，死者长已矣！室中更无人，惟有乳下孙。有孙母未去，出入无完裙。老妪力虽衰，请从吏夜归。急应河阳役，犹得备晨炊。”夜久语声绝，如闻泣幽咽。天明登前途，独与老翁别。

◎石壕：镇名，在今河南陕县东。◎邺城：相州，在今河南安阳市。◎附书至：捎信回家。◎长已矣：永远完了。◎乳下孙：正吃奶的小孙儿。◎河阳：今河南孟县。◎幽咽：哭声窒塞哽咽。

杜甫《石壕吏》诗意（王叔晖绘，王维澄供稿）

诗人在一个小村落投宿，正赶上官吏连夜抓丁。房东老公公跳墙逃走，老婆婆向官吏哭诉：家里有三个男孩儿，全都上了战场，两个已命丧黄泉！家中只有个奶孩子的儿媳，出来进去，连条遮体的裙子都没有！没办法，只好让我老太婆跟你们走吧，到了河阳前线，还来得及给你们备早饭呢！——官吏如何应对，诗中没说，然而天亮诗人离开时，却只与老公公一人告别！

“三别”跟“三吏”的主题一样，也都是揭露战争残酷的。《新婚别》里那位丈夫头天刚成亲，第二天就到河阳去参战。新媳妇含悲忍痛说：“仰视百鸟飞，大小必双翔。人事多错迕，与君永相望。”[错迕（wǔ）：错乱，不合理。] 你看，当个离乱人，连鸟都不如！

《垂老别》写一位“子孙阵亡尽”的老公公，扔掉手杖，也去参军。老婆婆卧在路上啼哭，寒风中只穿着单衣，景象惨不忍睹！——然而不参军就有活路吗？“万国尽征戍，烽火被冈峦。积尸草木腥，流血川原丹”，中原大地上已没有一块可以安居的乐土了！

《无家别》写一个战败逃回的士兵。他走在往日百户聚集的镇子里，到处空荡荡的。日光也那样惨淡，狐狸非但不怕人，反而竖着毛向人怒啼！——士兵本以为可以喘口气，可转眼间又被县吏抓了去！“人生无家别，何以为蒸黎（蒸黎：百姓）！”家都没了，又怎么能当得成老百姓！

草堂岁月，儒者情怀

在成都居住的四年，几乎是杜甫一生中最安定的时刻，有人统计，他在这段时间留下二百四十首诗。看看这首五律《春夜喜雨》：

好雨知时节，当春乃发生。随风潜入夜，润物细无声。野径云俱黑，江船火独明。晓看红湿处，花重锦官城。

◎“花重”：花朵由于经雨而变得沉重。也有人认为“重”有浓意。锦官城：成都别称。

好雨应节而至，似乎通人性、知人心。“随风潜入夜，润物细无声”一联，写出诗人内心的欣悦，应和着题目中的“喜”字。此刻诗人的心是与农夫相通的。然而到了“晓看红湿处，花重锦官城”，眼光则又换成诗人的了。

诗人闲时在江边漫步寻花，一些小诗信手拈来：

黄师塔前江水东，春光懒困倚微风。桃花一簇开无主，可爱深红爱紫红？

黄四娘家花满蹊，千朵万朵压枝低。留连戏蝶时时舞，自在娇莺恰恰啼。

◎这是《江畔独步寻花七绝句》中第五、六两首。◎黄师塔：一座黄姓和尚的塔状墓。◎“可爱”句：这是自问之句，是爱深红色还是浅红色？◎蹊：小路。◎恰恰：模拟鸟叫声。

杜甫草堂碑亭

在诗人眼中，生活处处都是美，随口说出即是诗。

还有一首七律《客至》（文摘八），写诗人待客，虽因生活贫困而招待不周，但那份热情却是真挚的。

然而也有不平静的时刻。一年秋天，突然而起的狂风刮走了他家屋顶的茅草。杜甫以诗纪实，写道：“八月秋高风怒号，卷我屋上三重茅，茅飞渡江洒江郊……”顷刻风定雨来：“布衾多年冷似铁，娇儿恶卧踏里裂。床头屋漏无干处，雨脚如麻未断绝。”（布衾：布被。踏里裂：睡觉时把被里蹬破了。）然而在这么一个凄风苦雨的难眠之夜，杜甫想到的却是“天下寒士”，那些境况还不如自己的人：

……安得广厦千万间，大庇天下寒士俱欢颜，风雨不动安如山。呜呼！何时眼前突兀见此屋，吾庐独破受冻死亦足！（《茅屋为秋风所破歌》）

◎安得：从哪儿得到。庇：庇护遮盖。◎突兀：高耸的样子。见，通“现”。

这种推己及人的意识，正是典型的儒家情怀啊。

杜甫在夔州时，也住着几间草堂。不久他迁居别处，把草堂让给亲戚吴郎。吴郎为了防备邻人打枣，在屋子周围插上篱笆。杜甫听说了，写诗给吴郎：

堂前扑枣任西邻，无食无儿一妇人。不为困穷宁有此？只缘恐惧转须亲。即防远客虽多事，便插疏篱却甚真。已诉征求贫到骨，正思戎马泪盈巾。(《又呈吴郎》)

◎扑枣：打枣。◎“不为”二句：这妇人不因穷困，能干这事吗？正因她感到害怕，所以要对她和气。◎“即防”二句：妇人怕人，虽属多余，但你插上篱笆却是真的。远客，指吴郎。◎“已诉”二句：妇人曾向自己诉说因官府征敛而极度贫困之状，我也因战乱不止、百姓遭难而难过。

原来，邻家是个孤苦妇人，因官府横征暴敛，已是一贫如洗。枣熟时节，她来堂前打枣，杜甫从不阻拦。此刻杜甫又特意写诗，劝吴郎体恤、怜悯这“无食无儿”的妇人。——从艺术上看，这首七律不是最出色的，然而渗透在诗中的悲悯情怀，却深深打动着读者。

杜甫还有一首五绝《八阵图》(文摘八)，也是写于夔州。夔州江边有八堆石子，据说是诸葛亮所布的阵图。诗中感叹诸葛亮功高盖世，可惜刘备不听劝阻，执意伐吴，导致了最终的落败。——诸葛亮是杜甫最佩服的古代贤相。

沉郁顿挫，以诗传史

七律这种形式，在杜甫笔下几乎臻于化境。据统计，杜甫留下的七律有一百五六十首，人们熟知的名篇，就有《蜀相》《闻官军收河南河北》《登楼》《秋兴八首》《咏怀古迹》《阁夜》《登高》等等。

成都郊外有座武侯祠，供奉着蜀汉丞相诸葛亮的牌位。杜甫在成都时，喜欢到那里瞻仰，并写下七律名篇《蜀相》：

丞相祠堂何处寻，锦官城外柏森森。映阶碧草自春色，隔叶黄鹂空好音。三顾频烦天下计，两朝开济老臣心。出师未捷身先死，长使英雄泪满襟。

◎“三顾”句：追念诸葛亮受刘备三顾出山的事迹。“两朝”句：诸葛亮曾在刘备、刘禅两朝为相。开济，开创辅佐。◎“出师”句：诸葛亮曾多次率军伐魏，没能成功，中途病死。

前两联写游览武侯祠所见：柏树苍苍，碧草映阶，林中传来悦耳的黄鹂鸣叫声。后两联是咏史：诗人羡慕刘备与诸葛亮鱼水和谐的君臣关系，并为诸葛亮“出师未捷身先死”的结局感到哀伤。——他在替古人挥泪时，大概也想到自己的志向与遭遇吧？

广德元年春天，身在梓州的杜甫得知唐军打败叛军，收复河南河北，难以抑制狂喜的心情，挥笔写下七律《闻官军收河南河北》：

剑外忽传收蓟北，初闻涕泪满衣裳。却看妻子愁何在？漫卷诗书喜欲狂。白日放歌须纵酒，青春作伴好还乡。即从巴峡穿巫峡，便下襄阳向洛阳。

◎剑外：四川剑门关以南地区。蓟北：泛指河北北部。◎漫卷：胡乱地收拾起。◎纵酒：开怀痛饮。青春：明媚的春光。◎“即从”二句：这是杜甫预想的还乡路线。

八年了，诗人同国家、百姓一道经历了那么多的磨难！而今，苦难终于要结束了，诗人怎能不欣喜若狂呢？他挥洒着欢喜的眼泪，收拾行囊，狂歌纵饮，想象着在春光的陪伴下沿三峡顺流而下，转道襄阳，直奔洛阳。全诗激情澎湃，一气呵成，是杜甫七律的杰作。

有一首七律《登高》，写于夔州：

“却看妻子愁何在？漫卷诗书喜欲狂”（张光宇绘）

风急天高猿啸哀，渚清沙白鸟飞回。无边落木萧萧下，不尽长江滚滚来。万里悲秋常作客，百年多病独登台。艰难苦恨繁霜鬓，潦倒新停浊酒杯。

◎渚：水中小洲。◎落木：落叶。◎繁霜鬓：白发增多。潦倒：衰颓，失意。

秋空高爽，西风劲吹，传来阵阵猿猴的哀啼。眼前但见渚清沙白，群鸟飞翔；万木萧森，江流滚滚……“无边”“不尽”“万里”“百年”，时空的辽阔悠远，衬托出有家难归的无尽乡愁以及光阴不再的深度悲哀！诗人因病戒酒，诗成了他排遣愁苦的唯一形式，可是诗人心中的悲愁，何曾因此减少一分？——有人评价这首诗“高浑一气，古今独步，当为杜集七言律诗第一”。

杜甫在夔州还写下《咏怀古迹》七律五首，分别咏赞庾信、宋玉、王昭君、刘备、诸葛亮这几位与三峡相关的历史人物。如评价庾信的创作说：“庾信平生最萧瑟，暮年诗赋动江关。”又崇拜宋玉，说：“摇落深知宋玉悲，风流儒雅亦吾师。”诗人同情王昭君，说是“千载琵琶作胡语，分明怨恨曲中论”（千年之间，昭君的怨恨只有靠琵琶弹奏的胡乐来传递）。杜甫还感叹刘备功业凋零，遗迹残破，说：“翠华想象空山里，玉殿虚无野寺中。”至于诸葛亮，杜甫则由衷赞颂“诸葛大名垂宇宙”，称他是“万古云霄一羽毛”（历史天空中的一只雄鹰）！

杜诗中最宝贵的，是忧国忧民的深厚情感。他自己颠沛流离一辈子，物质生活极为困苦，但他的精神世界却无比富有，悲悯之心从未泯灭！他同情百姓，为国家民族陷于战乱而痛心疾首，他的这种情感，在作品中熔铸成“沉郁顿挫”的独特风格。

杜甫善于运用各种诗歌体裁。他努力学习乐府民歌，拉开新题乐府的创作帷幕。他对近体诗的贡献也极大，五律、七律占了全部诗歌一半还要多。诗中那些千锤百炼的名联佳句，屡见不鲜。“语不惊人死不休”成了杜甫的座右铭。

杜甫的诗歌，忠实记录了自己的坎坷遭遇，连同“安史之乱”前后动荡的社会现实，就像用诗书写了一部“安史之乱”的历史。因此，人们把杜甫的诗歌称为“诗史”。

只是杜甫活着时，他的诗并不被人重视。直到他死后几十年，韩愈、白居易、元稹等人才认识到他的伟大。到了宋代，王安石、苏轼、陆游、黄庭坚对他推崇备至。他的价值，越来越被人认清。宋末的文天祥、明末清初的顾炎武，也都深受他的影响。——后世为杜甫诗集作注、对杜诗进行解析的，远远多于李白。而杜甫被称为“诗圣”，也绝不是偶然的。

杜甫原集有六十卷，已佚。宋代王洙辑有《杜工部集》二十卷，收诗一千四百多首，文三十多篇，遂成定本。杜诗的注本不计其数，有名的有宋代郭知达的《九家集注杜诗》、清代钱谦益的《笺注杜工部集》及仇兆鳌的《杜诗详注》等。

【文摘八】

望岳　杜甫

岱宗夫如何？齐鲁青未了。造化钟神秀，阴阳割昏晓。

荡胸生层云，决眦入归鸟。会当凌绝顶，一览众山小。

◎望岳：眺望泰山。泰山古称东岳。◎岱宗：泰山。◎未了：无穷无尽。◎“造化”二句：大自然把神奇秀丽都集中在泰山了，山的两坡把世界分割成清晨、黄昏。造化，大自然。钟，聚集。阴，山北。阳，山南。割，划分。◎“荡胸”二句：山中云气层层，涤荡心胸。凝神远望，看鸟儿还巢。决眦（zì），瞪大眼睛，极目。眦，眼眶。◎会当：终当。凌：登上。

春望 杜甫

国破山河在，城春草木深。感时花溅泪，恨别鸟惊心。烽火连三月，家书抵万金。白头搔更短，浑欲不胜簪！

◎此首作于至德二载，诗人被困长安，迎来春天。◎“国破”二句：长安沦陷，但山河依旧；春天来了，草木（因人烟稀少）格外茂盛。国，指长安。◎“感时”二句：感伤时事，似乎花也流泪；与家人离别，好像鸟也心惊。◎烽火：战乱。“家书”句：家中音信稀少，万金难买。◎浑：简直。不胜簪：（由于发头太稀）插不上发簪。

月夜 杜甫

今夜鄜州月，闺中只独看。遥怜小儿女，未解忆长安。香雾云鬟湿，清辉玉臂寒。何时倚虚幌，双照泪痕干。

◎此诗作于至德元载，杜甫被困长安，家眷远在鄜州（治所在今陕西富县）。诗人夜观月色，思念妻儿，因有此作。◎闺中：这里指妻子。◎“遥怜”二句：是说儿女尚小，不知想念远在长安的父亲。◎“香雾”二句：这里是想象着妻子在月下思念诗人的样貌。鬓发被夜雾打湿，月光如水，夜寒侵人。清辉，指月亮的光辉。◎虚幌：轻薄透明的帷幕。

旅夜书怀　杜甫

细草微风岸，危樯独夜舟。星垂平野阔，月涌大江流。名岂文章著，官应老病休。飘飘何所似？天地一沙鸥。

◎危樯：高耸的桅杆。◎“名岂”句：意思是靠文章换不来名誉，这里有牢骚之意。

登岳阳楼　杜甫

昔闻洞庭水，今上岳阳楼。吴楚东南坼，乾坤日夜浮。亲朋无一字，老病有孤舟。戎马关山北，凭轩涕泗流。

◎“吴楚”二句：写洞庭湖之大，吴楚两地仿佛被它隔开，天地也像浮浸其中。坼（chè），分裂。◎一字：一封书信。

客至　杜甫

舍南舍北皆春水，但见群鸥日日来。花径不曾缘客

扫，蓬门今始为君开。盘飧市远无兼味，樽酒家贫只旧醅。肯与邻翁相对饮，隔篱呼取尽余杯。

◎“盘飧”句：因离市集远，无法及时采买，因此盘中只有一样菜蔬。飧（sūn），熟菜。兼味，两样菜蔬。旧醅：陈的米酒。醅（pēi），未经过滤的米酒。◎肯：乐于。“隔篱”句：这里是说招呼邻家老翁隔着篱笆干杯。

八阵图　杜甫

功盖三分国，名成八阵图。江流石不转，遗恨失吞吴。

◎“功盖”二句：是说三国时诸葛亮辅佐蜀国功劳最大，他的军事才能也最高。八阵图，相传是诸葛亮所布阵势，无人能解。◎“江流”二句：是说石头堆成的八阵图遗迹没有被江水冲走，同时也记录着蜀汉政权的遗憾——因执意伐吴，为败亡埋下祸根。

辑六　白傅《新乐府》，韩柳复古文

中唐歌未绝，大历多才子

中唐是指大历初至大和末（766—835）的七十年。随着“安史之乱”的结束，诗坛在短暂沉寂之后，又屡掀高潮。先后涌现的文学家有元结、顾况、刘长卿、张继、韦应物、“大历十才子”、韩愈、刘禹锡、白居易、柳宗元、元稹、李贺等等。

刘长卿（约709—约786）字文房，以五言诗见长，自诩“五言长城”。他因性情耿直，得罪了权贵，一生不得志。有一首《新年作》，说“老至居人下，春归在客先”（年岁大了，官位不高；年复一年，在外漂泊），传诵一时。他的诗歌名篇还有《逢雪宿芙蓉山主人》（文摘九）、《别严士元》等。

张继（约715—约779）字懿孙，他留下的诗不多，有一首《枫桥夜泊》，格外有名：

> 月落乌啼霜满天，江枫渔火对愁眠。姑苏城外寒山寺，夜半钟声到客船。
>
> ◎姑苏：今苏州。

诗中写作者夜泊枫桥的见闻感触，寒山寺那一声声夜半钟

姑苏城外寒山寺

声，就如敲打在古今游子的心上。——而寒山寺也因这首小诗远近闻名。

韦应物（737—约792）的诗风与刘长卿相近。高雅闲适，有时又充满野趣。像《滁州西涧》这一首：

独怜幽草涧边生，上有黄鹂深树鸣。春潮带雨晚来急，野渡无人舟自横。

◎怜：爱。◎野渡：荒野中的渡口。

后世不少画家作画，便以此为题。韦应物曾在苏州、江州任刺史，世称“韦苏州”“韦江州”。他是位有良心的官员，给朋友写诗说：“身多疾病思田里，邑有流亡愧俸钱。”（《寄李儋、元锡》）说自己因体弱多病而萌生退意，其实更重要的原因，是辖区百姓流离失所，自己愧领国家的薪俸！

唐代宗大历年间（766—779），才子辈出。卢纶、吉中孚、韩翃（hóng）、钱起、司空曙、苗发、崔峒、耿湋、夏侯审、李端等十位诗人都有诗歌流传，人称“大历十才子”。

卢纶（739—799）字允言，擅长写边塞诗，人们熟悉他的两首《塞下曲》（文摘九）。

十才子之一的韩翃（生卒年不详，字君平），曾在德宗朝为官。有一首《寒食》为人熟知：

春城无处不飞花，寒食东风御柳斜。日暮汉宫传蜡烛，轻烟散入五侯家。

◎寒食：节日名，在清明前两日，古人于寒食前后三天断火，只吃冷食。御柳：宫前御街栽种的柳树。◎“日暮”二句：借古事写今俗。寒食结束，皇帝照例要将火种通过蜡烛的形式赏赐给贵族。五侯，东汉顺帝梁皇后一家五人封侯，这里泛指王侯之家。

有人说，这诗是在讽刺帝王权贵，其实倒不一定。诗人只是即景赋诗，无意间保留了古代节俗的生动画面。

活动于大历前后的诗人李益（748—约829，字君虞），同样以边塞诗著称，如那首《夜上受降城闻笛》（文摘九）。他有一首《喜见外弟又言别》，写战乱之后亲友重逢，情感真挚，感慨深沉：

十年离乱后，长大一相逢。问姓惊初见，称名忆旧容。别来沧海事，语罢暮天钟。明日巴陵道，秋山又几重。

◎外弟：表弟或妻弟。◎巴陵：岳阳的故称。

十年离乱，岁月如梭，即便是亲友，印象也都模糊了。“问姓惊初见，称名忆旧容”，描画重逢者记忆复苏的神态，生动如画！他乡遇故知，有说不完的话。可是才见面，又要分手，温暖的亲情与离别的伤感交织在一块儿，让人回味无穷。

以上诗人各有诗集传世。如刘长卿有《刘随州集》，韦应物有《韦江州集》《韦苏州集》。大历十才子的文集则有《卢户部集》(卢纶)、《韩君平集》(韩翃)、《钱考功集》(钱起)、《司空曙集》(司空曙)、《李端诗集》(李端)等。那些没有文集传世的，诗作也多能从《全唐诗》中找到。

张王新乐府，元稹悼亡诗

这一时期，还有几位与众不同的诗人——元结、顾况、王建、张籍、李绅等，他们关心国计民生，主张诗歌要反映现实，受杜甫新乐府诗的影响，也写起新题乐府。且看李绅（772—846）的《悯农二首》:

> 春种一粒粟，秋收万颗子。四海无闲田，农夫犹饿死。
>
> 锄禾日当午，汗滴禾下土。谁知盘中餐，粒粒皆辛苦！

这里特别要说说元稹。元稹（779—831）字微之，也写新乐府，有《新题乐府》二十首，其中《织妇词》《田家词》都很有名。

《田家词》写六十年来战事不断，农夫月月输粮，驾车的牛也被官军宰杀了，只剩下一对牛角！农家的妇女也不得闲，“姑舂妇担去输官，输官不足归卖屋”(为输官粮，小姑舂粮，妻子挑担，仍不够，只好回来卖屋补足)。诗的结尾说:“愿官早胜仇早复，农死有儿牛有犊，誓不遣官军粮不足！”——但愿官军早早取胜，我们老百姓呢，爹累死还有儿，牛死了还有犊，一定不让官军缺粮就是了。这话里带着刺呢！

元稹是个多情的人，他的妻子死了，他写了七律《遣悲怀》，悼念亡妻。妻子跟自己过尽苦日子，现在自己做了高官，“俸钱过十万”，妻子却再也不能一同享受，诗人内心的哀伤与愧疚是可想而知的。

元稹

在朋友中，元稹与白居易相知最深，两人多有诗歌唱和，并称“元白”；还常常通信讨论诗歌革新问题。白居易因犯颜直谏而遭贬官，远在通州（今四川达州）的元稹听到消息，写下《闻乐天授江州司马》：

残灯无焰影幢幢，此夕闻君谪九江。垂死病中惊坐起，暗风吹雨入寒窗！

◎乐天：白居易字乐天。江州：治所在今江西九江市。◎幢幢：昏暗。谪：贬官。◎垂：将。

得知好友遭受贬谪，诗人深感意外和不平！“垂死病中惊坐起”一句，写出诗人的震惊与愤懑，最为传神。首尾两句看似写景，却又是诗人心境的写照。这首七绝，因而成为抒写朋友之情的经典之作。

元稹还撰有传奇小说《莺莺传》，此篇后来被元人改编成杂剧《西厢记》。有人说，小说中的张生，就是元稹的投影。——唐穆宗长庆年间，元稹将白居易的诗文编为《白氏长庆集》五十卷，又把自己的文集题为《元氏长庆集》。

白居易：长安米贵居不难

白居易是继李白、杜甫之后，唐代诗坛上又一位“重量级”诗人；他推动倡导的“新乐府运动”，影响深广。

白居易（772—846）字乐天，晚年官至太子少傅，因此又有“白傅”的称呼。他祖籍山西太谷，出生在河南新郑，家中世代为官。由于军阀作乱，他十一岁时被送往南方避乱，以后东奔西走，小小年纪就尝尽人生苦辛！

不过家中并未放松对他的教育，他从五六岁便开始学诗，九岁时已经掌握了作诗的技巧。他学习刻苦，读书读到口舌生疮，写字写到手肘起茧；人还没老，已是发白眼花，看东西总像有万千蚊蝇、垂珠在眼前乱晃！

功夫不负苦心人，十几岁时，白居易的诗已经相当出色。有一首《赋得古原草送别》，是他十五岁时作的：

离离原上草，一岁一枯荣。野火烧不尽，春风吹又生。远芳侵古道，晴翠接荒城。又送王孙去，萋萋满别情。

◎离离：草木分披茂盛貌。枯荣：枯萎和茂盛。◎远芳：远处的草。晴翠：阳光下的草色。◎王孙：指游子。萋萋：草盛貌。

诗中拿荒原上无边无际的野草，比喻朋友之情。——相传白居易初到长安，拜会前辈诗人顾况，递上自己的诗卷。顾况看到“白居易”这个名字，笑着说：长安米贵，要“居”可不“易”啊！等他读到“野火烧不尽，春风吹又生”一联，不觉惊叹说：我以为这样的好诗早就绝迹了，没想到在这儿看到了！我刚才的话是开玩笑呢！

二十九岁那年，白居易考中进士。过了两年，又通过吏部的考试，授了官职。元稹跟他一道登科，两人的友谊，也是从那时开始的。两人常常诗歌唱和，他们的诗号称“元和体”“长庆体”，因为正值唐代元和（806—820）、长庆（821—824）年间。——白居易的长篇叙事诗《长恨歌》，便是这期间写成的。

白居易

元和三年（808年），三十七岁的白居易被任命为左拾遗，这是个专门给皇帝提意见的官儿。白居易在这个位置上尽心尽责，由于意见尖锐，常惹皇上不高兴。白居易还以诗的形式向当权者提出警告和劝诫。他把这些诗称作

“讽喻诗”，代表作有两组:《秦中吟》十首和《新乐府》五十首。

白居易任左拾遗的第三年，母亲去世了。守孝三年后他重返朝廷，做了个陪太子读书的闲官。由于主持正义，被贬为江州司马。著名的歌行体长诗《琵琶行》便写于这时。

此后，白居易再回朝廷，负责为皇帝起草诏书。然而朝廷上党争激烈，诗人不愿待在这个“是非窝”里，所以没过几年，便主动要求到杭州去。在杭州任上，他兴修水利，治理西湖，还把杭州六口大井重新淘过，让全城百姓都喝上甜水。西湖原有一条白沙堤，后被百姓称为“白公堤”，用以纪念白居易。

晚年的白居易又回到洛阳，他常常穿着白袍子，拄着长手杖，到风景清幽的香山寺去游玩，自号“香山居士”。有时则跟和尚一同乘了小船，一面烹茶煮饭，一面吟诗长啸，随波逐流。

白居易七十五岁辞世，就葬在龙门山。四方游人慕名前来凭吊，用酒在墓前祭洒，墓前好大一块地方常常湿漉漉的。

《新乐府》与《秦中吟》

白居易的一组《新乐府》，全是讽谏的主题。像那首《新丰折臂翁》，据诗人说是为“戒边功”而作。新丰县有位断臂老翁，已经八十八了，他的手臂，竟是自己砸断的！天宝年间，朝廷征兵讨伐云南，“千万人行无一回”。为了躲避兵役，小伙儿用石头生生砸断自己的手臂。诗的结尾点出主题：“天宝宰相杨国忠，欲求恩幸立边功。边功未立生人怨，请问新丰折臂翁！”（生人：百姓。）

《杜陵叟》的主题是“伤农夫之困”。春旱秋寒，庄稼歉收，地方官吏仍然凶暴地向农民催讨赋税，诗人代表农民质问说：“剥我身上帛，夺我口中粟，虐人害物即豺狼，何必钩爪锯牙食人肉！”待到皇上得知灾情，下诏免征时，已是“十家租税九家毕，虚受吾君蠲免恩”[蠲（juān）免：指免除租税徭役]。

《缭绫》的主题是“念女工之劳也”。缭绫是一种名贵的丝织物，织造起来格外费工，昭阳殿里的舞女拿缭绫做成衣裙，件件价值千金！可是她们一点也不珍惜，“汗沾粉污不再著，曳土踏泥无惜心”。诗人说：“缭绫织成费功绩，莫比寻常缯与帛。丝细缲多女手疼，扎扎千声不盈尺。昭阳殿里歌舞人，若见织时应也惜！”[缲（sāo）：同“缫”，把蚕茧泡在滚水里抽丝。]——他这是为民间织女鸣不平呢！

另一首《红线毯》的主旨则是“忧蚕桑之费也”。红线毯是宣州的贡品，“宣城太守加样织，自谓为臣能竭力。百夫同担进宫中，线厚丝多卷不得。宣城太守知不知？一丈毯，千两丝！地不知寒人要暖，少夺人衣作地衣！”——如果说《缭绫》一首还只是劝谏，这一首简直就是当面痛斥了！

还有一首《西凉伎》，讲述两名西凉“胡儿”专会耍狮子，“刻木为头丝作尾，金镀眼睛银帖齿”（帖：贴）。守边的将军喜欢看，每逢摆宴犒军，总要让胡儿表演。有位七十岁的老征夫含泪向将军进言：西凉陷落四十年了，唐朝的边防线，已由万里之外的安西，逼近到凤翔近旁。我们这里空屯着十万士卒，“饱食温衣闲过日”，全不管“遗民肠断在凉州”。老兵质问：纵然你们没能力收取西凉，怎能毫无心肝，拿这沦陷区的伎艺取乐呢（“纵无智力未能收，忍取西凉弄为戏”）？——这一首的主题，是“刺封疆之臣也”。

《新乐府》里最有名的，要数那篇《卖炭翁》（文摘九）。此篇的主题是“苦宫市也”。原来中唐时候，宫中常常派人到市上强买物品，只是象征性给点儿报酬，这种不公平的交易叫“宫市”，小商贩最害怕。在《卖炭翁》中，诗人用大半篇幅描写老人烧炭卖炭的辛苦，结果他的一车炭却被“宫使”以“半匹红纱一丈绫”的代价强行拉走，这几乎是抢劫！——诗中“心忧炭贱愿天寒”一句，刻画了卖炭翁的可悲处境和矛盾心理。全诗没有一句公开的指责，可指责的意思却渗透在每一句里。

《新乐府》共五十首，文字近万言。作者在序中说，这些诗“篇无定句，句无定字”，重思想而不重形式；“首句标其目，卒章显其志”（开篇第一句作为标题，结尾则突出主旨），这里遵循的，仍是《诗经》的做法。

白居易作诗，有一套理论，他认为诗的形式不是最重要的，重要的是内容。他在《新乐府序》中说：“总而言之，为君、为臣、为民、为物、为事而作，不为文而作也。”也就是说，不是为作诗而作诗。他在江州，跟好友元稹通信，常常讨论文学问题。

在那封有名的《与元九书》中，他还提出：“文章合为时而著，歌诗合为事而作。”即是说：文学要跟上时代的脚步，要反映时事。信中还提出“诗者，根情、苗言、华声、实义”的见解，说情感是诗歌的根，语言是它的苗，音韵声调好比它的花，而教育意义则是它的果。——看得出来，诗人最重视诗歌的意义和效果。

白居易另有一组《秦中吟》，共十首，有《议婚》、《重赋》、《伤宅》、《伤友》、《轻肥》（文摘九）、《歌舞》、《买花》等，同是讽喻诗，主旨大都是揭露不合理的社会现象，也相当于乐府诗。不同之处，《新乐府》以七言为基础，《秦中吟》则为五言。——不知为啥，这组诗没被《乐府诗集》收入。

“汉皇”遗“长恨”，迁客听“琵琶”

白居易擅长写歌行体叙事诗。三十五岁那年，他做盩厔尉［盩厔（Zhōuzhì）：今作“周至”，陕西县名，距长安不远］，跟朋友到仙游寺游玩，偶然谈起唐玄宗和杨贵妃的往事。朋友撺掇他把故事写成长诗，因而便有了那首著名的叙事诗《长恨歌》：

> 汉皇重色思倾国，御宇多年求不得。杨家有女初长成，养在深闺人未识。天生丽质难自弃，一朝选在君王侧。回眸一笑百媚生，六宫粉黛无颜色。春寒赐浴华清池，温泉水滑洗凝脂；侍儿扶起娇无力，始是新承恩泽时。云鬓花颜金步摇，芙蓉帐暖度春宵；春宵苦短日高起，从此君王不早朝。承欢侍宴无闲暇，春从春游夜专夜。后宫佳丽三千人，三千宠爱在一身。金屋妆成娇侍夜，玉楼宴罢醉和春。姊妹弟兄皆列土，可怜光彩生门户。遂令天下父母心，不重生男重生女。……

◎汉皇：借指唐玄宗。倾国：这里指国色美女。御宇：统治天下。◎眸（móu）：眼中的瞳仁，这里指眼睛。六宫粉黛：指后妃们。六宫，后妃们居住的宫室。◎华清池：唐代华清宫的温泉浴池。凝脂：这里指细腻的肌肤。◎步摇：一种带垂珠的首饰。◎专夜：专宠。◎金屋：这里用"金屋藏娇"的典故。◎姊妹、弟兄：杨贵妃的三个姐姐，分别封为韩国夫人、虢国夫人和秦国夫人；从兄杨国忠任右丞相，封魏国公。列土：分封爵位和领地。可怜：可爱，可羡。

不难听出，这些铺陈描写，含着讽刺、谴责的意味。——"安史之乱"一起，玄宗带着杨贵妃匆匆逃往西蜀，在马嵬坡遭遇兵变。士兵们杀死杨国忠，又逼着玄宗处死贵妃。"六军不发无奈何，宛转蛾眉马前死"；"君王掩面救不得，回看血泪相和流"，正是对这一重大历史事件的记录。

贵妃死后，玄宗对她牵肠挂肚的思念，也是《长恨歌》的描摹重点：

……黄埃散漫风萧索，云栈萦纡登剑阁。峨眉山下少人行，旌旗无光日色薄。蜀江水碧蜀山青，圣主朝朝暮暮情。行宫见月伤心色，夜雨闻铃肠断声。……

◎云栈：高耸入云的栈道。萦纡（yíngyū）：形容曲折之状。剑阁：在今四川剑阁县东北。◎圣主：指玄宗。◎行宫：皇帝出行时的住所。

回长安后，玄宗对贵妃的思念没有一刻止息。有位道士被玄宗的真情所感动，“上穷碧落下黄泉”，终于在海外蓬莱仙山寻到贵妃。贵妃给玄宗带回当年的信物“钿合（盒）金钗”，还捎回爱情的誓言：“七月七日长生殿，夜半无人私语时：在天愿作比翼鸟，在地愿为连理枝。”——然而两人却再也无缘相见！

这首叙事长诗共一百二十句，夹叙夹议，情景交融。诗人在诉说这段往事时，并不掩饰讽刺的态度——也可见唐代的政治氛围是宽松的，讲论“先帝”，也不妨语带嘲讽，评头论足。

另一首歌行体长诗《琵琶行》，是诗人被贬为江州司马时所作。江州是个偏僻潮湿的地方，司马又是有职无权的闲官，白居易的心情当然糟透了。在一个秋天的夜晚，诗人在浔阳江头结识了一位弹琵琶的妇人。她原是长安有名的歌女，年长色衰，嫁给了商人。丈夫常年在外做生意，妇人被撇在这浔阳江头，独守空船。

诗人听了妇人的陈述，感慨万分，因为“同是天涯沦落人，相逢何必曾相识”？——诗中描摹音乐的那段，历来为人称道：

> ……转轴拨弦三两声，未成曲调先有情。弦弦掩抑声声思，似诉平生不得志。低眉信手续续弹，说尽心中无限事。轻拢慢撚抹复挑，初为《霓裳》后《六幺》。大弦嘈嘈如急雨，小弦切切如私语。嘈嘈切切错杂弹，大珠小珠落玉盘。间关莺语花底滑，幽咽流泉冰下难。冰泉冷涩弦凝绝，凝绝不通声暂歇。别有幽愁暗恨生，此时无声胜有声。

银瓶乍破水浆迸，铁骑突出刀枪鸣。曲终收拨当心画，四弦一声如裂帛。东船西舫悄无言，唯见江心秋月白。

◎信手：随手。续续：不断。◎“轻拢”二句：拢、撚（niǎn）、抹、挑，都是弹琵琶的手法。《霓裳》《六幺》，乐曲名称。◎“大弦”二句：大弦指粗弦，小弦指细弦。嘈嘈，沉重舒长之声。切切，急促细碎之声。◎间关：鸟鸣声。滑：流利轻快。“幽咽”句：形容水在冰下流，因不畅而其声幽咽。◎“银瓶”二句：都是形容乐声激昂。迸，急溅。◎拨：拨弦的用具。当心画：用拨在四弦当中用力一划。裂帛：声音脆厉，如同撕裂布帛。

音乐欣赏诉诸听觉，很难用文字传达。然而诗人能巧妙运用比喻，把听音乐的感受再现在纸面上，如“大弦嘈嘈如急雨，小弦切切如私语”“大珠小珠落玉盘”“银瓶乍破水浆迸，铁骑突出刀枪鸣”“四弦一声如裂帛”等，都巧妙绝伦。

《琵琶行》诗意（王叔晖绘，王维澄供稿）

诗中还把音乐那忽快忽慢、时高时低，短暂停歇后又突然爆发的节奏体现出来，紧紧抓住读者。

无人不诵白傅诗

白居易也写近体诗。他在杭州做官时，常到西湖游玩散步，看看这首七律《钱塘湖春行》：

孤山寺北贾亭西，水面初平云脚低。几处早莺争暖树，谁家新燕啄春泥。乱花渐欲迷人眼，浅草才能没马蹄。最爱湖东行不足，绿杨阴里白沙堤。

◎钱塘湖：杭州西湖。◎孤山寺、贾亭：都是湖边名胜。◎暖树：早上向阳的树。

明白如话的语言，流畅工稳的对仗，让人感受到西湖的无边春意。——白居易擅长写景，且看这首七绝《暮江吟》，写初秋黄昏的江景：

一道残阳铺水中，半江瑟瑟半江红。可怜九月初三夜，露似真珠月似弓。

◎瑟瑟：一说形容风声，一说是一种蓝色宝石名称。◎怜：爱。

这犹如一幅彩色摄影作品，将黄昏落日下水面红绿分明的景色凝固在纸上。一个“铺”字，用得格外传神。另有一首五绝，写诗人以诗作简，招朋友来饮酒：

绿蚁新醅酒，红泥小火炉。晚来天欲雪，能饮一杯无？（《问刘十九》）

◎绿蚁（yǐ）：指酒上的泡沫，这里指酒。醅：未经过滤的酒。

这要算最早的白话诗了。——用通俗浅易的语言写诗，是白居易诗歌的一大特点。传说他每写一首诗，总要念给老婆婆听。如果老婆婆听不懂，他就再三修改，直到听懂为止。

白居易一生诗文共有三千八百多篇。晚年时由自己整理成《白氏文集》，共抄写了五份，分别藏在五处。至今白诗保存得最为完整，这跟白居易自己的整理和收藏大有关系呢！

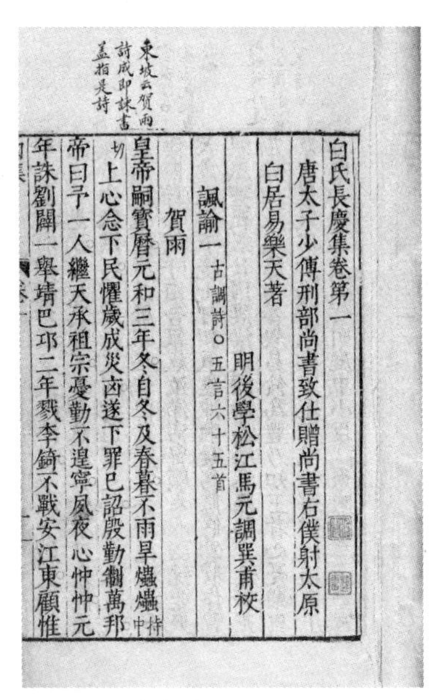
東坡云賀雨詩成即諫書蓋指是詩

白氏長慶集卷第一
唐太子少傅刑部尚書致仕贈尚書右僕射太原
白居易樂天著
明後學松江馬元調巽甫校
諷諭一 古調詩○五言六十五首
賀雨
皇帝嗣寶曆元和三年冬自冬及春暮不雨旱爞爞持中切
上心念下民懼歲成災凶遂下罪己詔殷勤勸萬邦
帝曰予一人繼天承祖宗憂勤不遑寧夙夜心忡忡元
年誅劉闢一舉靖巴邛二年戮李錡不戰安江東顧惟

《白氏长庆集》书影

白居易活着的时候，他的诗名已无人不晓。朝鲜商人也到处搜求他的诗篇，据说拿回去卖给本国宰相，可获百金。日本的和尚还特地到苏州抄了一部《白氏文集》带回国去，如今成了日本国宝。

唐朝的皮日休、聂夷中、陆龟蒙、罗隐、杜荀鹤，宋代的王禹偁（chēng）、梅尧臣、苏轼、陆游，一直到清代的吴伟业、黄遵宪，都受过白居易诗风的影响呢。

【文摘九】

逢雪宿芙蓉山主人　刘长卿

日暮苍山远，天寒白屋贫。柴门闻犬吠，风雪夜归人。

◎白屋：没有涂饰的平民居室。

塞下曲（六选二）　卢纶

林暗草惊风，将军夜引弓。平明寻白羽，没在石棱中。

◎引弓：拉弓射箭。◎“平明”二句：暗用李广射猎典故。相传李广误认卧石为老虎，一箭射去，箭镞嵌入石头。平明，天亮。白羽，箭。

月黑雁飞高，单于夜遁逃。欲将轻骑逐，大雪满弓刀。

◎轻骑：轻装骑兵。逐：追逐。

夜上受降城闻笛　李益

回乐峰前沙似雪，受降城外月如霜。不知何处吹芦管，一夜征人尽望乡。

◎回乐峰：回乐县附近的山峰，在今宁夏灵武附近。受降城：唐代在今内蒙古杭锦后旗等处筑城堡，抵御突厥袭扰，名受降城。◎芦管：笛子。

卖炭翁　白居易

卖炭翁，伐薪烧炭南山中。满面尘灰烟火色，两鬓苍苍十指黑。卖炭得钱何所营？身上衣裳口中食。可怜身上衣正单，心忧炭贱愿天寒。夜来城外一尺雪，晓驾炭车辗冰辙。牛困人饥日已高，市南门外泥中歇。翩翩两骑来是谁？黄衣使者白衫儿。手把文书口称敕，回车叱牛牵向北。一车炭，千余斤，宫使驱将惜不得。半匹红纱一丈绫，系向牛头充炭直。

◎何所营：做何用。◎黄衣、白衫：这里指宦官的服饰。黄、白代表不同品级。◎敕（chì）：皇帝的命令。◎直：通“值”，价格。唐代商品交易，可用绢帛等代货币使用。

轻肥　白居易

意气骄满路，鞍马光照尘。借问何为者，人称是内臣。朱绂皆大夫，紫绶悉将军。夸赴军中宴，走马去如云。樽罍溢九酝，水陆罗八珍。果擘洞庭橘，脍切天池鳞。食饱心自若，酒酣气益振。是岁江南旱，衢州人食人！

◎轻肥：轻裘肥马，指奢华的生活。这是《秦中吟》中的一首。◎内臣：宦官。◎朱绂（fú）：红色的文官袍服。紫绶：紫色系印的丝带。唐代的文武高官有些由宦官充任。◎樽罍（zūnléi）：都是酒器。九酝（yùn）：精制美酒。“水陆”句：是说席上罗列山珍海味。◎擘（bò）：剖开。脍（kuài）：细切的鱼肉。天池鳞：海鱼。◎自若：安闲自得貌。气益振：精神更加振奋。◎“是岁”二句：这一年江南大旱，百姓乏食，发生人吃人的惨剧。衢（qú）州，今浙江衢州市衢江区。

韩昌黎力倡古文

中唐文学家韩愈比白居易还要年长几岁。他的诗很有特色，但给他带来巨大声誉的，却是他的散文。

韩愈（768—824）字退之，因郡望是昌黎，世称“韩昌黎”；又因做过吏部侍郎，又称“韩吏部”；死后谥“文”，后世又称“韩文公”。

韩愈

韩愈三岁丧父，由哥嫂带大。十岁时，哥哥因事被贬岭南，韩愈也一同去了那蛮荒之地。哥哥死后，是嫂子把他拉扯大的。韩愈七岁读书，十三岁已能写文章。十九岁到长安应试，连考四回，才中了进士。但是要做官，还得通过吏部的选拔。韩愈又连考几回，始终没能考取。在长安一住十年，生活全靠朋友接济。也曾做过幕僚，替人家写写公文。业余时间，他潜心研究古文的创作之道，乐此不倦。

以后他先后担任国子监博士、监察御史、刑部侍郎、潮州刺史，还担任国子监祭酒、兵部侍郎、吏部侍郎及京兆尹等。因反对皇帝迷信佛教，还差点掉了脑袋。总之，历尽宦海风波，五十多岁因病致仕，死时不到六十。

韩愈有一篇《进学解》，采用主客问答的形式，抱怨自己身为国子监博士的困窘。文章开头，写国子先生晨入太学，召集学生们训话，要他们勤奋学习，别担心前途，说主管部门公正廉明，品学兼优的不愁没出路。——话音未落，学生中有人笑着搭腔："先生欺余哉！……"此人当众用先生自己的遭遇，来反驳先生的教诲，数说国子先生治学的辛劳、学识的渊博、为人的正直。可眼下又如何？

然而公不见信于人，私不见助于友。跋前踬后，动辄得咎。……冬暖而儿号寒，年丰而妻啼饥。头童齿豁，竟死何裨。不知虑此，而反教人为？

◎见信于人：被人信任。见助于友：得到朋友帮助。◎跋前踬后：比喻进退困难。跋，踏。踬（zhì），绊。动辄（zhé）得咎：动不动就受责罚。◎童：山无草木叫童，头童喻秃顶。竟：终。裨（bì）：益。◎"反教"句：反要教人。为，助词，表疑问。

这些话虽然借学生之口说出，其实正道出韩愈自己的可悲处境。字面上不乏幽默诙谐的意味，内中却透出作者怀才不遇的悲辛。

全篇用韵，多四字句，最能体现韩愈“自铸伟词”（自创响亮优美的词语）、“唯陈言之务去”（坚决去除陈词滥调）的特点。文中单是韩愈自创的词语，就有“贪多务得”“细大不捐”“佶屈聱牙”“含英咀华”“同工异曲”“动辄得咎”“兼收并蓄”等七八个，后来全成了熟在人口的成语。

在韩愈之前，文坛上骈体文盛行，韩愈对此不满，决心以一己之力挑战骈体文风，树起古文的大旗——“古文”这个词儿，是跟骈体“时文”相对而言的，指的是奇（jī）句单行、不讲对偶声律的散体文。韩愈崇尚儒道，他说：《尚书》、《周易》、《礼记》、《左传》及《论语》、《孟子》，不都是用散体文写成的吗？要崇尚古道，就得提倡古文。

韩愈才华过人，他的古文写得那么精彩动人，整个文坛都为他折服。追随他的人越来越多，又有像柳宗元那样的出色古文家与他相呼应，古文终于压倒骈文，得到了社会的承认。文学史上把这场文学革新称为“古文运动”。

物鸣因不平，士穷见节义

韩愈的论说文逻辑严密、层次分明，语言也极为精练。例如那篇《马说》，只有一百五十余字，文中以马为喻，说明识别人才、爱护人才的道理，讲得十分透彻。

有个“物不平则鸣”的论点，是韩愈在《送孟东野序》中提出来的。诗人的朋友孟郊外出做官，韩愈写文送他，借题发挥地谈起文学创作来。他说：“大凡物不得其平则鸣”——草木不会发声，风一摇就发出声响；水不会发声，风一鼓荡也会哗哗作响。人不也是这样吗？心中有感慨，就要发声，或唱或哭，都是因为遭遇不平啊！

那么当权者应当怎样对待有才华的人呢？是“将和其声而使鸣国家之盛”（使他们声音和谐地歌颂国家的兴盛）呢，还是“穷饿其身、思愁其心肠，而使自鸣其不幸”（使他们穷困饥饿、心情愁苦，为自己的不幸而悲歌）呢？——韩愈在文章末尾，提出了这个严肃的问题。

韩愈的叙事文，照样写得那么漂亮，如《张中丞传后叙》等。他还喜欢夹叙夹议的文体，在《柳子厚墓志铭》中，他写到柳宗元在患难中的表现，笔锋一转，发了一大通感慨，刻画势利小人的表现，可谓入木三分！（文摘一〇）

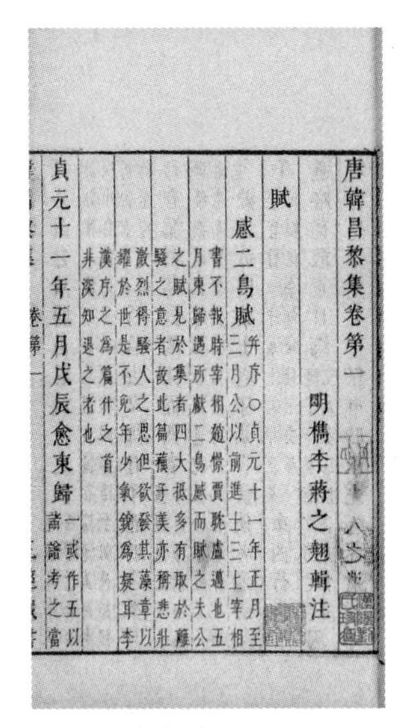
唐韓昌黎集卷第一
明檇李蔣之翹輯注
賦
感二鳥賦并序○貞元十一年正月至三月公以前進士三上宰相書不報時宰相趙憬賈耽盧邁也五月東歸遇所獻二鳥感而賦之夫公之賦見於集者四大抵多有取於離騷之意者故此篇蘊乎美亦稍悲壯激烈得騷人之思但欲發其藻章以耀於世是不免年少氣鋭爲疑耳李漢序之爲篇什之首非深知退之者也
貞元十一年五月戊辰愈東歸一或作五以諸譜考之當

《韩昌黎集》书影

历代对韩愈古文的评价都很高，将他的文章跟杜甫的诗歌相提并论，称“杜诗韩笔”。苏轼对韩愈评价最高，说他“文起八代之衰”——从汉至隋的八个朝代中，文风衰靡、一天不如一天；而韩愈一出，一扫八代衰靡文风，使古文得以振兴。韩愈在文学史上的位置，难以替代！

韩愈的诗风也自成一格，代表作有《山石》《调张籍》《赴江陵途中寄赠三学士》《八月十五夜赠张功曹》《左迁至蓝关示侄孙湘》等。——韩愈的存世作品有诗七百余首，文四百篇。今有《韩昌黎集》传世。

韩愈生前有不少诗朋文友，又以孟郊（751—814）、贾岛（779—843）两位最为亲近。这两位都是苦吟型的诗人。孟郊的《游子吟》和贾岛的《寻隐者不遇》（文摘一〇），都脍炙人口，小学生都会背诵。

孟郊、贾岛分别有《孟东野诗集》和《长江集》传世。

柳宗元：论说“封建”，序颂“公仆”

同韩愈一起扛起古文运动大旗的是柳宗元，他的为官经历也同样坎坷。

柳宗元

柳宗元（773—819）字子厚，人称“柳河东”，因为他祖籍山西，那里古称河东。柳宗元四岁时就能熟记十几篇古人辞赋，十三岁时，文章已经小有名气。二十一岁中进士，二十六岁又考取博学宏词科。此后五六年里，他大都在朝廷做官。

由于柳宗元积极支持王叔

文的改革活动，受到大太监、大官僚的迫害。柳宗元和刘禹锡等八位革新派官员都被贬到边远州郡去做了司马，史称“八司马”——司马是有职无权的小官。

柳宗元去的地方是永州（今湖南零陵），那里偏远荒凉。柳宗元正好趁这个机会潜心读书写作，他的大量散文名篇，都是这段时间写下的。

柳宗元来到永州的第十个年头，朝廷召他还京。一同被召的还有另外四位司马。不过皇帝对他们仍有戒心。很快柳宗元又被派往柳州做刺史——官是升了，地方却更偏远了。

在柳州，柳宗元发展经济，移风易俗，开办学校，传播文化知识，当地青年经柳宗元点拨，有考取进士的。到柳州的第三年，柳宗元一病不起，于元和十四年（819 年）冬天与世长辞，才四十七岁！

柳宗元死后，韩愈为他撰写墓志铭，对他的人品给予高度赞扬。另一好友刘禹锡为他编写文集，并撰写序言。

柳宗元的散文题材多样，有一篇《封建论》，研究政体得失，讨论究竟是“封建制”好，还是“郡县制”好。讨论的结果，柳宗元认为还是秦以后的郡县制好。例子明摆着：周朝搞封建，分封诸侯，结果诸侯叛离，天子只剩个空名；秦以后实行郡县制，则秦“有叛人（民）而无叛吏”，汉“有叛国而无叛郡”，唐“有叛将而无叛州”，国家始终是统一的。

文章最终归结到用人上，说好的制度要保证“贤者居上，不肖者（没才能的人）居下”。而封建制大搞世袭，又怎能保证贤人在位呢？贤人得不到任用，这个世道还好得了吗？——当时藩镇割据十分严重，柳宗元写文章力挺郡县制，当然不是无的放矢。

柳宗元的论辩文章还有不少，如《桐叶封弟辩》《驳复仇议》等，都是借着批评古人，讲论现实道理。另有一些夹叙夹议的文章，也都寓意深刻。如《种树郭橐（tuó）驼传》《梓（zǐ）人传》《捕蛇者说》等。

郭橐驼是位种树能手，他的栽植经验就是"能顺木之天，以致其性焉尔"（顺着树木的天性，让它自然生长）。然而话锋一转，郭橐驼批评起当官的，说他们"好烦其令"（喜好乱下命令），总爱折腾百姓，不让老百姓照自然规律种地、过日子。——这篇《种树郭橐驼传》显然不是谈种树，而是谈"养人"。

《捕蛇者说》则借冒险捕蛇的乡亲之口，控诉官府对百姓的残酷压榨。作者在文章末尾惊呼："呜呼！孰知赋敛之毒有甚是蛇者乎！"（唉，谁料赋税的毒害，竟比毒蛇还厉害！）——哪怕身处逆境，柳宗元也一天没有忘记百姓。

柳文中还有不少"序"——"序"有叙说、表达之意。柳宗元的同乡好友薛存义到外地去做官，柳宗元便写了那篇《送薛存义序》。序中说：做地方官的应当了解自己是干啥的。"盖民之役，非以役民而已也。"（是百姓的仆役，不是去奴役百姓的。）文中说：百姓靠土地谋生，总要拿出收入的十分之一，雇用官吏处理公共事务。可是天下这些当官的拿了钱，却不认真办事。非但如此，还要盘剥、偷盗百姓。假使谁家雇了个仆人，拿了工钱却不认真干活，还偷主人家的东西，早被主人轰跑了！可惜而今遍天下的官吏都这么干，百姓却敢怒而不敢言，

真是太悲哀啦！（文摘一〇）

当官的不是高高在上的老爷，而应像仆人一样服侍老百姓，这不就是今天的“公仆”观念吗？柳宗元的思想，真的很超前！

“永州八记”，石涧听琴

“永州八记”是柳文中山水游记的代表作。永州地处荒僻的湘西，风景却好得出奇。柳宗元当个闲官，一有空就四处游走。一有新景观发现，总是如获至宝，尽情游赏，并援笔记录，挥洒成篇。

有一回，他坐在法华寺的亭子里，远眺西山，风景奇丽。他立刻渡过湘江，沿着冉溪一路砍荆棘、烧茅草，开出一条路来，一直爬到西山顶，顿觉天地宽阔，心胸舒展。

这次游玩归来，他写了《始得西山宴游记》。以后又不断发掘新奇景致，陆续写了《钴鉧潭记》《钴鉧潭西小丘记》《至小丘西小石潭记》《袁家渴记》《石渠记》《石涧记》《小石城山记》《柳州东亭记》，总共八篇，称“永州八记”。

“永州八记”中《至小丘西小石潭记》最有名。作者先在西山买下一片水潭（钴鉧潭），又买下潭东的一座小丘。小丘只有一亩大，竹木丛生，怪石累累。文中有两句写到水中的游鱼：“潭中鱼可百许头，皆若空游无所依。”——这哪里是写鱼，分明是写潭水的清澈。

西山的美景，还有袁家渴、石渠、石涧等处，大多以水取胜。——其中石涧一处最有特色：

……亘石为底，达于两涯。若床，若堂，若陈筵席，若限阃奥。水平布其上，流若织文，响若操琴。揭跣而往，折竹扫陈叶，排腐木，可罗胡床十八九居之。交络之流，触激之音，皆在床下。翠羽之木，龙鳞之石，均荫其上。古之人其有乐乎此耶，后之来者有能追予之践履耶？（《石涧记》）

◎亘：横亘，延续。涯：岸。◎“若床”四句：这里形容涧的石底，这里像床，那里像厅堂，这边像铺开的筵席，那边又像被隔开的内室。限，隔开。阃（kǔn）奥，内室。◎流若织文：这里指水在石上流过形成的交织水纹。文，纹。◎揭跣：提衣光脚。陈叶、腐木：败叶腐枝。排：扫除。罗：罗列，摆放。胡床：一种可折叠的椅子。◎交络：水纹交织。触激：水流撞击。◎“翠羽”二句：像翠鸟羽毛的树木，像龙鳞一样的石头。◎践履：足迹。

美的景致，还要有发现美的眼光和利用美的巧思。这处石涧的底部是石头的，平坦宽阔，上面有浅水流过。作者和朋友们把淤积的落叶腐木清理干净，摆上十几把折椅，人坐在上面看脚下“流若织文”的细波，听椅下“响若操琴”的水声，上有绿荫遮蔽，旁有美石陪伴，这种乐趣，是一般人做梦也想不到的！

在《小石城山记》中，作者发了一通感慨，说“造物者”造就这样的美景，安放到如此荒僻的地方，千百年来没人欣赏，似乎是“劳而无用”。然而正直的贤人遭受了不公正的待遇，被贬斥到这里；这些美景该不是老天特为抚慰他们而设的吧？

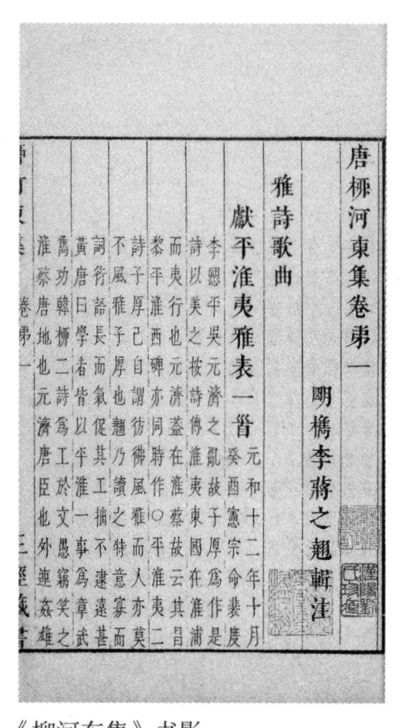
唐柳河東集卷弟一

明檇李蔣之翹輯注

雅詩歌曲

獻平淮夷雅表一首 元和十二年十月 癸酉憲宗命裴度

李愬平吳元濟之亂故子厚爲作是
詩以美之按詩傳淮夷東國在淮浦
而夷行也元濟蓋在淮蔡故云其昌
黎平淮西碑亦同時作○平淮夷二
詩子厚己自謂彷彿風雅而人亦莫
不風雅子厚也翹乃讀之特意寡而
詞衍語長而氣促其工拙不逮遠甚
黄唐曰學者皆以平淮一事爲章武
雋功韓柳二詩爲工於文愚竊笑之
淮蔡唐地也元濟唐臣也外連姦雄

《柳河东集》书影

以后柳宗元在冉溪边买了一块地，定居下来，并把冉溪改名为愚溪，周围的景物也统统以“愚”命名，什么愚丘、愚沟、愚岛、愚泉、愚池、愚堂、愚亭等等。柳宗元说：这条小溪既不能灌溉，又不能行舟，“无以利世而适类于余”（类于余：像我一样），因而取名为“愚”。——看来作者在游山玩水时，心情也并不平静。他时刻不忘报效国家，可是又有谁了解他的心曲呢？以上文字出自《愚溪诗序》，记录了作者内心的痛苦。

除了散文，《柳河东集》还收诗一百五十首。我们熟知的有《渔翁》《江雪》（文摘一〇）及《登柳州城楼寄漳汀封连四州刺史》等。

【文摘一〇】

柳子厚墓志铭（节录） 韩愈

呜呼，士穷乃见节义！今夫平居里巷相慕悦，酒食游戏相征逐，诩诩强笑语以相取下，握手出肺肝相示，指天日涕泣，誓生死不相背负，真若可信；一旦临小利害，仅如毛发比，反眼若不相识。落陷阱，不一引手救，反挤之，又下石焉者，皆是也。此宜禽兽夷狄所不忍为，而其人自视以为得计，闻子厚之风，亦可以少愧矣！

◎“士穷”句：士人到了穷困的时候，才看出他的节操、义气来。◎“今夫”至“真若可信”数句：写世俗小人平日交往的情形。平居，平日家居。征逐，指朋友间交往密切。诩（xǔ）诩，谄媚的样子。强笑语，不笑强笑，不说强说。相取下，假谦虚，表示愿居对方之下。出肺肝，掏心掏肺貌。背负，背叛。◎“一旦”至“皆是也”数句：写世俗小人在利害冲突或患难中的相互关系。仅如毛发比，形容利害冲突之轻微。引手，出手。下石，往下扔石头。皆是也，到处都是。◎禽兽夷狄：动物与野蛮人。子厚：柳宗元字子厚。风：作风，品质。

游子吟　孟郊

慈母手中线，游子身上衣。临行密密缝，意恐迟迟归。谁言寸草心，报得三春晖？

◎晖：阳光。比喻母爱的温暖。

寻隐者不遇　贾岛

松下问童子，言师采药去。只在此山中，云深不知处。

送薛存义序（节录） 柳宗元

凡吏于土者，若知其职乎？盖民之役，非以役民而已也。凡民之食于土者，出其什一佣乎吏，使司平于我也。今我受其直，怠其事者，天下皆然。岂惟怠之，又从而盗之。向使佣一夫于家，受若直，怠若事，又盗若货器，则必甚怒而黜罚之矣。以今天下多类此，而民莫敢肆其怒与黜罚者，何哉？势不同也。势不同而理同，如吾民何？有达于理者，得不恐而畏乎！

◎“凡吏”二句：到一地做官吏的，你了解自己的职责吗？若，你。◎盖：大概，恐怕。民之役：百姓的仆役。役民：奴役百姓。◎食于土：靠土地吃饭的，务农的。什一：十分之一。佣：雇佣。司平：掌管，治理。◎直：值，这里指官俸。怠：懈怠，玩忽。◎向使：假使。佣一夫：雇一个仆人。黜（chù）罚：责罚、逐出。◎肆其怒：发泄他们的怒气。◎势不同：（官与民及主与仆的）情势不同。◎如吾民何：对百姓当如何？◎“有达于”二句：有通达事理的人，能不惊恐畏惧吗？

渔翁 柳宗元

渔翁夜傍西岩宿，晓汲清湘燃楚竹。烟销日出不见人，欸乃一声山水绿。回看天际下中流，岩上无心云相逐。

◎清湘：湘江的清水。◎欸（ǎi）乃：象声词，船行时摇橹的声音。

江雪　柳宗元

千山鸟飞绝，万径人踪灭。孤舟蓑笠翁，独钓寒江雪。

刘禹锡：病树前头万木春

柳宗元的好友刘禹锡（772—842）字梦得，同是“八司马”之一。二十二岁时，他与柳宗元同榜中了进士。以后又连登三科，志得意满，很想在政治上有一番作为。后因参与王叔文的新政，被贬朗州，一待九年。好不容易被朝廷召回，又再度被贬，一去又十几年。回到洛阳时，已鬓发斑白。

刘禹锡

晚年的刘禹锡跟白居易、裴度等喝喝酒、作作诗，悠闲度日。可他的精神依然健旺。有一首《酬乐天咏老见示》，是与白居易讨论老境的酬和之作，诗中结尾两句是

“莫道桑榆晚，为霞尚满天”——别说我们老了，晚霞照亮整个天空，照样灿烂！——这一联，日后成为老年人自励时常说的话。

诗人常被人引用的，还有那联“沉舟侧畔千帆过，病树前头万木春”（《酬乐天扬州初逢席上见赠》）。诗人把自己比作“沉舟”“病树”，说自己固然不行了，可世间一切依然那么欣欣向荣，个人得失也就无足轻重了。

刘禹锡的诗歌中，有不少怀古题材的，如《金陵五题》《西塞山怀古》等。《金陵五题》第一首题为《石头城》：

山围故国周遭在，潮打空城寂寞回。淮水东边旧时月，夜深还过女墙来。

◎故国：指石头城。周遭：周围。寂寞回：指潮水默默退去。◎女墙：城墙上的短垣。

青山环抱中的金陵古城，一派荒凉寂寞；只有潮水拍打着城垣，与夜深时升上城头的一轮明月相互呼应。诗中没有一句感叹，然而山色、江潮、月光、城影，构成一幅无言的画面，勾起人无限感慨！

《金陵五题》之一的《乌衣巷》（文摘一一），则感叹王、谢等东晋巨族的宅邸，如今已沦为民居。燕子在堂前飞来飞去，主人换了，它们知道吗？

自从刘禹锡写了《金陵五题》，后人的金陵怀古诗总摆脱不了他的影响。石头城边的潮水，王谢堂前的燕子，频频出现在后人的怀古诗中。

刘禹锡还善于向民歌学习。他写了不止一组《竹枝词》，都是依民歌的曲调填写的。像这一首：

杨柳青青江水平，闻郎江上唱歌声。东边日出西边雨，道是无晴却有晴。

歌词是模仿一个姑娘的口气写的。她听见心上人在唱歌，却又摸不清他的心思。歌词里的“晴”与“情”是谐音字，这完全是民歌的表现手法，含蓄而巧妙。

刘禹锡还有一篇散文《陋室铭》（文摘一一），以不足百字的篇幅，表达了对退隐生活的向往，蕴含着孤芳自赏的意味。

刘禹锡跟柳宗元的交情最深厚，人称“刘柳”。柳宗元死后，他的诗文便是由刘禹锡编纂成集的。白居易也十分欣赏刘禹锡的为人与文采，称他为“诗豪”，与他唱和甚多，两人并称“刘白”。刘禹锡的朋友中，还有元稹、韩愈、裴度等。

刘禹锡的别集题为《刘宾客集》——称“宾客”，是因他最后的官衔是“太子宾客、秘书监分司东都”。

李贺呕心赋新诗

中唐诗人李贺（790—816）字长吉，家居昌谷（今河南宜阳境内）。他有诗集称《昌谷集》，又称《李长吉歌诗》——称“歌诗”而不称“诗歌”，大概因李贺的诗以乐府居多，适合歌咏吧。

相传李贺每天早上骑驴出门，身后小童背着个旧锦囊。灵感一来，李贺便赶紧把想到的句子写下来，投进锦囊中。晚上回家后，再把零散的诗句组织成完整的诗篇。李贺的娘看儿子写诗这么辛苦，心疼地说：儿呀，你一定要呕出心肝才罢休吗？——李贺二十七岁离世，写诗太苦应是原因之一。

李贺诗集开篇便是《李凭箜篌引》，“箜篌引”是乐府旧题；这位李凭，是一位著名乐师。

吴丝蜀桐张高秋，空山凝云颓不流。江娥啼竹素女愁，李凭中国弹箜篌。昆山玉碎凤凰叫，芙蓉泣露香兰笑。十二门前融冷光，二十三弦动紫皇。女娲炼石补天处，石破天惊逗秋雨。梦入神山教神妪，老鱼跳波瘦蛟舞。吴质不眠倚桂树，露脚斜飞湿寒兔。

◎《箜篌引》是乐府旧题。箜篌是古乐器名。◎“吴丝”二句：吴地产丝，蜀地产桐木，都是造琴的材料。张，弹奏。颓，坠，堆积。◎“江娥”二句：江娥、素女都是神话中的女性，此处以二人的啼泣悲思形容乐声感人。中国，指长安城内。◎昆山：产玉之地。◎十二门：长安有城门十二座。融冷光：乐声和美，消融了深秋寒气。二十三弦：箜篌弦数。紫皇：天帝。◎“女娲”二句：用女娲补天的典故，写乐曲对人的心理震撼。逗，招惹。◎“梦入”二句：传说有老妇号成夫人，善弹箜篌。妪（yù），老妇人。又《列子》记载，“瓠巴鼓瑟而鸟舞鱼跃”。◎吴质：月中砍桂树的吴刚。寒兔：月中玉兔。

同是以诗歌描摹音乐，《李凭箜篌引》与白居易《琵琶行》的风格截然不同。诗中联想奇特，用语夸张——谁听过玉碎凤鸣？谁见过花哭花笑？谁经历过石破天惊？谁见过鱼龙起舞？透过极为新奇的比喻，你所体会的箜篌曲调是如此不同凡响！连月宫中的仙人也被音乐打动，吴刚停下斧子，身倚桂树听得入神；玉兔被露水打湿，竟毫无知觉！

李贺也有描写战争的诗篇，像乐府诗《雁门太守行》：

黑云压城城欲摧，甲光向日金鳞开。角声满天秋色里，塞上燕脂凝夜紫。半卷红旗临易水，霜重鼓寒声不起。报君黄金台上意，提携玉龙为君死！

◎《雁门太守行》是乐府旧题。雁门：位于今山西忻州市代县。◎城欲摧：城墙像是要被摧毁。金鳞：形容日光照耀铠甲叶片，闪光如金色鱼鳞。◎“塞上”句：燕脂即胭脂，一种红色染料，据说秦筑长城，土色皆紫，因称紫塞。◎易水：水名，在今河北省易县。“霜重”句：边塞严寒，由于霜浓，鼓声低沉。◎黄金台：燕昭王曾筑黄金台，招揽天下贤才。玉龙：指宝剑。

诗歌起句突兀，一上来就烘染出险恶的战争气氛：黑云成阵，仿佛要把城楼压垮；日光从云缝里泄出，照得将士的铠甲金鳞闪耀……场面生动如画，给人的印象说不上是恐怖还是振奋。

诗人以低沉的鼓角、半卷的红旗以及塞上色彩浓重的自然环境，衬托出战争的酷烈。“报君黄金台上意，提携玉龙为君

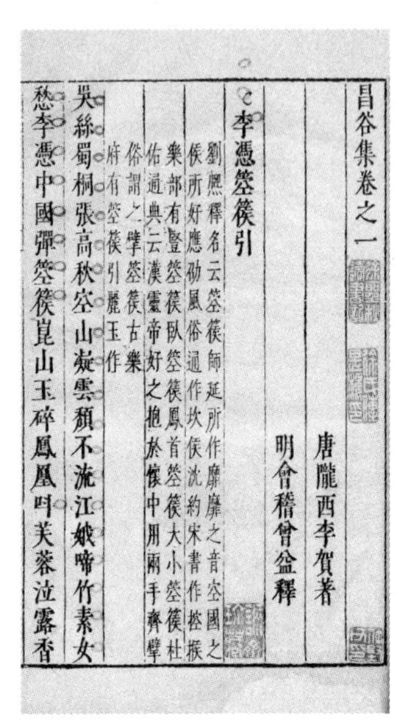
昌谷集卷之一

唐隴西李賀著

明會稽曾益釋

李憑箜篌引

劉熙釋名云箜篌師延所作靡靡之音空國之侯所好應劭風俗通作坎侯沈約宋書作控[illegible]樂部有豎箜篌臥箜篌鳳首箜篌大小箜篌杜佑通典云漢靈帝好之抱於懷中用兩手齊擘俗謂之擘箜篌古樂府有箜篌引麗玉作

吳絲蜀桐張高秋空山凝雲頹不流江娥啼竹素女愁李憑中國彈箜篌崑山玉碎鳳凰叫芙蓉泣露香

《昌谷集》书影

死！”——战争谁胜谁负好像倒在其次，重要的是表现将士的必死决心，这才是诗人的目的。

李贺并不满足当个书生，他在《南园》诗中感叹：“请君暂上凌烟阁，若个书生万户侯？”你到凌烟阁上看一看，哪个封侯的功臣，是要笔杆儿的出身？李贺还写过《马诗》二十三首（文摘一一）——虽是写马，抒发的却是诗人自己的怀抱。

李贺也写过一首《将进酒》，以诱人的饮酒场景开篇：“琉璃钟，琥珀浓，小槽酒滴真珠红……”诗末则以“劝君终日酩酊醉，酒不到刘伶坟上土”（文摘一一）收尾，与李白的同题乐府风格不同，但怀才不遇、借酒浇愁的题旨却是一致的。

李贺的人生态度有点消极，这大概跟他的不幸遭遇有关吧。年纪轻轻的，写诗总爱用“老”啊“死”啊等字眼儿。他还喜欢描画鬼魅世界，看看这几句：“秋坟鬼唱鲍家诗，恨血千年土中碧”（《秋来》）；“百年老鸮（xiāo）成木魅，笑声碧火巢中起”（《神弦曲》）。这些场景有一种怪诞之美。朋友用“牛鬼蛇神”来形容他的诗歌，人们又称他为“鬼才”！

【文摘一一】

乌衣巷　刘禹锡

朱雀桥边野草花，乌衣巷口夕阳斜。旧时王谢堂前燕，飞入寻常百姓家。

◎这是《金陵五题》中的第二首。乌衣巷：在今南京市东南，与朱雀桥相近。东晋时是王导、谢安等贵族聚居的地方。

陋室铭　刘禹锡

山不在高，有仙则名；水不在深，有龙则灵。斯是陋室，惟吾德馨。苔痕上阶绿，草色入帘青。谈笑有鸿儒，往来无白丁。可以调素琴，阅金经。无丝竹之乱耳，无案牍之劳形。南阳诸葛庐，西蜀子云亭。孔子云："何陋之有？"

◎"斯是"二句：这虽是一间简陋的屋室，主人的品德芳香却传得很远。馨（xīn），能散布到远处的芳香。◎鸿儒：学问渊博的人。白丁：指没有文化修养的人。◎素琴：古朴的琴。金经：用泥金写成的佛经。◎"无丝竹"二句：没有嘈杂的音乐扰人听闻，没有繁杂的公文令人劳顿。◎"南阳"二句：拿诸葛亮和扬雄的住处隐喻自己的"陋室"是隐士高人的居所。◎"孔子"句：《论语·子罕》说，孔子要到九夷去住，有人问："陋，如之何？"孔子回答："君子居之，何陋之有？”意为君子不在乎物质条件的简陋。

马诗 李贺

此马非凡马，房星是本星。向前敲瘦骨，犹自带铜声。

◎李贺《马诗》共有二十三首，这是其中之一。通过写马，表达了诗人独立不群、才高志傲的内心世界。◎房星：为二十八宿之一。古人认为马是房星之精。

将进酒 李贺

琉璃钟，琥珀浓，小槽酒滴真珠红。烹龙炮凤玉脂泣，罗帏绣幕围香风。吹龙笛，击鼍鼓；皓齿歌，细腰舞。况是青春日将暮，桃花乱落如红雨。劝君终日酩酊醉，酒不到刘伶坟上土。

◎《将进酒》是乐府旧题。◎琥珀：原指一种透明的生物化石，以棕黄红居多。这里形容酒浆色如琥珀。小槽：榨酒时盛酒的容器。真珠红：形容酒滴如珍珠。◎“烹龙”句：形容烹调珍奇美味。玉脂泣，形容烹调时油脂嗞嗞响。“罗帏”句：描画饮酒的富丽环境。◎龙笛：长笛。鼍（tuó）鼓：用鼍皮蒙制的鼓。鼍，扬子鳄。◎“劝君”二句：这是劝饮之词，活着不畅饮美酒，死了，就是酒徒刘伶也喝不上了。

杜牧：清时有味是无能

李贺有个朋友叫杜牧，比李贺小十多岁，要算是晚唐诗人了。他和另一位晚唐诗人李商隐齐名，人称“小李杜”。

杜牧（803—852）字牧之，号樊川居士。他的爷爷杜佑是有名的宰相。他自幼博览群书，对经、史尤感兴趣，朝代的兴衰，人物的短长，以及财赋兵甲、地理交通，全都装在他心里。然而由于朝廷上党争激烈，杜牧的抱负得不到施展，心情一直很郁闷。

长安城西南有一处高地，建有乐游庙，因称乐游原。那里地势高敞，可以俯瞰京城。杜牧要到湖州做官，行前登临此地，写下《将赴吴兴登乐游原一绝》：

> 清时有味是无能，闲爱孤云静爱僧。欲把一麾江海去，乐游原上望昭陵。
>
> ◎吴兴：今浙江吴兴，唐时为湖州。诗人此番调任湖州刺史。◎清时：政治清明时。有味：这里指追求闲适的生活趣味。◎把：持。麾：做官的符信。江海：湖州在江南海边，故称。◎昭陵：唐太宗的陵墓。

看头两句，诗人似乎在自轻自贬：在政治清明的时代一味追求闲适，肯定是无能之辈（否则早就去干一番事业了）。可这话也可反着听：有才能的人没有用武之地，这样的时代称得上政治清明吗？不过诗人到底有了报效的机会，当他告别京城时，在乐游原眺望昭陵，一定是在缅怀唐太宗的伟业呢，那时才是真正的“清时”啊！

杜牧的诗，以绝句最为出色。短短四句中，往往包容着深刻的思想，带着丰富的情感；有的则展现了优美的意境，蕴含着深沉的感慨。——《过华清宫》三首，是诗人路经华清宫时有感而作。其中一首讽刺玄宗宠幸杨贵妃，用递送紧急公文的驿马传送贵妃爱吃的荔枝，寥寥数语，写得挺含蓄，可读诗的人都明白：这位皇帝是够荒唐的。（文摘一二）

杜牧还有不少抒情或怀古的绝句，如《泊秦淮》《山行》《清明》《赤壁》（文摘一二）等。他在扬州生活了差不多十年，他的诗，不少是写扬州的，如那首《寄扬州韩绰判官》：

青山隐隐水迢迢，秋尽江南草未凋。二十四桥明月夜，玉人何处教吹箫。

◎迢（tiáo）迢：遥远貌。◎二十四桥：唐时扬州繁盛，有二十四座桥梁。一说二十四桥是一座桥的桥名。玉人：美好的人。

青山绿水，明月美人，这简直就是神仙的生活！杜牧一生恃才傲物，不拘礼法，时常出入歌楼妓馆。他另有《赠别二首》，据考就是写给一名年轻妓女的。其中有“娉娉袅袅十三余，豆蔻梢头二月初”（娉（pīng）娉袅袅：形容女子身材苗条，体态轻盈。豆蔻：一种植物，花色淡红娇艳）。诗中用早春二月含苞欲放的豆蔻花，比喻十三四岁女孩子的娇艳，颇为传神。——人们常说的“豆蔻年华”，便由此而来。

杜牧也写七律，像那首《九日齐山登高》，是诗人在安徽贵池登齐山所作。诗中“尘世难逢开口笑，菊花须插满头归”一联，与王维的“每逢佳节倍思亲”同样成为吟咏重阳的佳句。——有人称杜牧是“唐长庆（唐穆宗年号）以后第一人”，应非过誉。

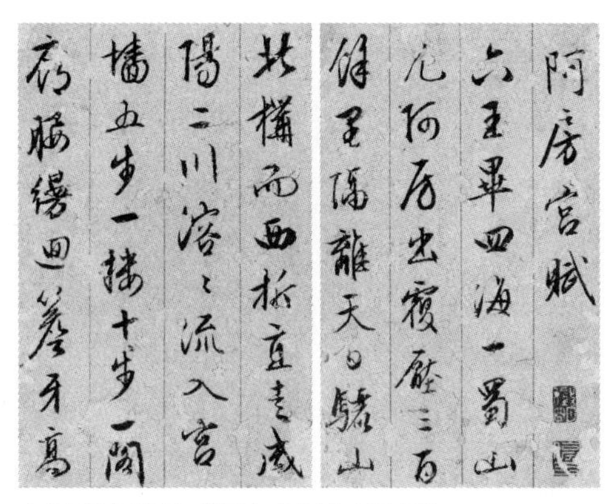

文征明书杜牧《阿房宫赋》（局部）

杜牧的文章也很漂亮，有一篇《阿房宫赋》，是其代表作。赋的结尾，作者总结了邦国兴衰的教训：“灭六国者，六国也，非秦也。族秦者，秦也，非天下也。”（族：灭。）——六国及秦灭亡的真正原因是什么呢？就因为他们没能好好爱护自己的老百姓啊！

写这篇赋时，杜牧还是个二十三岁的“小青年”，当时唐敬宗在位，大造宫室，穷奢极欲。这篇赋显然是写给他看的。

杜牧一生经济并不宽裕，直到晚年，才攒了些钱，将祖产樊川别墅加以修缮，但不到一年他就过世了。杜牧的文集是由外甥裴延翰所编，称《樊川文集》，收诗文四百余首（篇）。

李商隐：心有灵犀一点通

李商隐（813—858）字义山，号玉谿生，又号樊南生。他

李商隐

自称跟皇帝同宗，但家道早已败落。父亲做过小官，早早去世。李商隐自幼跟着一位堂叔习文读经。十七岁那年，他带着自己的文章到洛阳，受到朝廷重臣令狐楚的称赏。

日后李商隐登进士第，又娶了泾原节度使王茂元的女儿。王茂元与令狐楚分属不同的政治集团，李商隐被夹在中间，日子很不好过。东奔西走，一辈子没能舒展怀抱，四十六岁便郁郁而终。

李商隐的诗，今存六百首，题材广泛，有关涉政治的，有咏史寄志的，也有抒情咏物的。——他的咏史诗，也多半寄寓着个人感慨。像那首七绝《贾生》（文摘一二），是吟咏贾谊的。诗中颂扬贾谊的“才调”，对汉文帝则有所讥讽：当权者迷信鬼神，对百姓的疾苦却不闻不问，貌似“求贤”，实为糟蹋人才！诗人另有七绝《夜雨寄北》（文摘一二），是写给远在家乡的妻子的，话语亲切，似诗非诗，别具一格。

李商隐写过不止一首爱情诗，大都标以“无题”。像这首：

相见时难别亦难，东风无力百花残。春蚕到死丝方尽，蜡炬成灰泪始干。晓镜但愁云鬓改，夜吟应觉月光寒。蓬山此去无多路，青鸟殷勤为探看。

◎泪：指蜡泪。◎“晓镜”句：想象对方清晨对镜，只愁风姿减损。云鬓，指妇女浓密的鬓发。◎蓬山：蓬莱仙山，喻情人居处。青鸟：神鸟名，传说为西王母的使者，后来常被用作男女间的信使。

相传这是李商隐写给一位宫女的，两人深深相爱，但隔着高耸的宫墙，见面不易，离别就更是痛苦。——“东风无力百花残”，写的是通过一双愁眼所见的春天景色；而“春蚕到死丝方尽，蜡炬成灰泪始干”一联，比喻深挚的爱情至死方休、化灰犹在，尤为痛切！“丝”就是“思”，“泪”则暗示着爱情的无望。

诗人另有一联传世名句“身无彩凤双飞翼，心有灵犀一点通”，也出自一首《无题》诗（文摘一二）——相爱的人虽不能化作凤凰比翼双飞，但心是相通的，这种灵魂上的契合，胜过卿卿我我的男女之爱。

诗人另有一首七律《锦瑟》，诗以开头两字为题，其实也相当于“无题”：

锦瑟无端五十弦，一弦一柱思华年。庄生晓梦迷蝴蝶，望帝春心托杜鹃。沧海月明珠有泪，蓝田日暖玉生烟。此情可待成追忆，只是当时已惘然。

◎“锦瑟”二句：华美的瑟为啥是五十根弦？我由此联想到自己年已半百。无端，无故。◎“庄生”句：《庄子·齐物论》说庄周（也就是庄生）梦见自己变作蝴蝶，醒后闹不清自己是人还是蝶。“望帝”句：望帝为蜀王杜宇，死后化为子规（杜鹃），悲啼出血。◎“沧海”二句：相传南海中有鲛人，悲戚而泪变珍珠。蓝田，在陕西，出美玉。◎惘然：迷惘。

这是一首典型的“朦胧诗”，千百年来，人们对它的阐释五花八门：或说吟咏爱情，或说悼念亡妻，或说自叹生平。有的解读者甚至认为诗中每一句、每个字都有着特殊的含义。——不过也有人认为，诗歌重抒情，句中的典故，大都用来营造一种人生失意、迷惘失落的意境。读诗妙在会意，又何必钻牛角尖，把完整的诗篇搞得支离破碎呢！

李商隐擅长律诗，以上几首，就全都是七律。人们公认李商隐的七律创造了杜甫之后又一个高峰。

李商隐的诗文原有《樊南文集》《玉谿生诗》等，已佚。今有《李义山诗集》传世。清人编选《唐诗三百首》，李商隐入选的诗多达三十二首，占了全书十分之一的篇幅，仅次于杜甫（三十八首），足见文人对李商隐的喜爱。

晚唐还有好几位有名气的诗人，像皮日休、陆龟蒙、聂夷中、杜荀鹤、罗隐等，多是寒士出身。他们的诗歌中，充溢着对生活重压下穷苦百姓的同情，以及对官府压榨的不满。聂夷中（837—？）的《咏田家》（文摘一二），杜荀鹤（846—904）的《山中寡妇》，可以作代表。

至于出身上层的诗人，则有韦庄、司空图、韩偓等。韦庄（836—910）做过前蜀的宰相。他的诗歌风格不同于上面几位，像那首《台城》（文摘一二），意象朦胧，像是吊古，又似伤今，读了别有一种韵味。他的一首长篇乐府《秦妇吟》，借“秦妇”（陕西籍妇女）之口，写唐末长安的战争乱象。有人把它跟汉代的《孔雀东南飞》、北朝的《木兰诗》合称“乐府三绝”，韦庄也因而被人称作“秦妇吟秀才”。

以上几位都有文集传世。

【文摘一二】

过华清宫（三选一） 杜牧

长安回望绣成堆，山顶千门次第开。一骑红尘妃子笑，无人知是荔枝来！

◎绣成堆：形容山上宫殿花木如同锦绣堆垛。次第：依次。◎一骑（jì）红尘：指驿马驰过时扬起的尘土。

泊秦淮 杜牧

烟笼寒水月笼沙，夜泊秦淮近酒家。商女不知亡国恨，隔江犹唱《后庭花》。

◎秦淮：秦淮河，在今南京，古代曾是繁华冶游之地。◎烟：这里指河上的水雾。◎商女：卖唱的歌女。《后庭花》：即陈后主所作《玉树后庭花》，被视为亡国之音。

山行　杜牧

远上寒山石径斜，白云生处有人家。停车坐爱枫林晚，霜叶红于二月花。

◎坐：因。

清明　杜牧

清明时节雨纷纷，路上行人欲断魂。借问酒家何处有，牧童遥指杏花村。

◎借问：请问。

赤壁　杜牧

折戟沉沙铁未销，自将磨洗认前朝。东风不与周郎便，铜雀春深锁二乔。

◎赤壁：这里指今湖北黄冈市的赤壁矶。杜牧来黄州做官，于此怀古。作为三国古战场的赤壁，另在他处；诗人只是借题发挥。◎“折戟”二句：折损的兵器埋在沙中还没有完全锈损，经磨洗还能认出是前朝遗物。◎“东风”二句：是说如果周郎不曾借东风之便火烧曹操战船，恐怕连自己的妻子也保不住了。周郎，三国时东吴统帅周瑜。二乔，东吴二美女，大乔嫁给孙策，小乔嫁给周瑜。铜雀，铜雀台，建于河北临漳，为曹操所建。

贾生 李商隐

宣室求贤访逐臣，贾生才调更无伦。可怜夜半虚前席，不问苍生问鬼神。

◎宣室：汉代未央宫的正室。逐臣：贾谊被贬长沙后，被汉文帝召回，因称“逐臣”。才调：才气。无伦：无比。◎“可怜”二句：意谓可惜文帝格外关心的，不是安民之计，而是鬼神虚无之事。虚，徒然。前席，（因听得入神）向前移动座席。苍生，百姓。

夜雨寄北 李商隐

君问归期未有期，巴山夜雨涨秋池。何当共剪西窗烛，却话巴山夜雨时。

◎《夜雨寄北》，一作《夜雨寄内》。这是诗人滞留巴蜀时寄给妻子的诗。◎巴山：泛指川东一带。◎何当：何时。

无题 李商隐

昨夜星辰昨夜风，画楼西畔桂堂东。身无彩凤双飞翼，心有灵犀一点通。隔座送钩春酒暖，分曹射覆蜡灯红。嗟余听鼓应官去，走马兰台类转蓬。

◎这首《无题》也是吟咏爱情的。写诗人在热闹的宴会中与意中人相见，却不能公开诉说情愫。又因公务缠身，不能久留，感慨万分。◎“身无”二句：是说在大庭广众之下不能与意中人比翼共舞，只有心灵是相通的。灵犀，犀牛角。传说犀牛角内有一白纹贯通，这里比喻两心相通。◎“隔座”二句：送钩、射覆都是游戏名；前者是手中藏钩令人猜，后者是将物覆盖于器皿下令人猜。分曹，分队。◎“嗟余”二句：这是感叹自己官身繁忙。应官，指到官府值班。兰台，秘书省。转蓬，随风飘转的蓬草。

咏田家 聂夷中

二月卖新丝，五月粜新谷。医得眼前疮，剜却心头肉！我愿君王心，化作光明烛。不照绮罗筵，只照逃亡屋！

◎粜（tiào）：卖（粮）。

台城 韦庄

江雨霏霏江草齐，六朝如梦鸟空啼。无情最是台城柳，依旧烟笼十里堤。

◎台城：位于建康城中，是六朝时皇宫及中央政府所在地。◎霏霏：雨雪飞洒的样子。

词的兴起

词这种体裁，兴起于唐末，盛行于宋代。

邮票中的敦煌壁画——飞天

介绍“词”这种体裁，要从敦煌遗书说起。甘肃省的敦煌有个莫高窟，那里有大大小小上千个洞窟，洞中的佛像、壁画美极了！

20世纪初，有个王道士在一面壁画后面发现一个隐秘洞窟，里面堆积着大量经卷、文书、书籍等，大部分是手抄的，多为北宋以前的珍贵文物。在这些手写卷子里，有一种“曲子词”引人注目。那是来自民间的作品，作者不是妇女就是士兵，反映的也都是下层社会的生活。——这就是中国最早的词。

词也是诗的一种，但需要配乐歌唱，这一点跟汉魏乐府很相似。与词配合的音乐叫燕乐，是一种融合了西域音乐的“俗乐”，演奏时以琵琶为主，曲调丰富。又因乐句有长有短，填词者只好把诗句拉长或缩短，以适应音乐的节拍变化。

这些“曲子词”也称“曲子”；后来逐渐脱离音乐，成为纯粹的文学作品，“词”也就成了它的学名。——另外又有“长短句”等称谓，还被称作“诗余”，带有轻视之意。

词又分小令、中调、长调。有人总结说，五十八字以下为小令，五十九字至九十字为中调，九十一字以上为长调。另外由于节奏有急缓之别，又分为令、引、近、慢等形式。

词有“词调”，也叫“词牌”，种类繁多，但常用的不过百十个。各有名称，如“西江月”“浪淘沙”“阳关引”“祝英台近”“木兰花慢”等。每种词调都有固定格式，一般分为上下两片（也称“阕”）；每片有几句，一句有几字，何处用韵以及平仄（zè）搭配等，都有一套严格的规定。

渐渐地，文人也来填词。李白就有《忆秦娥》《菩萨蛮》传世。看看前一首：

箫声咽，秦娥梦断秦楼月。秦楼月，年年柳色，灞陵伤别。　　乐游原上清秋节，咸阳古道音尘绝。音尘绝，西风残照，汉家陵阙。

◎咽：形容箫声的凄凉断续。秦娥：秦地的姑娘。“忆秦娥”的词牌即以此得名。梦断：梦醒。◎灞陵：汉文帝的陵墓，又是东出长安的送别之地。因多柳，送行者往往折柳枝相赠。◎清秋节：九九重阳，唐人每当此日，到乐游原游玩，祓除灾厄。音尘：指往日的尘世繁华。◎陵阙：陵墓。

词的意境开阔，感慨深沉。“西风残照，汉家陵阙”等句，带着雄浑悲壮的气象。有人称此词为“百代词曲之祖”。——但也有人表示怀疑这是后人拟作，借李白的大名而已。

比较可靠的唐人词作，应是张志和（生卒年不详）的五首

《渔歌子》。其中“西塞山前白鹭飞”一首（文摘一三），最为人熟悉。

白居易也喜填词，有《忆江南》三首，听听第一首：

> 江南好，风景旧曾谙。日出江花红胜火，春来江水绿如蓝，能不忆江南！
>
> ◎谙（ān）：熟悉。◎江花：江边的花朵。蓝：蓝草。

江南多水，一切美都跟水分不开。江花红胜火焰，江水绿如蓝草，那色彩是多么明艳，怎不令人陶醉与怀念？

中唐以后，写词的人多起来了，温庭筠（yún，约812—约870）字飞卿，才思敏捷。他的诗与李商隐齐名，时称“温李”。如《商山早行》诗中有“鸡声茅店月，人迹板桥霜”一联，写行路人的辛苦，让人有身临其境之感。

温庭筠的词更出名。他一生潦倒，郁郁不得志，常常出入歌楼妓馆，生活态度挺消极。他的词，大多是写给妓女的，其中不乏生动有味儿的作品。有一首《菩萨蛮·小山重叠金明灭》（文摘一三），写女子晨起梳妆的慵懒之态，结尾两句是“新帖绣罗襦，双双金鹧鸪”——拿起活计绣花，花样子是一对金色鹧鸪。鸟能成双成对的，可是人呢？句中似乎隐藏着一丝感叹。

还有这首《望江南》，也是从女子晨起梳洗写起：

> 梳洗罢，独倚望江楼。过尽千帆皆不是，斜晖脉脉水悠悠，肠断白蘋洲。

◎脉脉：无言多情貌。这里用来形容夕阳，带有拟人色彩。

女子独倚江楼看船来船往，直看到夕阳西下，不禁悲从中来，因为“过尽千帆皆不是”——“不是”什么？不是心上人的归舟啊！

温庭筠的词优美含蓄，善于烘染一种香艳温柔的气氛。这种风格，往下影响了好几代人。五十年后，蜀地出了个“花间派”，就把温庭筠奉为鼻祖。

五代时割据西南的前蜀政权，从皇帝到大臣都喜欢填词。有个叫赵崇祚的，把这些词连同温庭筠的词编选成册，就叫《花间集》。“花间派”这个名称就是这么来的。

《花间集》共收十八位词人的五百首词，大多是与妇女有关的题材，脂粉气很浓。不过像韦庄、李珣等，也写了一些好作品。韦庄的《菩萨蛮·人人尽说江南好》是其代表作。他在词坛上与温庭筠齐名，并称“温韦”。

皇帝词人李璟、李煜

比“花间派”稍晚，在长江下游的南唐，也摆下一席词的盛宴，代表作家是南唐的两位皇帝：中主李璟和后主李煜（yù），此外还有宰相冯延巳等。

李璟和李煜父子作为皇帝是糟透了，他们面对北方的威胁，抱着鸵鸟心态，自欺欺人、得乐且乐。不过作为词人，两人又有着难得的文学天赋。

李璟（916—961）字伯玉，留下的词作不多，有两首《浣溪沙》堪称代表。且看其中这一首：

菡萏香销翠叶残，西风愁起绿波间。还与韶光共憔悴，不堪看！　　细雨梦回鸡塞远，小楼吹彻玉笙寒。多少泪珠何限恨，倚阑干。

◎菡萏（hàndàn）：荷花的别称。◎韶光：美好的时光。◎鸡塞：鸡鹿塞，是汉朝的边塞，这里指边远地区。

词中写了一位女性的所见所感：荷花残败，西风骤起，已是秋天景色。“与韶光共憔悴”的不仅是秋色，还有人的容颜。梦中追随情郎，去到遥远的边塞。可是梦醒了，眼前唯有窗外细雨，楼头笙箫，让人冷到心里！女子独倚阑干，眼泪像珠串断了线……

“细雨梦回鸡塞远，小楼吹彻玉笙寒”与词人另一首《浣溪沙》中的“青鸟不传云外信，丁香空结雨中愁”（文摘一三），都成为千古传诵的名句。

李煜（937—978）是李璟第六子，字重光。承袭帝位，世称“后主”——南唐王朝就亡在他手里。

李煜的词曲创作可以分成皇帝与囚徒两个阶段。前一段多写宫廷生活及男女爱情。南唐覆亡，李煜被掳到汴京，词风也为之一变：丧家的愁绪、亡国的感慨，给词带来前所未有的境界。且看这首《虞美人》：

春花秋月何时了，往事知多少？小楼昨夜又东风，故国不堪回首月明中。

雕栏玉砌应犹在，只是朱颜改。问君能有几多愁？恰似一江春水向东流。

◎何时了（liǎo）：何时完结。◎故国：指南唐。不堪回首：不忍回想。◎雕栏玉砌：雕花栏杆、玉石台阶，泛指华丽的宫殿。犹在：还在。朱颜：红润的脸色，此处泛指人事。

古人作诗填词，大多感叹光阴易逝；唯独李煜，开篇却问“春花秋月何时了”，仿佛活着是一种痛苦！不错，他活着，每一刻都要面对国破家亡的惨痛事实；月光下迷人的故国山河，曾经那么令人陶醉，如今连回想一下的勇气都没有！殿阁依旧，人事已非，满怀愁苦，只有浩浩春水才能相比！

另一首《乌夜啼》也是脍炙人口的名篇：

无言独上西楼，月如钩，寂寞梧桐深院锁清秋。

剪不断，理还乱，是离愁。别是一般滋味在心头。

“无言”而又“独上”，何等凄凉！辞国抛家的愁绪缭乱悠长，“剪不断，理还乱”，无法排遣。到这个地步，文字已经难以描摹，因而词人只能说一句“别是一般滋味在心头”了！

李煜的佳作还有不少，如《清平乐·别来春半》《乌夜啼·林花谢了春红》《浪淘沙令·帘外雨潺潺》（文摘一三）等。近代学者评价说：“词至李后主而眼界始大，感慨遂深。”（王国维）李煜的词作扩展了词的题材，也提高了词的地位——李煜在词史上的地位，比他在帝王史上的地位高多啦。

词的全盛期在宋代，然而唐五代的孕育之功，却是不能小瞧呢！

【文摘一三】

渔歌子 张志和

西塞山前白鹭飞，桃花流水鳜鱼肥。　青箬笠，绿蓑衣，斜风细雨不须归。

◎西塞山：山名，在浙江湖州市吴兴区西。鳜（guì）鱼：一种滋味鲜美的鱼。◎箬笠：斗笠，以竹编成，可遮阳挡雨。

菩萨蛮 温庭筠

小山重叠金明灭，鬓云欲度香腮雪。懒起画蛾眉，弄妆梳洗迟。　照花前后镜，花面交相映。新帖绣罗襦，双双金鹧鸪。

◎“小山”二句：写女子初醒鬓发低垂的模样。小山，指妇女头上所戴的首饰，一说指屏风上的山水画。◎弄妆：整理妆束。◎“新帖”二句：写女子梳妆已毕，欲绣罗衣。金鹧鸪，是绣在罗衣上的图案。这里以鹧鸪成双，暗喻女子对爱情生活的向往。帖，同“贴”，是一种刺绣方法。襦（rú），短衣。

浣溪沙　李璟

手卷真珠上玉钩，依前春恨锁重楼。风里落花谁是主？思悠悠。　　青鸟不传云外信，丁香空结雨中愁。回首绿波三楚暮，接天流。

◎真珠：这里指珠帘。玉钩：玉制帘钩。◎“丁香”句：雨中的丁香似乎在凝结着愁绪。丁香的花蕾称丁香结。◎三楚：泛指江南。

清平乐　李煜

别来春半，触目柔肠断。砌下落梅如雪乱，拂了一身还满。　　雁来音信无凭，路遥归梦难成。离恨恰如春草，更行更远还生。

◎有学者认为，这首词是李煜怀念他远在北方做人质的弟弟。◎春半，春天的一半。◎砌：台阶。◎“离恨”二句：这里以无所不在的春草，喻无边愁绪。

乌夜啼　李煜

林花谢了春红，太匆匆！无奈朝来寒雨晚来风。胭脂泪，留人醉，几时重。自是人生长恨水长东！

◎重（chóng）：重逢，重温。

浪淘沙令　李煜

帘外雨潺潺，春意阑珊，罗衾不耐五更寒。梦里不知身是客，一饷贪欢。　　独自莫凭栏，无限关山，别时容易见时难。流水落花春去也，天上人间！

◎阑珊：衰残，将尽。罗衾（qīn）：绸缎被。◎“梦里”句：梦中忘记了自己的“客居”身份。这里暗指自己被掳到北方。一饷：片刻。◎“流水”二句：以春光不再，喻指从前的好日子再也不会回来，当下处境与从前相比有天地之别。

辑七　柳吟“三秋桂”，苏赋大江词

宋代别集与总集

宋代文学的最高成就是词。从数量上看，保存至今的宋词有两万多首，有作品传世的词人有一千四百多位。

宋代的诗也自有特点，出色的诗人、诗作也不少。但纵向比，成就不如唐；横着比呢，桂冠又让词夺去了，自然要受点委屈。

宋代的散文是中国古代散文发展的又一座高峰。欧阳修领导的新古文运动接过韩、柳的旗帜，古文创作再掀高潮，影响直达明清。

《四库总目》中宋人别集的数量最多，究其原因，一来是年代越近，保留的文献越多；二来因宋代统治者崇尚文化，读书人格外多；三来也有宋代印刷术发展，刻书成风的缘故。

宋人所编总集的数量也不少。我们前面提到的《乐府诗集》，便是宋人郭茂倩所编历代乐府诗总集。若论部头，总集中没有比《文苑英华》篇幅更大的了。那是北宋太平兴国（976—984）年间，李昉等大臣奉旨编纂的。这部总集有意接续《昭明文选》，所收诗文上起南朝梁末，下到晚唐五代，共收两千两百多位作家的近两万篇作品。按文体分为赋、诗、歌行、杂文、制诰等三十九类，每类下又分为若干目，这仍是继承《文选》的传统。全书共一千卷，也只有皇家，才能有如此宏大的气魄。

《文苑英华》又是宋代所编“四大书”之一，另三部也都是由朝廷组织编纂的，分别是《太平御览》一千卷、《太平广记》五百卷及《册府元龟》一千卷。不过《太平御览》和《册府元龟》收于《四库总目·子部》“类书类”，《太平广记》收于《子部》“小说家

《清明上河图》中繁华的宋代都城景象

类”；只有这部《文苑英华》，因其所编内容及编纂形式，归入《集部》“总集类”。大量唐人的诗文辞赋，靠这部大书得以保存。

宋人编纂的前代及本朝诗文总集，还有《唐文粹》《唐百家诗选》《万首唐人绝句》《宋文鉴》《西昆酬唱集》《二程文集》《坡门酬唱集》等等。

“奉旨填词”柳三变

宋初的主流诗坛上，“西昆体”盛行。有个受皇帝赏识的文臣杨亿（974—1020），跟刘筠、钱惟演等同僚同在史馆任职。文人相聚，难免要诗酒唱和，有好事者把这些唱和诗歌编为一集，题为《西昆酬唱集》——“西昆”在这里是史馆的别称。

宋初散文写得好的，当推王禹偁（954—1001），其代表作是《待漏院记》、《黄州新建小竹楼记》（又作《黄冈竹楼记》）等，收在他的文集《小畜集》中。

宋初影响最大的词作家是柳永。柳永（约984—约1053）原名柳三变，字耆（qí）卿；因排行第七，人们又叫他“柳七”。他年轻时生活放纵，是有名的风流才子。他跟歌妓舞女要好，常常为她们填词，词句通俗流畅，未脱民歌影响。

柳永也醉心功名，考不中便发牢骚。有一首《鹤冲天·黄金榜上》，相传是他落第时所填。他在词中自我安慰说：管他什么名利得失，风流才子、填词高手，就是不穿官服的公卿宰相啊。又说：“青春都一饷。忍把浮名，换了浅斟低唱！”（青春总共就那么一刹那，怎能忍心拿科举“浮名”，换掉这“浅斟低唱”的惬意生活呢！）——据说皇帝读到这里很不高兴。有人推荐柳永做官，皇帝说：就是那个填词的柳三变吗？他还要这“浮名”干吗？填他的词去好了！——这话传到柳永耳朵里，他索性自称“奉圣旨填词柳三变”了！

不过柳三变对这个“浮名”还是挺在乎的。五十岁时，他改名柳永，终于考取进士，后来做了几任小官儿，也并不如意。传说死后连营葬的人也没有，是歌女们攒钱把他埋葬的。以后还每年举行“吊柳会”呢！

从柳永的词里我们知道，他大概常常在外奔波，饱尝了离别的痛苦、旅途的孤单。例如《雨霖铃·寒蝉凄切》《八声甘州·对潇潇暮雨洒江天》（文摘一四），便都是此类题材。柳永还有一首《望海潮》，属于长调，这词牌相传是柳永自创的。词中极写钱塘的繁华景象，有“三秋桂子，十里荷花”两句，据说金主完颜亮听了

“三秋桂子，十里荷花”（柳永）

怦然心动，于是决计南侵。——虽不可信，却也说明柳词的魅力。

柳永还喜欢用俗语填词，像《定风波·自春来》里这些词句："无那，恨薄情一去，音书无个"，"早知恁么，悔当初，不把雕鞍锁"，"镇相随，莫抛躲，针线闲拈伴伊坐，和我"，都通俗极了。于是士大夫们看不起他，说他的词不能登大雅之堂。可老百姓喜欢他的词。使臣从西夏来，说一路上凡是有井水吃的地方，都在唱柳词呢！

柳永是个传奇人物，他是最早的填词"专业户"，有《乐章集》，收词近二百首。

晏氏一杯酒，宰相也填词

柳永自称"白衣卿相"，其实北宋词坛还真有卿相填词的，便是与柳永同时的晏殊。晏殊（991—1055）字同叔，自幼是神童；十四岁时应"神童试"，皇帝特地批准他跟上千进士同堂考试，他并不发怵（chù），卷子答得又快又好，由此获"同进士出身"。此后仕途通畅，一直做到宰相。

他的那首《浣溪沙》最有名：

一曲新词酒一杯，去年天气旧亭台。夕阳西下几时回？　无可奈何花落去，似曾相识燕归来。小园香径独徘徊。

◎香径：小径上满是落花，故有香气。徘徊：来回往复、流连不舍。

词的意蕴，不过是伤春惜时，然而贵在平易自然，不事雕琢。尤其是“无可奈何花落去，似曾相识燕归来”两句，被后人赞为“天然奇偶”，连词人自己也很得意呢！

晏殊的儿子晏几道（1038—1110）也是词人，父子并称“二晏”。他的词风清丽婉转，明白晓畅，并不比爹爹差。有一首《临江仙》，是吟咏爱情的：

斗草阶前初见，穿针楼上曾逢。罗裙香露玉钗风。靓妆眉沁绿，羞脸粉生红。　流水便随春远，行云终与谁同。酒醒长恨锦屏空。相寻梦里路，飞雨落花中。

◎“斗草”二句：这里追忆此前与女子两次见面。斗草，古代端午女性所玩的一种游戏。穿针，指七月七日乞巧节。◎“罗裙”句：意为女子身上的罗裙被夜露打湿，头戴玉钗，立于晚风中。◎靓（jìng）：妆饰，打扮。眉沁绿：这里指以翠色描眉。

晏几道是个多情郎，他的词作，大多与女性有关。这首小词如同一篇“迷你”情史：词人初见女孩儿，是在端午，女孩儿在阶前斗草，玩兴正浓。再见时已是七夕，女孩儿在楼头穿针，她的靓丽装束、娇羞神态，都深深印在词人心里。——然而事过境迁，如今女孩儿安在？酒阑人醒，只有锦屏空对、雨落花飞……

晏几道还有一首《临江仙·梦后楼台高锁》，也是吟咏爱情的。结句“当时明月在，曾照彩云归”，成为众口传诵的名句。

晏几道出身贵公子，却是一生穷困，比起爹爹，词中的感慨也就深沉得多。——有人把晏氏父子比作南唐二主，从词风上看，倒真有点像。

晏殊有《晏元献遗文》，另有词集《珠玉词》，连同晏几道的词集《小山词》，都收在《四库总目·集部》“词曲类”中。——晏几道字叔原，号小山。

范仲淹：“先天下之忧而忧”

宰相填词由晏殊开了头，日后的宰相词人还有范仲淹、欧阳修等。范仲淹（989—1052）字希文，是进士出身，曾做过参知政事（副相）。他又是军事统帅，在北方守边多年，西夏人不敢进犯，说范仲淹“胸中自有数万甲兵”。

闲了，他也填填小词，最有名气的是那首《渔家傲·塞下秋来风景异》（文摘一四），词中“四面边声连角起，千嶂里，长烟落日孤城闭”数句，气势极大，堪比李白的“西风残照，汉家陵阙”。范仲淹也有婉约的词章，如这首《苏幕遮》：

> 碧云天，黄叶地，秋色连波，波上寒烟翠。山映斜阳天接水，芳草无情，更在斜阳外。　　黯乡魂，追旅思，夜夜除非，好梦留人睡。明月楼高休独倚，酒入愁肠，化作相思泪。

◎《苏幕遮》原为西域曲名，后用作词调名。◎寒烟：这里指水汽。◎黯乡魂：因思念家乡而黯然销魂。追旅思：被羁旅愁思所纠缠。追，追随，纠缠。“夜夜”二句：意思是说只有做个好梦，才能得到暂时解脱。

上片是一幅色彩斑斓的秋景图，从高天碧云，写到遍地黄叶，又从“波上寒烟”，写到“山映斜阳”。而象征离愁的无边芳草，为小词定下哀愁的调子。词的下片，写游子终日被乡愁困扰，除非做个好梦，余下的夜晚多半是倚楼望月、借酒浇愁、泪水涟涟……古人评论说：“前段多入丽语，后段纯写离情，遂成绝唱！”（彭孙遹《金粟词话》）

范仲淹的散文更出色，一篇《岳阳楼记》千古传诵。范仲淹有个朋友叫滕子京，因事被贬到湖南岳阳做官。那里的洞庭湖边有一座岳阳楼，滕子京把它修饰一新，并请范仲淹写一篇题记。

在《岳阳楼记》里，范仲淹先用三言两语交代了重修岳阳

位于湖南岳阳洞庭湖边的岳阳楼

楼的时间和缘由，接着以浓墨重彩描摹人们四时登楼时的所见所感。文章最后落实到“先天下之忧而忧，后天下之乐而乐”上面，可谓立意高远。——范仲淹作《岳阳楼记》时，自己也被贬官在外，他提出“先忧后乐”的口号，既是鼓励滕子京，也是用来自勉呢！

范仲淹有《范文正公文集》，收在《四库总目·集部》“别集类”中。

文章宗师欧阳修

欧阳修（1007—1072）字永叔，跟范仲淹一样，也做过副相。他不但诗文好，也喜欢填词，词风跟晏殊相近。他曾写过十首《采桑子》，咏赞颍州西湖，起句全都带着“西湖好”三字。试看一首：

群芳过后西湖好，狼藉残红，飞絮蒙蒙，垂柳阑干尽日风。　笙歌散尽游人去，始觉春空，垂下帘栊，双燕归来细雨中。（其四）

◎狼藉：形容落花散落貌。飞絮蒙蒙：柳絮乱飞如细雨。蒙蒙，微雨貌。尽日：整日。◎笙歌：有笙管伴奏的乐歌。帘栊：窗帘。

词中写暮春西湖花落絮飞、曲终人散的景色，读罢有一种寂寥失落之感。

欧阳修

欧阳修还写过不少诗，代表作有《戏答元珍》《边户》等；不过他的文学成就主要体现在散文上。欧阳修小时候家中贫困，买不起书。刚巧到同乡家玩耍，见一破筐中装着许多旧书。他从中拣出一本装订得颠倒错乱的《昌黎先生文集》，向朋友讨了，带回家读；这一读，就再也放不下。后来他藏书过万卷，这本残破的韩愈文集，却始终不肯丢弃。

宋初以来，流行着一种生涩狂怪的文体，号称“太学体”。欧阳修主持礼部进士考试，凡是碰到这种“太学体”，一概排斥不取。由于科举考试的“指挥棒”效应，整个社会的文风也为之一变，渐趋平实而简练。

欧阳修自己的文章，文辞简洁，朴实自然，长于讲理，适合抒情。他的《朋党论》《与高司谏书》《醉翁亭记》《秋声赋》《丰乐亭记》《泷（shuāng）冈阡表》，都是传诵不衰的散文佳作。

《醉翁亭记》是作者被贬滁州时所写。那时他政治上不得志，心情郁闷，常常四出游玩、饮酒赋诗，自号“醉翁”，还把琅琊山上的亭子命名为“醉翁亭”。然而作者何曾放弃过治国安邦的理想？在他的治理下，滁州的百姓都安居乐业，有余暇与太守同享山林之乐。然而“人知从太守游而乐，而不知太守之乐其乐也”。——太守正是因百姓安乐才感到欣悦啊。

《醉翁亭记》语言非常精练。开头概括滁州地理，只用了“环滁皆山也”五个字。有人看过最初的手稿，开头先用了几十个字，描述滁州周围的群山。后来几经修改，全都删去，换成这五个字。——人们只看到欧文的简练平易，很少有人了解背后的锤炼之功！

有一篇《泷冈阡表》，是欧阳修为悼念父亲而作。——泷冈在江西永丰沙溪南的凤凰山上，父亲欧阳观就安葬在那儿。父亲死得早，有关父亲为官清廉的事迹，作者是通过母亲的回忆知悉的。其中有这样一段追述：

汝父为吏，尝夜烛治官书，屡废而叹。吾问之，则曰：“此死狱也，我求其生不得尔。”吾曰：“生可求乎？”曰：“求其生而不得，则死者与我皆无恨也；矧求而有得邪！以其有得，则知不求而死者有恨也。夫常求其生，犹失之死；而世常求其死也。”……汝其勉之，夫养不必丰，要于孝；利虽不得博于物，要其心之厚于仁。吾不能教汝，此汝父之志也。

◎阡表：墓表，是一种记叙死者事迹，表扬其功德的文体。◎汝：你，这里指欧阳修。官书：这里指刑狱案卷。废：放下（书卷）。◎死狱：判处死刑的案件。求其生不得：寻求让犯人活下来的理由却找不到。◎恨：遗憾，怨恨。◎矧（shěn）：何况。求而有得：指经过寻求确实有冤枉的，可以不死的。◎勉：努力去做。养：这里指赡养父母。要：重要。◎利：

好处。博于物：普及到众人。博，布。物，这里指人。厚于仁：加倍仁爱。

作者的父亲经常办公到深夜，每每放下案卷叹息。母亲问他缘故，他说：这是死刑案，我想让犯人活下来，却实在找不到理由！母亲不明白，父亲解释说：我努力为犯人开脱，如果做不到（说明犯人确实该死），犯人和我也就没啥遗憾的了；何况有时还真发现误判的证据呢！正因如此，如果不去追寻，死者肯定会怨恨的。努力为犯人求生，还有冤枉的时候呢，更何况世上有些官吏恨不得让犯人去死（那会产生多少冤案啊）！

欧阳修身为高官，地位足以引导一代文风，因此他成了宋代诗文革新的领袖。唐末宋初文坛上的坏风气，到他这儿才被彻底扭转。他是宋代的韩愈，天下的读书人都把他看作老师。明人总结古文的创作发展，有个“唐宋八大家”的说法。唐人为韩、柳两位；宋人六席中除了欧阳修，另外的王安石、三苏、曾巩全都受过欧阳修的点拨。

欧阳修还是史学家。他参加修撰《新唐书》，并自著《新五代史》。他写的史传文章生动流畅，引人入胜。——我们在《讲给孩子的国学经典·史书典籍》中已有介绍。

欧阳修有《欧阳文忠公文集》（又作《文忠集》）传世。

梅、苏领风气，王、曾擅古文

与欧阳修同时的诗人，还有梅尧臣、苏舜钦。

梅尧臣（1002—1060）字圣俞，书读得不少，但一生穷困，只做过主簿、县令一类的小官。欧阳修为他的诗集作序说：“非诗之能穷人，殆穷者而后工也。”——不是因为作诗而使人困窘，反过来，是因生活困窘才作出了好诗啊！

梅尧臣有一首《鲁山山行》（文摘一四），写行人在山中所见，一派野趣。梅尧臣论诗，说要“状难写之景如在目前，含不尽之意见于言外”。这首《鲁山山行》，就差不多够格！有人对他评价很高，推他为宋诗“开山之祖”。——梅尧臣有《宛陵集》传世。

苏舜钦（1008—1049）字子美，有文集《苏舜钦集》。他的写景小诗《淮中晚泊犊头》写船行所见，静中有动：

> 春阴垂野草青青，时有幽花一树明。晚泊孤舟古祠下，满川风雨看潮生！
>
> ◎淮，淮河。犊头：地名，在今江苏淮阴境内。

在停泊的孤舟上看风雨中江潮涌动，那气势简直要溢出这小诗之外了！欧阳修评价他的诗“笔力豪隽，以超迈横绝为奇”（《六一诗话》）。

比梅、苏稍迟的王安石，诗歌也很有特色。王安石（1021—1086）字介甫，号半山。他是宋代最著名的政治革新家，官至宰相。熙宁年间，他主持变法、推行新政。失败后，他退居江宁，闭门读书，忧愤而死。且看他的一首七言绝句《元日》：

爆竹声中一岁除，春风送暖入屠苏。千门万户曈曈日，总把新桃换旧符。

◎元日：夏历元月初一。◎屠苏：屠苏酒。旧俗于除夕日以屠苏草泡酒，新年饮用。◎曈（tóng）曈：日出光亮貌。桃、符：古人用桃木板写上门神的名字，挂在门上以求避邪，年年更新。后发展为春联。

虽只四句，却写得生气勃勃，仿佛词句间有一股压抑不住的向上力量！

王安石的诗，还有《泊船瓜洲》、《明妃曲》、《白沟行》、《河北民》、《桃源行》、《书湖阴先生壁》（文摘一四）等，或怀古咏史，或抒发怀抱，各有特色。

作为古文"唐宋八大家"之一，王安石特别擅长写论说文章，无论是洋洋千言的奏章，还是寥寥数语的随笔，都能做到说理透辟，令人心服。——有一篇《读孟尝君传》（文摘一四），也是短文中的范例。孟尝君是战国四公子之一，以能"养士"著称，连擅长口技者乃至小偷都搜罗到门下。王安石却认为孟尝君不过是个"鸡鸣狗盗"的头头儿，门下缺少真正的"士"。真正的士哪怕只有一位，就能制服秦国，干吗还要借助"鸡鸣狗盗"

王安石

之力呢？孟尝君门下净是这类人，难怪真正的士不肯上门！

王安石也写游记文章，如那篇《游褒（bāo）禅山记》。虽是游记，目的仍是说理。以游历探险的经验，讲说研究学问、改革政治的道理，意蕴深刻。——王安石有《临川集》传世；临川即今天的江西抚州，那里是王安石的家乡。

“唐宋八大家”的另一位曾巩（1019—1083）字子固，是欧阳修最得意的门生。他为文自然淳朴，不重文采，文风最像欧阳修。有一篇《墨池记》，是他为临川王羲之墨池所作的题记。相传王羲之在池边学书，池水也因此变黑。文章因此强调勤学苦练的重要性，说：“羲之之书晚乃善，则其所能，盖亦以精力自致者，非天成也。”——王羲之的书法到晚年最佳，这说明他的能力是靠着花力气得来的，并不是天生的啊！

曾巩的文章在他生前就获得声誉，人们“手抄口诵惟恐不及”。从南宋到清代，曾巩的文章盛誉不衰，人们把他列为八大家之一，并不是偶然的。——曾巩的传世文集有《元丰类稿》及《隆平集》。

【文摘一四】

雨霖铃　柳永

寒蝉凄切，对长亭晚，骤雨初歇。都门帐饮无绪，方留恋处，兰舟催发。执手相看泪眼，竟无语凝噎。念去去，千里烟波，暮霭沉沉楚天阔。　多情自古伤离别，更那堪，冷落清秋节！今宵酒醒何处？杨柳岸，晓风残月。此去经年，应是良辰好景虚设。便纵有千种风情，更与何人说？

◎都门帐饮：在京城郊外，设帐宴饮送行。兰舟：木兰舟，船的美称。◎凝噎：喉咙像是塞住了，说不出话来。◎楚天：南方的天空。◎经年：年复一年。◎风情：深情密意。

八声甘州　柳永

对潇潇暮雨洒江天，一番洗清秋。渐霜风凄紧，关河冷落，残照当楼。是处红衰翠减，苒苒物华休。惟有长江水，无语东流。　　不忍登高临远，望故乡渺邈，归思难收。叹年来踪迹，何事苦淹留？想佳人、妆楼颙望，误几回、天际识归舟。争知我、倚阑干处，正恁凝愁！

◎潇潇：雨势急骤貌。一番洗清秋：经过一番风雨洗涤，凄清的秋天来临。◎关河：山河。◎是处：到处。红衰翠减：指花木零落。苒（rǎn）苒物华休：景物逐渐凋残。苒苒，慢慢，渐渐。◎淹留：久留。◎颙（yóng）望：抬头望。“误几回”句：此句从谢朓《之宣城出新林浦向板桥》之“天际识归舟，云中辨江树”及温庭筠《望江南》之“过尽千帆皆不是”等诗句脱化而来。◎争知：怎知。凝愁：愁结不解。

渔家傲　范仲淹

塞下秋来风景异，衡阳雁去无留意。四面边声连角起，千嶂里，长烟落日孤城闭。　　浊酒一杯家万里，燕然未勒归无计。羌管悠悠霜满地，人不寐，将军白发征夫泪。

◎塞下：指西北的边疆。“衡阳”句：大雁飞向南方的衡阳，毫不留恋这西北边塞。◎边声：边地的悲凉之声，如马鸣、风号之类。角：军中号角。◎“燕然”句：燕然是山名，即今蒙古国境内的杭爱山。到燕然山树碑勒铭是彻底击溃敌人的象征。归无计，没法归去。◎羌管：羌笛，一种少数民族乐器。

鲁山山行　梅尧臣

适与野情惬，千山高复低。好峰随处改，幽径独行迷。霜落熊升树，林空鹿饮溪。人家在何处？云外一声鸡。

◎鲁山：山名，在今河南鲁山县东北。◎“好峰”句：郁郁葱葱的山峰因为从不同的角度欣赏，样子有所变化。◎升：爬。

书湖阴先生壁　王安石

茅檐长扫净无苔，花木成畦手自栽。一水护田将绿绕，两山排闼送青来。

◎排闼（tà）：推门。闼，门。

读孟尝君传　王安石

世皆称孟尝君能得士，士以故归之，而卒赖其力以脱于虎豹之秦。嗟乎！孟尝君特鸡鸣狗盗之雄耳，岂足以言得士？不然，擅齐之强，得一士焉，宜可以南面而制秦，尚何取鸡鸣狗盗之力哉？——夫鸡鸣狗盗之出其门，此士之所以不至也。

◎孟尝君：姓田名文，战国时齐国公子，与赵国平原君、楚国春申君、魏国信陵君合称“四公子”，都以好客养士著称。得士：招致贤士。士以故归之：贤士因此投奔他。卒：终于。赖：依靠。虎豹之秦：凶残的秦国。◎特：只是。鸡鸣狗盗之雄：孟尝君被困秦国时，靠着学鸡叫、偷东西的门客逃脱，因此说他是鸡鸣狗盗者的首领。雄，首领。◎擅：据有，引申为凭借。得一士焉：这里指得到一位真正的士。南面而制秦：意为使秦国臣服。

苏东坡的坎坷人生

“唐宋八大家”中的“三苏”，是指苏洵和他的两个儿子苏轼、苏辙。一家人是眉州眉山（今四川省眉山）人，又都是出色的文学家。

苏洵（1009—1066）号老泉。据说他二十七岁才发愤读书。苦读十年，学业大进。在他的教导下，两个儿子也都饱读诗书。他带着两个儿子到京城去拜见欧阳修。欧阳修对父子三人很感兴趣，夸奖苏洵的文章能跟贾谊、刘向媲美。由于欧阳修的推荐和揄扬，苏洵文名大盛，后来还当上秘书省校书郎。他有一篇《六国论》，借着谈战国的历史，提出自己的政见，在当时颇有影响。苏洵有《嘉祐集》传世。

三苏当中，成就最大的自然是苏轼。苏轼（1037—1101）字子瞻，号东坡居士。随父亲进京那年才二十岁。第二年，兄弟俩同榜中了进士。当时的主考官是欧阳修，他对人说：我老啦，应当让贤，今后出人头地的就是这个苏轼啊（“老夫当避路，放他出一头地也”）！又说：你记住我的话，三十年后，世人不会再提到我了（“汝记吾言，三十年后，世上人更不道着我也”）！

苏轼初登官场，满怀着报国的热情。写了大量策论，主张改革弊政，扭转贫弱局面。三十一岁那年，爹爹苏洵病逝。苏轼与弟弟扶灵还乡。等到熙宁二年（1069年）还朝，正赶上王安石推行新法。苏轼不赞成一些急功近利的做法，结果被发去杭州做通判。以后又先后到密州、徐州、湖州做太守。

苏轼笠屐图

在湖州，他脚跟还未站稳，突然有朝廷钦差闯来，不容分说将他捉拿进京——原来

"新党"人物鸡蛋里挑骨头，从苏轼一首诗中看出对皇帝的"诽谤""讥讽"，参了他一本。另几个新进官僚也跟着凑热闹，苏轼的罪名被越搞越大。这就是有名的文字狱"乌台诗案"。

莫须有的罪名毕竟站不住脚，加上苏轼名气大，连太后都来为他说情。几个月后，苏轼获释出狱，被贬为黄州（今湖北黄冈市）团练副使。自此，苏轼开始了长达四年的黄州谪居生活。

苏轼在黄州东门外建草堂栖身，名为"东坡雪堂"，苏轼"东坡居士"的别号，也是从这时取的。在这里，他写下《念奴娇·赤壁怀古》以及前、后《赤壁赋》。

在黄州一住四年，苏轼又被调往汝州。五十岁这年，神宗病故，哲宗继位，改号元祐（1086—1094）。反对改革的司马光掌权，苏轼也被召回京城，以后又被派往杭州做太守。在杭州任上，他发展经济，救灾济民，还疏浚西湖，在湖上筑起一道长堤，人称"苏公堤"。

此后，苏轼还在颍州、扬州、定州做过太守。谁知好景不长。绍圣元年（1094年），"新党"卷土重来，元祐年间起用的官员差不多全被罢免，苏轼一下子被贬到惠州，不久又被流放到儋（Dān）州，那里地处海南岛，便是自古所说的"天涯海角"啊！

之后，哲宗病死，徽宗继位，苏轼遇赦北还。他没想到自己还能活着回来！——七年的流放生活，苏轼一家死了九口人，生活待他真是够残酷的！

可是人们没有忘记这位大诗人。苏轼北还，路经润州前往常州时，运河两岸站满了成千上万的百姓，他们随着船往前跑，争着瞻仰这位大诗人的风采！——不过这时苏轼已染病在身，就在这一年的七月，诗人在常州病逝，终年六十五岁。

挽弓射天狼，举酒酹江月

在苏轼之前，词被称为“艳科”，内容多半是春花秋月、男女情深，有着柔媚的倾向。是苏轼打破了这种词风，尝试用词来写景状物、叙事抒情、探讨哲理……凡诗歌所涉及的题材，词也来涉足。

有一首《江城子·密州出猎》，记录了词人打猎时的身姿与豪情：

老夫聊发少年狂。左牵黄，右擎苍。锦帽貂裘，千骑卷平冈。为报倾城随太守，亲射虎，看孙郎。　酒酣胸胆尚开张。鬓微霜，又何妨。持节云中，何日遣冯唐？会挽雕弓如满月，西北望，射天狼！

◎聊发：暂发。◎左牵黄，右擎苍：左手牵黄狗，右手架苍鹰。◎“为报”三句：听说全城百姓都跟来，看太守亲自打猎射虎，如同当年孙权那样。为报，传言。太守，作者自己。孙郎，孙权，相传他曾射杀老虎。◎胸胆尚开张：胸襟胆气也还开阔、豪壮。◎“持节”二句：汉时魏尚为云中太守，守边有功，反遭处罚；汉文帝派冯唐拿着传达命令的符节去赦免他。作者在此自比魏尚，希望得到朝廷信任。◎会：当。天狼：星名，传说它的出现预示着有敌入侵。

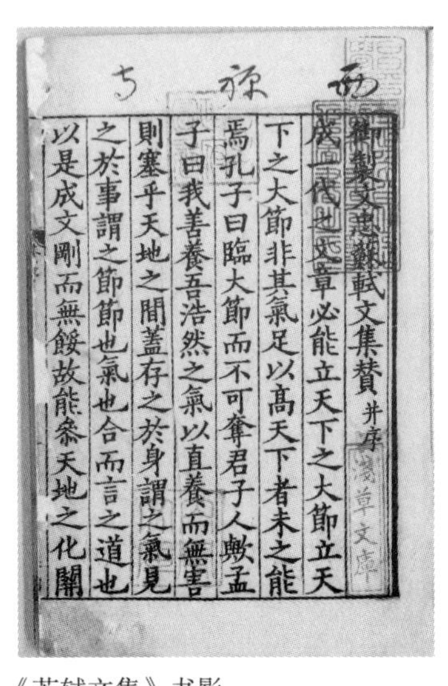
御製文忠蘇軾文集贊 并序
成一代之文章必能立天下之大節立天
下之大節非其氣足以高天下者未之能
焉孔子曰臨大節而不可奪君子人歟孟
子曰我善養吾浩然之氣以直養而無害
則塞乎天地之閒蓋存之於身謂之氣見
之於事謂之節節也氣也合而言之道也
以是成文剛而無餒故能參天地之化關

《苏轼文集》书影

词写得豪迈夸张，气势很大：满城人都来看太守射虎，盛况空前。一句“千骑卷平冈”，仿佛让人听到隆隆的马蹄声！词人意气风发，心态也仿佛变得年轻。可是他的雄心决不仅仅满足于打猎射虎；“会挽雕弓如满月，西北望，射天狼”，他还希望得到朝廷重用，到西北边境跟侵略者一决雌雄呢！——词到苏轼这里，开出豪放一派。

苏轼豪放词的经典之作，当数那首《念奴娇·赤壁怀古》，作于词人谪居黄州时。——黄州挨着长江，江边有一处赤壁，当地人传说，这里便是三国时“火烧赤壁”的古战场：

大江东去，浪淘尽、千古风流人物。故垒西边，人道是、三国周郎赤壁。乱石穿空，惊涛拍岸，卷起千堆雪。江山如画，一时多少豪杰！　　遥想公瑾当年，小乔初嫁了，雄姿英发。羽扇纶巾，谈笑间、樯橹灰飞烟灭。故国神游，多情应笑我，早生华发。人生如梦，一尊还酹江月。

◎三国时吴魏争雄的赤壁古战场，应在湖北蒲圻县，今为赤壁市。◎风流人物：杰出的英雄人物。◎故垒：旧时营垒。◎穿空：插向天空。雪：比喻浪花。◎公瑾：周瑜的字。小乔：东吴乔玄有二女，称大乔、小乔，小乔嫁周瑜。英发：言论见解卓越不凡。◎羽扇纶（guān）巾：羽毛扇、青丝巾，这是古代儒将装束。樯橹：指曹军船舰。◎故国神游：神游于故国的战场。“多情”两句：应笑我因多情而早早长出白发。◎酹（lèi）：把酒倒在地上祭奠。

起头一句“大江东去”，一下子把读者带进极为开阔的境界，以下专写眼前的江景，“乱石穿空，惊涛拍岸，卷起千堆雪”，江上水石搏击，惊心动魄！江山如此壮丽，难怪引得无数英雄豪杰为之争斗！

词的下片，顺势写到古代的英雄。当年指挥赤壁之战的统帅周瑜，何等意气昂扬、风流潇洒！谈笑之间，火烧对方战船，令强敌丧胆！——然而思绪一回到现实，作者不由得情绪低落：自己年将五十，被贬黄州，徒然羡慕古人，只能是自作多情。“人生如梦”，还是让我们饮酒赏月吧！——略显哀伤的结尾，没能掩盖贯穿全词的壮思豪情！这首《念奴娇》，也成为苏轼豪放词的代表作。

但愿人长久，烟雨任平生

苏词中还有不少怀人题材的作品，如那首《水调歌头·明月几时有》，作于密州，前有小序写道：“丙辰中秋，欢饮达旦。大醉，作此篇，兼怀子由。”子由是弟弟苏辙的表字。此时苏轼跟弟弟已经分别七年了。

明月几时有，把酒问青天。不知天上宫阙，今夕是何年？我欲乘风归去，又恐琼楼玉宇，高处不胜寒。起舞弄清影，何似在人间！　　转朱阁，低绮户，照无眠。不应有恨，何事长向别时圆？人有悲欢离合，月有阴晴圆缺，此事古难全。但愿人长久，千里共婵娟。

◎“明月”二句：这里是化用李白的“青天有月来几时，我今停杯一问之”诗意。◎琼楼玉宇：指月宫。◎“起舞”二句：月下起舞，清影随人；天上怎么比得上人间幸福！何似，不如。◎“转朱阁”三句：写月光照遍华美的楼阁，低低照进雕花的门窗，照着难以安眠的人。◎“不应”二句：是说月圆应当无恨，但为什么总在人们离别时圆满呢？◎婵娟：指明月。

时值中秋，词人把酒问月，驰骋想象：人间正值中秋，天上又是何年何月？多想乘风而上，到月宫一游，可又听说高高在上的广寒宫冷得出奇！词人思绪万端，不禁对月起舞，看着地上的光影，若有所悟：天上虽好，哪里比得上温暖的人间！月轮无声地转动，月光洒向楼阁，照进花窗，令人辗转难眠。词人不禁想起分别已久的兄弟，心中充满惆怅……然而愁苦情绪很快被旷达的思想冲淡了：人有悲欢离合，就像月有阴晴圆缺一样，自古已然。只要人健在，纵使远隔千里，抬头见到的月亮却是同一个，还有啥烦恼不能消解呢！——词中流溢着灿烂的光华，本身就像是一轮皓月，照耀着千古词坛！

从这首《水调歌头》中，还能体会到苏轼、苏辙兄弟情深。

而《江城子·乙卯正月二十日夜记梦》，则是苏轼的悼亡之作，词中也有月光，却是那样冰冷：

十年生死两茫茫，不思量，自难忘。千里孤坟，无处话凄凉。纵使相逢应不识，尘满面，鬓如霜。　　夜来幽梦忽还乡。小轩窗，正梳妆。相顾无言，惟有泪千行。料得年年肠断处，明月夜，短松冈。

◎乙卯为北宋熙宁八年（1075年）。◎两茫茫：这里是说生者和死者两相隔绝，什么也不知道。◎“纵使”三句：是说自己十年间因劳碌而衰老，妻子纵使再见，也认不得了。◎“夜来”五句：写梦中情景。◎短松冈：这里指墓地。古人多在墓地栽植松柏。

苏轼十九岁时，娶十六岁的王氏为妻，两人恩爱无比。然而婚后仅十一年，妻子就在京城病逝，归葬眉山祖坟。一晃又是十年过去，苏轼几经官场沉浮，眼下正在密州做官。一天夜里，他梦见亡妻，醒来填下这首词。

十年了，亡妻无日不在思念中。千里之外，孤坟凄冷，内心的悲凉又能向谁诉说？即便能相逢，恐怕也认不得了：我如今容颜苍老、两鬓如霜，非复当年模样！夜间的梦境是那样真切：还是那扇小窗，还是窗前梳妆的熟悉身影，多少话无从说起，热泪却再也止不住！——这里的“明月夜，短松冈”应是想象中的场景吧？自己不能亲临祭扫，想起来痛彻心脾！

苏轼是个多情的人，他心胸坦荡，一片赤诚。也正因如此，他在尔虞我诈、钩心斗角的官场中招嫉恨、遭排挤，一生坎坷。所幸他生性豁达，常能自我排解。有一首《定风波》，是他被贬黄州时所作：

莫听穿林打叶声，何妨吟啸且徐行。竹杖芒鞋轻胜马，谁怕？一蓑烟雨任平生。　　料峭春风吹酒醒，微冷，山头斜照却相迎。回首向来萧瑟处，归去，也无风雨也无晴。

◎词有小序："三月七日，沙湖道中遇雨，雨具先去，同行皆狼狈，余独不觉。已而遂晴。故作此词。"◎芒鞋：草鞋。◎料峭：形容风寒。◎向来：刚才。萧瑟：指风雨声，也指风雨带来的狼狈。

根据词前小序可知，这是元丰五年（1082 年）的春天，词人前往黄州东南的沙湖，途中遇雨，同行者个个狼狈不堪，可是词人却"吟啸徐行"，毫不在乎。不久雨过天晴，作者于是填词一首，记录此刻的感受。

词人经历了太多的人生"风雨"，这点自然界的风雨又算得了什么！对"竹杖芒鞋轻胜马"一句，有人这样解释："竹杖芒鞋"是平民打扮，然而苏轼怡然自得，觉得走在路上比官员骑马还轻快——这真是无官一身轻啊！紧接着一句"谁怕"，特别能体现他此刻的心情，这又是对迫害者的清脆回答！词尾"也无风雨也无晴"一句，表面上是写天气，实则仍是写心态——这种随遇而安、旷达潇洒的心态，正是苏轼的超人之处。

四川眉州三苏祠

作于黄州的小词，尚有《卜算子·黄州定慧院寓居作》（文摘一五），词中“拣尽寒枝不肯栖”的月下孤鸿，正是词人孤傲心态的写照啊。

文思如泉，两赋赤壁

苏轼还写了大量诗歌，代表作有《六月二十七日望湖楼醉书》《饮湖上初晴后雨》《题西林壁》（文摘一五）、《游金山寺》《戏子由》《和子由渑池怀旧》《荔枝叹》《六月二十日夜渡海》等等。

跟词和诗相比，苏轼的散文成就似乎更高。他有一段创作感悟，说：“吾文如万斛泉源，不择地皆可出。在平地，滔滔汩汩，虽一日千里无难。及其与山石曲折，随物赋形，而不可

知也。所可知者，常行于所当行，常止于不可不止，如是而已矣！其他，虽吾亦不能知也。”(《文说》)

他把自己的文思，比作随时喷涌、日出万斛的泉水，不但水势盛大、一日千里，而且变化万端，不可逆料！苏轼深知一支笔应该如何运行，怎样收放。他还用“行云流水”作比，认为那是文章的最高境界。——后来的应试举子全都认真揣摩苏轼的文章，并流传着“苏文熟，吃羊肉；苏文生，吃菜羹”的口头禅。

苏轼擅长写政论文，代表作有《教战守策》《决壅（yōng）蔽》等。他也写山水游记，以《石钟山记》最有名。文章记述了石钟山的山水泉石之奇，还从中体悟出一番哲理，发人深思。《记承天寺夜游》（文摘一五）是一则短文，以极简练的笔墨，描写月光如水的夜色，古今写月色的文章，没有比它更美的了。

苏轼还以黄州赤壁为题，写过两篇赋——《赤壁赋》和《后赤壁赋》。元丰五年夏历七月中，苏轼跟朋友在黄州赤壁泛舟。这夜的长江一改“惊涛拍岸”的面目，变得“清风徐来，水波不兴”。苏轼与客人在小船上饮酒赋诗，悠然自得。月亮从东山升起，“白露横江，水光接天”。大家置身在水光月色之中，任凭小船随

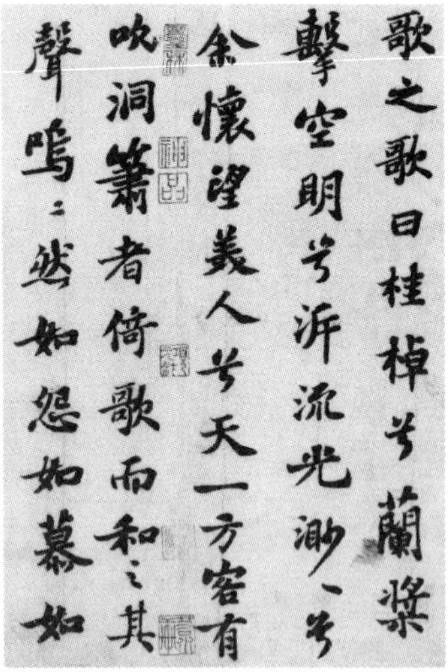

苏轼手书《赤壁赋》（局部）

水漂去，飘飘悠悠，如同脱离人世，进入了仙界。

客中有人吹起洞箫，那声音呜呜咽咽的，大家的情绪受到感染，不觉感伤起来。一位客人不禁感叹人生的短暂，羡慕长江的无穷。可苏轼怎么看呢？

苏子曰："客亦知夫水与月乎？逝者如斯，而未尝往也；盈虚者如彼，而卒莫消长也。盖将自其变者而观之，则天地曾不能以一瞬；自其不变者而观之，则物与我皆无尽也，而又何羡乎？且夫天地之间，物各有主，苟非吾之所有，虽一毫而莫取。惟江上之清风，与山间之明月，耳得之而为声，目遇之而成色，取之无禁，用之不竭：是造物者之无尽藏也，而吾与子之所共适。"

◎苏子：指苏轼。◎逝者如斯：过去的事物像这个（指水）。往：过去，失去。◎盈虚者如彼：时圆时缺的像那个（指月亮）。盈虚，充盈空虚，不断变化。卒：最终。消长（zhǎng）：增减。◎盖：发语词。变者：这里指变化的观念。下面的"不变者"指静止的观念。曾：竟。◎苟：如果。◎无禁：无人禁止。竭：尽，完。造物者：老天，大自然。无尽藏：无尽的宝藏。共适：共有，共享。

苏轼说：您知道水和月吧？一切消逝的事物，就如这江水一样，看它流啊流的，其实从没流去；而一切变换的事物，又像天上的月亮，看它时圆时亏，其实始终没有增减。凡事若从变化的一面看，天地万物连眨眼的工夫也停不住；若从静止的一面看，万物与

《后赤壁赋》写意（傅抱石绘）

我等都是无穷尽的，干吗单单羡慕长江呢！天地万物，各有主宰；不该咱们有的，你一丝一毫也拿不去！只有这江上的清风和山间的明月，是大自然的无尽宝藏，取之不尽、用之不竭，足够咱们享用的啦！

听苏轼这么一解说，客人也笑起来。大家洗杯再饮，吃得杯盘狼藉，就这么你枕着我、我压着你在船中睡熟，天亮了都不知道！

三个月后，苏轼与朋友再游赤壁，写下《后赤壁赋》，同样精彩。赋中"山高月小，水落石出"一联出语警拔，脍炙人口。《赤壁》二赋虽然采用赋体，可是跟汉魏六朝骈四俪六的俳赋又不相同，更像是散文，句式长短错落，韵脚时有时无，这种文体，是典型的文赋。

有个关于苏轼的传说：一天苏轼下朝，拍着自己的肚子问身边侍女：你们猜，这里面装的是什么？一个说：是文章。苏轼摇摇头。另一个说：是心机。苏轼仍然摇头。有个叫朝云的侍女说：是一肚皮不合时宜！苏轼听了，哈哈大笑起来。——苏轼是中国文坛上不世出的大文豪，有着伟大的人格，独立的见解，超凡的才华，足可与李白、杜甫比肩，而"不合时宜"又是他们共同的命运！

苏轼的诗文集，有《苏文忠公全集》七十五卷。另有《东坡词》，收在《四库总目·集部》“词曲类”中。

苏轼的弟弟苏辙（1039—1112）字子由，才学出众，与父兄一同进入“唐宋八大家”之选。他的文章名作有《上枢密韩太尉书》《武昌九曲亭记》《黄州快哉亭记》等。

韩太尉即韩琦，当过枢密使，官至宰相。苏辙求见韩琦，先写了这封书信陈述理由。认为写文章先要养气，养气就要遍游名山大川，到京城仰观天子的宫殿苑囿，见见那些大人物，听他们的议论，瞻仰他们的容颜风度，“气”也因此培植起来。书信以“为文养气”做题目，道理讲得很通透，其中暗含对韩琦的颂扬，却又说得不卑不亢——韩琦是否见了他，不得而知。不过这篇文章却传诵不衰。与李白的《与韩荆州书》齐名。

苏辙的文集有《栾城集》传世。

苏门弟子有黄、秦

苏轼的学生也都很有出息。如黄庭坚、张耒（lěi）、晁补之、秦观，号称“苏门四学士”。另有“苏门六君子”的说法，是在四人之外，又加上陈师道和李廌（zhì）。其他如贺铸、李格非等，也都受过苏轼的指教——李格非即女词人李清照的父亲。

黄庭坚（1045—1105）字鲁直，自号山谷老人。他出身书香门第，自幼聪明过人，五岁时已能背诵“五经”；一部《汉书》读下来，多少年后还能默写其中的段落。

由于学识渊博，他对诗歌创作也便有自己的风格。他说：杜

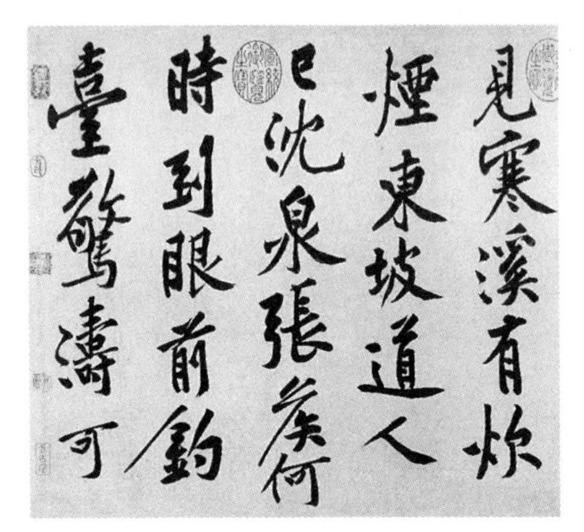

黄庭坚墨迹

甫、韩愈作诗撰文，“无一字无来处”；只是后人读书少，以为这些文句都是韩、杜自己独创的。他还说，真正会作文章的，能熔炼万物；即使拿前人的陈词旧句放到自己诗文里，也能“点铁成金”。黄庭坚在诗歌技巧上狠下功夫，并形成自己的独特风格，开创了宋诗中的重要流派“江西诗派”——因他是江西分宁（今修水）人的缘故。这一流派的影响，一直延续到清代。黄庭坚的名字，也跟苏轼并列，称为“苏黄”。

有一首七律《寄黄几复》（文摘一五），是人们最熟悉的。全诗八句，句句用典，真的是“无一字无来处”。然而全诗一气贯通、感情真挚，很能体现江西诗派的特色。其中“桃李春风一杯酒，江湖夜雨十年灯”一联，尤为人称道。

黄庭坚在政治上也追随老师，同属“元祐旧党”，遭到贬谪，在四川一待六年。崇宁元年（1102年）遇赦回江西，路经湖南岳阳时，写下绝句《雨中登岳阳楼望君山二首》：

投荒万死鬓毛斑，生入瞿塘滟滪关。未到江南先一笑，岳阳楼上对君山。

◎“生入”句：瞿塘峡和滟滪（Yànyù）堆都在四川，是长江行船的危险处。生入，活着进入。◎君山：位于洞庭湖中。

满川风雨独凭栏，绾结湘娥十二鬟。可惜不当湖水面，银山堆里看青山。

◎绾（wǎn）：打结，系。

两首小诗，包蕴的人生感慨却极为深沉。然而从诗人那嘴角挂着轻蔑的一笑中，还能体会他不惧逆境、苦中作乐的个性。

黄庭坚还是头一个大力提倡学习杜甫的诗人。后来江西诗派提出“一祖三宗”的说法，“一祖”就是杜甫；“三宗”呢？是指黄庭坚和陈师道、陈与义。

黄庭坚有《山谷集》，包括内集、外集、别集、词、简尺、年谱。另有《山谷词》一卷，收在《四库总目·集部》“词曲类”中。

秦观（1049—1100）字少游，是苏轼最喜欢的学生之一。他因苏轼的推荐而做官，又受苏轼的牵连而罢官，一生穷愁潦倒。秦观少年丧父，侍奉寡母苦读。苏轼说他作赋有“屈宋之才”，王安石称赞他的诗“清新似鲍谢”。

不过秦观的词学的不是老师的豪放词风，而是偏于婉约一路。词中喜欢描摹男女恋情，并融入自己的身世之感。有名的如那首《满庭芳》，以“山抹微云，天粘衰草”开篇；中间还有“销魂，当此际，香囊暗解，罗带轻分”等语。据说苏轼读了不大高兴，说是：几年不见，没想到你开始学柳七了！秦观辩解说：我再没学问，也不会学他呀！苏轼说：“销魂，当此际”，这不是柳七的语言吗？——苏轼还调侃他是“山抹微云君”。

苏轼喜欢秦观的另一首词《踏莎行·郴州旅舍》：

雾失楼台，月迷津渡，桃源望断无寻处。可堪孤馆闭春寒，杜鹃声里斜阳暮。　　驿寄梅花，鱼传尺素，砌成此恨无重数。郴江幸自绕郴山，为谁流下潇湘去。

◎“雾失”二句：写春夜中的迷蒙景色。津渡，渡口。桃源：理想中的桃花源。◎可堪：哪堪，受不了。◎“驿寄”三句：友人寄信相抚慰，更加重自己重重愁恨。驿寄梅花、鱼传尺素都是古代关于寄信传书的典故。◎“郴（chēn）江”二句：郴江本是环绕郴山流的，为什么要流到潇湘去呢？

这是秦观被贬郴州（今湖南省郴州市）时作的。那里是个偏远的小山城，离传说中的桃花源不远。词人在春寒中闭门独坐，听着杜鹃凄凉的叫声，看着太阳渐渐隐没，心境可想而知。远方亲人偶有书信寄来，却徒然勾人愁绪。郴江绕城而过，头也不回地无情流去——一种被尘世抛弃的孤独感，充溢全词……相传苏轼要把这最后两句写在扇子上，感叹说：唉，少游死了，一万个人也抵不了啊（“少游已矣，虽万人何赎”）！

秦观还有一首《鹊桥仙·纤云弄巧》，结尾两句说：“两情若是久长时，又岂在朝朝暮暮！”——在古来吟咏牛郎织女的诗词中，这一首意境最新，立意也最高。

秦观的集子有《淮海集》，《四库总目·集部》“词曲类”另收《淮海词》一卷——秦观别号“淮海居士”。

陈师道（1053—1102）字履常，号后山居士，是苏门六君子之一。他虽不是江西人，但诗学黄庭坚，所以也被归在江西诗派里。陈师道作诗也学杜甫，有一首《春怀示邻里》，首联为“断墙著雨蜗成字，老屋无僧燕作家”，都写得细腻而真切。——有《后山集》传世。

北宋末年的词坛上还有贺铸（1052—1125，字方回）、周邦彦（1057—1121）等。周邦彦精通音乐格律，徽宗在位时，他担任大晟乐府提举官，那是个管理音乐的衙门。周邦彦整理古音古调，还创作新乐，成为后人填词的规范。他有词集《片玉集》，收在《四库总目·集部》“词曲类”中。代表作有《苏幕遮·燎沉香》（文摘一五）、《少年游·并刀如水》等。

【文摘一五】

卜算子·黄州定慧院寓居作　苏轼

缺月挂疏桐，漏断人初静。谁见幽人独往来，缥缈孤鸿影。　惊起却回头，有恨无人省。拣尽寒枝不肯栖，寂寞沙洲冷。

◎漏断：指深夜时分。漏，古人计时用的漏壶。◎缥缈：也作“飘渺”，隐隐约约、若有若无貌。◎省（xǐng）：省识，理解。◎“拣尽”句：这里有“良禽择木而栖”之意，喻示词人孤高自许、自甘寂寞的风骨。

六月二十七日望湖楼醉书　苏轼

黑云翻墨未遮山，白雨跳珠乱入船。卷地风来忽吹散，望湖楼下水如天。

◎跳珠：形容雨点乱溅。

饮湖上初晴后雨　苏轼

水光潋滟晴方好，山色空蒙雨亦奇。欲把西湖比西子，淡妆浓抹总相宜。

◎潋滟（liànyàn）：形容水波流动貌。空：这里形容雨意迷茫。◎西子：春秋时越国美女西施。淡妆浓抹：指妇女浓淡不同的梳妆。

题西林壁　苏轼

横看成岭侧成峰，远近高低各不同。不识庐山真面目，只缘身在此山中。

◎西林：西林寺，在庐山西麓。◎缘：因。

记承天寺夜游　苏轼

元丰六年十月十二日夜，解衣欲睡，月色入户，欣然起行。念无与为乐者，遂至承天寺寻张怀民。怀民亦未寝，相与步于中庭。庭下如积水空明，水中藻荇交横，盖竹柏影也。何夜无月？何处无竹柏？但少闲人如吾两人者耳。

◎承天寺：在今湖北黄冈市南。此文写于苏轼被贬黄州期间。元丰六年为1083年。◎张怀民：苏轼的朋友张梦得。当时寄居承天寺。◎藻荇：泛指水生植物。

寄黄几复　黄庭坚

我居北海君南海，寄雁传书谢不能。桃李春风一杯酒，江湖夜雨十年灯。持家但有四立壁，治病不蕲三折肱。想得读书头已白，隔溪猿哭瘴溪藤。

◎黄几复是黄庭坚的朋友，这时正在广东四会县做县令。诗人身在德州（今山东德州），两人一别十年，诗人写诗相寄。诗中句句用典：头一句化用《左传》“君处北海，寡人处南海”的典故。第二句鸿雁传书的典故就更常见。三、四句分别用杜甫“何时一樽酒，重与细论文”和李商隐“何当共剪西窗烛，却话巴山夜雨时”的诗意。第五、六句用司马相如“家居徒四壁立”和《左传》“三折肱，知为良医”的典故。尾联又让人想到李贺的“不见年年辽海上，文章何处哭秋风”诗句。◎“我居”二句：是说两人分居南北，通信困难。北海、南海，泛指南北。谢，辞谢。这里指大雁因路远不能传书而辞谢。◎“持家”句：形容家中一贫如洗，只有空空四壁。“治病”句：原指医术高明，不用“三折肱”即可成良医；喻指对方才能高，不必多历练，即可成为良臣。蕲（qí），求。◎瘴溪：有瘴疠之气的河流。

苏幕遮　周邦彦

燎沉香，消溽暑。鸟雀呼晴，侵晓窥檐语。叶上初阳干宿雨，水面清圆，一一风荷举。　　故乡遥，何日去？家住吴门，久作长安旅。五月渔郎相忆否？小楫轻舟，梦入芙蓉浦。

◎燎沉香：燎，烧。沉香，一种贵重香料。溽（rù）暑：潮湿的夏日天气。◎侵晓：天刚亮时。◎宿雨：昨夜的雨。“水面”二句：临水荷叶圆圆如盖，清风一来随风舞动。◎吴门：苏州。“久作”句：是说久在长安为客。◎芙蓉浦：有溪流可通的荷花池塘。

辑八　陆游《示儿》诗，稼轩英雄泪

李清照：人比黄花瘦

女词人李清照（1084—约 1155）号易安居士，比苏轼晚生半个世纪。她从小生长在富于文学氛围的家庭中，饱受文学熏陶。十八岁时嫁给了太学生赵明诚，两人都喜欢读书，又爱收集图书、文物。往往典当了衣服，买来碑文拓片及果子，边吃边欣赏。后来赵明诚做了官，俸禄多了，积藏也越来越多，书

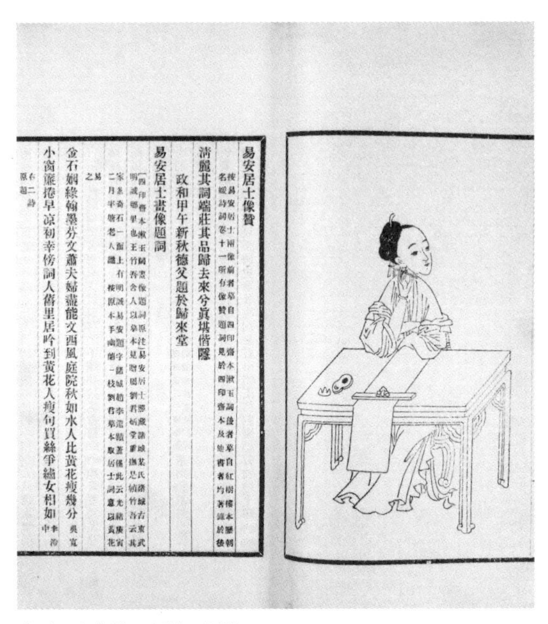
易安居士像贊

清麗其詞端莊其品歸去來兮眞堪偕隱

政和甲午新秋德父題於歸來堂

易安居士畫像題詞

金石姻緣翰墨芬文蕭夫婦盡能文西風庭院秋如水人比黃花瘦幾分

小窗簾捲早涼初幸傍詞人舊里居吟到黃花人瘦句買絲爭繡女相如

李清照《漱玉词》书影

籍、字画、钟鼎、笔墨，足足装了十几间屋子！

就在这时，金人入侵的消息传来。赵明诚接到任命，离家赴任，不久病死他乡。李清照独自收拾文物，丢弃了大件的，挑选珍稀的，装载了十五车，踏上逃难之路。然而东奔西走，一路丢失损毁，被骗被偷，所剩不及十之一二。

赵明诚在世时，曾整理文物，编写了三十卷《金石录》。他死后多年，李清照重读《金石录》，感慨万分，于是写了一篇《金石录后序》，记述夫妻二人早年的生活乐趣，以及文物从收集到失散的经过原委。睹物思人，哀婉凄切，催人泪下。——“乱离人不如太平犬”，这便是《后序》留给人的印象！

李清照的词喜用白描，用典不多。一些小词自然活泼，还糅入口语。像这首《如梦令》：

昨夜雨疏风骤，浓睡不消残酒。试问卷帘人，却道“海棠依旧”。“知否？知否？应是绿肥红瘦！”

◎“浓睡”句：熟睡一宿，残存的酒意还未消尽。◎卷帘人：指正在卷帘的侍女。◎“知否”三句：这是女主人纠正侍女的话——你知道吗？海棠并非“依旧”，而是叶多花少。

昨晚的酒，经一夜“浓睡”，还没完全醒透。只记得夜间听到风雨声，不用看就知道，花被吹落不少。可侍女的感觉哪有诗人敏锐呢？她卷起窗帘说：海棠仍是老样子！女主人纠正说：你知道吗，那应是“绿肥红瘦”啊！

李清照填词，喜欢用“肥”“瘦”等字样。有一首《醉花阴》，写重阳节的感受。结尾三句是：“莫道不消魂，帘卷西风，人比黄花瘦。”据说丈夫赵明诚看到了，赞叹不已，又不大服气。他闭门谢客，废寝忘食，花了三天的时间，赶写了五十首词，把李清照的这首《醉花阴·薄雾浓云愁永昼》也夹在里面，拿给朋友看。朋友玩味再三，说：这里有三句写得最好！赵明诚忙问哪三句，对方回答：“莫道不消魂，帘卷西风，人比黄花瘦。”

总的说来，李清照南渡之前的词作，多写贵妇人的生活情趣，难脱无病呻吟的味道。经历那场大动乱，李清照失去丈夫及家园，劫波历尽，晚景凄凉，她的词变得愁苦深沉，境界也更为广大。

有一首《声声慢》，为人熟知：

寻寻觅觅、冷冷清清、凄凄惨惨戚戚。乍暖还寒时候，最难将息。三杯两盏淡酒，怎敌他、晚来风急？雁过也，正伤心，却是旧时相识。　　满地黄花堆积，憔悴损，如今有谁堪摘？守着窗儿，独自怎生得黑？梧桐更兼细雨，到黄昏、点点滴滴。这次第，怎一个愁字了得？

◎“乍暖”二句：忽暖忽冷的时候，很难调养。将息，调养、休息。◎有谁堪摘：这里意为可以和谁同摘共赏。◎怎生：怎样。◎这次第：这光景。

一上来就是七组叠字“寻寻觅觅、冷冷清清、凄凄惨惨戚戚”，写尽词人内心的无所适从、孤独凄冷；这样的写法，还从没有人尝试过。

词人在寻觅什么？她失去的太多了：家庭的温暖，亲人的慰藉，旧日的好时光……在这冷暖不定的秋日，天上的雁叫、地上的菊花，徒然增添了词人内心的凄凉。而三杯两盏淡酒，搪不了寒，浇不得愁……全词以“这次第，怎一个愁字了得”（这光景，只用一个愁字又如何概括得了）作结，既像发问，又是自答，成为千年来写愁的名句！李清照是公认的“婉约派”词人，然而有的词作，却又显出“豪放”的气概，有一首《永遇乐·落日镕金》（文摘一六），写在南方过元宵节，词中既有对南国春景的描写，又有对北方佳节的追忆，抚今思昔，五味杂陈，写尽词人的孤寂心情。

李清照也写诗，一些诗写得十分“硬朗”，并不“婉约”。像这首五绝，也是南渡以后所作：

生当作人杰，死亦为鬼雄。至今思项羽，不肯过江东。

当年楚霸王项羽败在刘邦手下，不肯逃回江东，就在乌江边自刎而死。李清照肯定了这位不肯逃避责任的英雄，正是讽刺南宋朝廷偏安江南的苟且行径！

同是婉约派的词人，有人说秦观词里有女人气；而李清照的诗中却带着丈夫气，这真是挺有趣的事。——李清照原有《易安居士文集》《易安词》，已佚。今存《漱玉词》。

陆游：家祭无忘告乃翁

跟李清照同时的诗人，还有曾几（1085—1166，字吉甫）。他跟江西诗派关系密切，自称把黄庭坚的《山谷集》读得滚瓜烂熟。他的小诗生动明快，却不大像江西诗派。如这首《三衢道中》：

梅子黄时日日晴，小溪泛尽却山行。绿荫不减来时路，添得黄鹂四五声。

◎三衢：指今浙江衢州。境内有三衢山。◎泛：指泛舟。

曾几有着强烈的爱国心。他做官时曾因反对跟金人议和，被秦桧罢官，直到秦桧死后才重回朝廷。曾几有《茶山集》，收于《四库总目·集部》。

曾几的学生陆游跟着他学诗，思想上受他的影响很深。陆游（1125—1210）字务观，出身于世宦之家，一出生就没赶上太平日子。两岁时，金人攻占了汴京，他随爹爹辗转逃回家乡山阴。一路上兵荒马乱，小小年纪，他已饱尝了战乱之苦。陆游的爹爹是主战派，家中往来的亲友也都力主抗金，渐渐长大的陆游受着家庭氛围的熏陶，爱国思想在他心中深深扎了根。

陆游

陆游二十九岁那年到临安参加省试，刚好跟主和派魁首秦桧的孙子秦埙（xūn）同场。主考官主持公道，把陆游取为第一，压过了秦埙。秦桧大为恼火，殿试时，干脆把陆游刷掉了。直到秦桧死后，陆游才得以出头。

绍兴三十二年（1162 年），孝宗赵昚（shèn）即位，起用抗金老将张浚，想要恢复中原。陆游是积极的支持者。可是宋军出师不利，主和派又抬了头。陆游也因“鼓动用兵”而被罢官，回家赋闲。直到四年以后，他才得了个夔（Kuí）州通判的职务，带着家眷沿江而上，千里迢迢到四川去赴任。他把一路的见闻逐日记录下来，写成《入蜀记》六卷。

在夔州，陆游忧虑国事，又无从用力，有说不出的苦闷。三年后，他加入主战派王炎的幕府，来到抗金前线南郑，这让他无比兴奋！他积极献计献策，骑马四处踏看，最远到过大散关。他还亲自披甲，参加了追击敌人的战斗。——可就在这时，朝廷一道命令，王炎被调回临安，一切反攻计划全都化作泡影。

此后陆游先后在川中几处代理地方官，又到四川制置使范成大的幕府做了参议官。范成大把陆游当朋友待，两人常在一起饮酒赋诗。有人看不惯，说陆游不拘小节，太狂放了。陆游听了，索性自号“放翁”，每天出入歌楼酒馆，饮酒赋诗、斗鸡射雉——其实他何尝一日忘记过恢复中原？陆游在四川度过八个年头，他把这一时期的诗集为《剑南诗稿》——“剑南”指剑门关以南，常作川蜀的代称。

陆游七十七岁那年，主战派再度北伐，召陆游到临安去。但北伐很快失败，陆游的愿望再度落空！九年后，八十六岁的诗人满怀悲愤离开人世，临终前，他写下那首有名的《示儿》诗：

死去元知万事空，但悲不见九州同。王师北定中原日，家祭无忘告乃翁。

◎元：原。九州同：指华夏统一。◎王师：指宋朝官军。乃翁：你们的父亲。

这是陆游留给儿孙的遗嘱，里面没提一句家事，只是要孩子们在王师平定中原时，别忘了祭告他们的父亲。——国家不统一，他死不瞑目啊！这是和着血泪的诗篇，虽只短短四句，却饱含着诗人的爱国热情和深深遗恨！

铁马秋风大散关

检点陆游的文学作品，诗的成就最高，数量也很可观，各种体裁都有。有一首《关山月》，用的是汉乐府旧题：

和戎诏下十五年，将军不战空临边。朱门沉沉按歌舞，厩马肥死弓断弦。戍楼刁斗催落月，三十从军今白发。笛里谁知壮士心，沙头空照征人骨。中原干戈古亦闻，岂有逆胡传子孙？遗民忍死望恢复，几处今宵垂泪痕！

◎和戎诏：指隆兴元年（1163年）宋孝宗与金国议和的诏书。◎按歌舞：演奏歌舞。◎刁斗：军中器具，白天当锅子，夜间用来打更。◎征人骨：出征战士的尸骨。◎逆胡：对金人的蔑称。◎遗民：亡国之民，这里指金人统治下的原汉地百姓。

自从朝廷与金人议和，十五年过去了。将军只知歌舞升平、醉生梦死，战马肥死在厩中，兵器也都朽坏了。壮士空怀报国之志，又有谁能理解？那些戍边而死的，更是白丢了性命。——自古中原也有战乱，可是听任外族长期盘踞、传宗接代的，还真是少有！中原的遗民在死亡线上眼巴巴盼着光复，今夜不知又有多少人在伤心落泪呢！

诗中善用对比，把将军、朝臣的所作所为跟壮士、遗民的激愤痛苦放到一块比较，诗人的立场情感，再清楚不过。

再看一首七律《书愤》，应是晚年诗作：

早岁哪知世事艰，中原北望气如山。楼船夜雪瓜洲渡，铁马秋风大散关。塞上长城空自许，镜中衰鬓已先斑。出师一表真名世，千载谁堪伯仲间。

◎中原北望：这里是北望中原的倒装。◎瓜洲渡：在长江边，与镇江相对，为宋金前线。大散关：在陕西宝鸡西南，也是宋金前线。◎长城：《南史》记载，南朝宋文帝杀大将檀道济，檀临死前愤怒地说：你这是自毁长城呀！后人常以长城喻大将。自许：自我称许。◎“出师”二句：意为千年以来，有谁能跟坚持北伐的诸葛亮相比？出师一表，诸葛亮《出师表》。名世，名传后世。伯仲，原指兄弟次序，这里指难分高下。

诗人回想起壮年时的雄心，自嘲说：那时年轻，把北伐看得太容易了！诗人追忆起宋军与金人在“瓜洲渡”“大散关”的战斗，后者是他亲历过的。诗人感慨道：从前曾自命“塞上长城”，可如今事业无成，镜子里头发倒先白了。但他并不灰心，他佩服“鞠躬尽瘁，死而后已”的诸葛亮，诗的最后一句是说：千年以来，又有谁能跟诸葛亮相比呢？——说是“千载”，其实是感叹眼下无人啊。

真的没有可用之人吗？是朝廷无心抗敌、有人不用啊！他在《夜读范至能〈揽辔录〉言中原父老见使者多挥涕感其事作绝句》中写道：

公卿有党排宗泽，帷幄无人用岳飞。遗老不应知此恨，亦逢汉节解沾衣。

◎范至能即范成大，他曾出使金国，撰有日记《揽辔录》。◎有党：结成朋党。宗泽：两宋之际力主抗金的士大夫。帷幄：军帐。◎汉节：这里代汉使，也就是范成大。节，使者所持的节杖。解：理解，知道。沾衣：痛哭流泪，沾湿衣裳。

范成大在《揽辔录》中记述自己出使金国，北方遗民相见流泪的情景。陆游因而感慨：当年朝廷上的主和派结为私党，排斥主战大臣宗泽，并杀害抗金将领岳飞。北方的百姓哪里了解这些内幕呢？他们流泪面对南宋使者，只盼着宋朝军队快点打过来！

陆游始终不忘中原的“遗民”同胞，《秋夜将晓，出篱门迎凉有感》《十一月四日风雨大作》（文摘一六）等诗，便都是蘸着血泪写下的诗篇。

山行疑无路，骑马客京华

陆游一生几次赋闲，在他的诗集里，描写乡村生活的诗也有不少。有一首七律《游山西村》，记录了陆游与农民交往的生动画面：

莫笑农家腊酒浑，丰年留客足鸡豚。山重水复疑无路，柳暗花明又一村。箫鼓追随春社近，衣冠简朴古风存。从今若许闲乘月，拄杖无时夜叩门。

◎腊酒：腊月酿制的米酒。足鸡豚：鸡豚丰足，这里指待客的菜肴很丰富。豚（tún），小猪。◎“箫鼓”二句：社日将近，村民演习箫管鼓乐，穿着古代式样的服装，准备祭祀活动。春社，立春后第五个戊日，农家在这一天祭祀土地神，祈求丰年。

农家的宴席鸡豚丰足，尽管自酿的水酒有些浑浊，但主人待客的热情却没的说。闲暇时，诗人游走于山水之间，欣赏着乡俗的热闹、民风的淳朴。他自我安慰说：今后若总能趁着月色走走，随时叩门跟农民聊聊天，倒也惬意！——“山重水复疑无路，柳暗花明又一村”一联，既是写水乡景致，也是写人生经验，内中哲理，耐人寻味。

另有一首《山村经行因施药》中，写诗人与村民关系融洽，常为乡亲无偿诊病，还自搭药饵。为了表达感激之情，乡亲用“陆”给新生儿命名。

抗敌的愿望不能实现，无论生活在农村还是城市，陆游的心情总是郁闷的。七律《临安春雨初霁》是诗人将赴严州做官，到临安等候召见时所写：

世味年来薄似纱，谁令骑马客京华。小楼一夜听春雨，深巷明朝卖杏花。矮纸斜行闲作草，晴窗细乳戏分茶。素衣莫起风尘叹，犹及清明可到家。

◎霁（jì）：雨雪初晴。◎世味：人情世态的况味。客：作客，客居。◎矮纸：短小的纸张。草：草书。细乳：茶中的精品。分茶：宋元时一种煎茶的方式。◎“素衣”二句：晋人陆机诗有“京洛多风尘，素衣化为缁”（《为顾彦先赠妇》）句，意谓京城多污秽，白衣服被染黑了。陆游借此表达归隐之意。

马上要赴任做官，诗人却提不起兴致。他甚至质疑自己：我来京华究竟是为啥？漫长的等待，只好靠写字、品茶打发光阴。诗人在京城见到的，无非是官场的浑浊、人情的浇薄，他不愿受污染，恨不得马上逃回家乡去。——“小楼一夜听春雨，深巷明朝卖杏花”一联广为流传，据说连孝宗皇帝听了，也称赏不已呢！

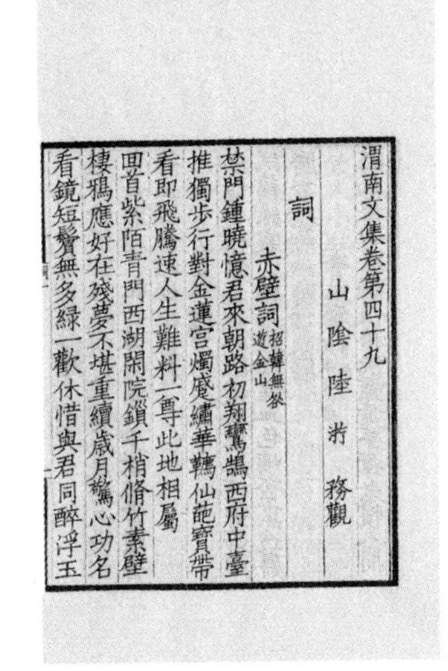
渭南文集卷第四十九
山陰 陸 游 務觀
詞
赤壁詞 招韓無咎遊金山
禁門鍾曉憶君來朝路初翔鸞鵠西府中臺
推獨步行對金蓮宮燭蹙繡華韉仙葩寶帶
看即飛騰速人生難料一尊此地相屬
回首紫陌青門西湖閑院鎖千梢脩竹素壁
棲鴉應好在殘夢不堪重續歲月驚心功名
看鏡短鬢無多綠一歡休惜與君同醉浮玉

陆游《渭南集》书影

陆游一生留下九千多首诗，这还不包括自编诗集时删去的大量早年旧作。人们称他“小太白”，又说他的诗“可称诗史”，把他比作杜甫。

陆游给儿子传授作诗的诀窍说：“汝果欲学诗，工夫在诗外。”意思是：要作出好诗来，得在生活中多下功夫。他还对另一个儿子说：“纸上得来终觉浅，绝知此事要躬行。”从书本上学来的东西总觉得不深刻，得身体力行才成！陆游自己就是在南郑军旅生活中，体会到“诗之三昧”！

男儿有泪不轻弹

陆游的词也是第一流的。有一首《卜算子·咏梅》，借咏赞梅花，抒发自己的孤高情怀：

驿外断桥边，寂寞开无主。已是黄昏独自愁，更著风和雨。　　无意苦争春，一任群芳妒。零落成泥碾作尘，只有香如故！

◎驿：指驿站，古代公家设的招待所。◎群芳：百花，这里暗喻小人。

上片写梅花绽放的恶劣环境，下片写梅花的精神，喻示词人光明磊落，不惧群小猜忌排挤，哪怕粉身碎骨，也要把馨香之气留在人间！

陆游词中，也有记录军旅生活的作品，如《秋波媚·七月十六日晚登高兴亭望长安南山》、《诉衷情·当年万里觅封侯》（文摘一六）等。

陆游词中有一首《钗头凤》，是写给前妻唐婉的。陆游二十岁时与表妹唐婉结为夫妻，后因陆母从中作梗，陆游不得不与唐婉分手。七八年后，陆游到沈园游玩，偶遇唐婉，此刻两人都各自成家。唐婉让人送酒给陆游，陆游心中感伤，乘酒兴在园壁上题写了那首有名的《钗头凤》：

红酥手，黄縢酒，满城春色宫墙柳。东风恶，欢情薄，一怀愁绪，几年离索，错错错！　　春如旧，人空瘦，泪痕红浥鲛绡透。桃花落，闲池阁，山盟虽在，锦书难托，莫莫莫！

◎红酥手：这里形容女性红润白嫩的手。黄縢酒：即黄封酒。宋时官酿酒以黄纸或黄罗绢封口，故名。縢，缄封。◎离索：离散。◎“泪痕”句：泪水沾着胭脂，湿透了手帕。鲛绡，一种薄纱。◎山盟：男女间的爱情盟誓。锦书难托：书信难寄。莫莫莫：绝望悔恨之词。

一双熟悉的素手，一杯黄縢美酒，勾起词人满怀愁绪，仿佛春天的景色也变得惨淡了。多年后想来，那离异的决定真是错上加错！春天还是当年的春天，人却因哀伤而瘦损得不成样子。当年的山盟海誓仍记忆犹新，可眼下一信难通，罢了，罢了，还提它做什么！

感情真挚丰富正是陆游的最大特点。他有足够的爱：爱亲人，爱家园，爱宋、金统治下的广大同胞，爱河山大好的祖国！他无愧于“爱国诗人”的伟大称号！

陆游留下诗文集《剑南诗稿》《渭南文集》。宋人罗椅、刘辰翁等还选有《放翁诗选》。另有《放翁词》一卷，收在《四库总目·集部》“词曲类”中。

今日沈园

中兴诗人，诚斋、石湖

北宋灭亡前后的一两年间，有四位诗人诞生：除了陆游，还有杨万里、范成大和尤袤（mào），人称“中兴四大诗人”。他们差不多没吃过北宋的饭，是名符其实的南宋诗人。

四人中陆游名气最大、成就最高。尤袤（1127—1194）呢，诗和文都很平常。杨万里、范成大则各有特色。

杨万里（1127—1206）字廷秀，号诚斋。他作诗初学江西诗派，后学王安石，又转而学晚唐诗人。但学来学去，总不顺手。有一天，他突然明白了：学古人是没有出路的。于是他把上千首旧作统统烧掉，开始了无拘无束、自由自在的创作。

他自创“活法”，善于抓住转瞬即逝的情景思绪，把别人不注意的事物随意写进诗里，作诗变成挺容易、挺有趣儿的事。像这首《小池》，便是信手拈来的园林小景：

> 泉眼无声惜细流，树阴照水爱晴柔。小荷才露尖尖角，早有蜻蜓立上头。

夏日浓荫下，清泉静静地淌入池塘。池中的新荷打着卷，将舒未舒。一只蜻蜓，正在那尖尖的叶卷上歇脚……这如同一幅画，静谧中蕴含着灵动。——类似的小诗，还有《闲居初夏午睡起》、《晓出净慈寺送林子方》（文摘一六）等。

杨万里笔下还有一些深含哲理的诗，像这首《桂源铺》：

万山不许一溪奔，拦得溪声日夜喧。到得前头山脚尽，堂堂溪水出前村。

◎桂源铺：地名，在今江西赣州。

这里讲的是自然现象，用的却是拟人手法。——其实社会的发展规律又何尝不是如此？封建统治者倒行逆施，试图阻挡时代的潮流，徒然激起“溪声日夜喧”。可“堂堂溪水出前村”的大势，又怎能阻挡得了？

杨万里一生写过两万首诗。他扭转了江西诗派那一味模仿的坏作风，只用明白生动的语言，描画自己眼中见到的一切。他开创了一种新鲜活泼的诗体——“诚斋体”，足以在文学史上描上一笔！诗人有《诚斋集》传世。

范成大（1126—1193）字至能，官做得很大，曾身为副相，并一度充任南宋特使，到北方跟金人谈判。由于他沉着应付，维护了朝廷的面子。这次出使，他还写了一卷日记《揽辔录》以及七十二首纪事诗。其中《州桥》记述了诗人在汴梁时的见闻：

州桥南北是天街，父老年年等驾回。忍泪失声询使者：“几时真有六军来？”

◎州桥：天汉州桥，位于汴京汴河上，是通往皇宫的必由之道。天街：京城的御道。驾：皇帝御驾。◎六军：皇帝的禁卫军，代指宋军。

金人占据中原后，北方的父老年年盼着宋军光复失地。南宋使者在昔日的皇宫前遇见父老百姓，他们含泪询问：大宋军队几时真的能打回来？一个“真”字，把父老们一回回盼望又失望的悲酸全都包含在内了。——陆游就是读了此诗，写下那首“亦逢汉节解沾衣”的绝句。

范成大同情百姓的疾苦，在《夜坐有感》中写道：

静夜家家闭户眠，满城风雨骤寒天。号呼卖卜谁家子，想欠明朝籴米钱。

◎卖卜：靠给人算卦谋生。“想欠”句：想来是因缺少明天的买米钱。籴（dí），买米。

范成大身为高官，自然是衣食无忧。不过他常能注意到墙外百姓啼疾号寒的声音，以诗来寄托同情，十分难得。

范成大祠

范成大晚年多病，五十八岁起隐居石湖，在那儿建了一座别墅，自号石湖居士。他往来乡间，熟悉那里的风土人情，写了六十首七言绝句，起个总名儿叫《四时田园杂兴》。且看这一首：

昼出耘田夜绩麻，村庄儿女各当家。童孙未解供耕织，也傍桑阴学种瓜。

◎耘田：给秧苗松土除草。绩麻：纺麻成线。当家：承担家庭责任。◎未解：不懂。供：主动参与。

乡村终年无闲人，连儿童也都耳濡目染，学着干些简单的农活。四句诗写出农民的忙碌辛苦，透出对农民的理解，甚至还有一点羡慕呢。

此外，像“采菱辛苦废犁锄”（文摘一六）、“垂成穑事苦艰难”等篇，都是写农夫负担沉重、劳作辛苦的，诗中寄寓了诗人对农夫的深深同情。——范成大是田园诗的集大成者，后人提到田园诗，常拿他跟陶渊明相提并论。

范成大的诗歌，都收在《石湖诗集》中。他另有《石湖词》《揽辔录》《骖鸾录》《吴船录》等传世。

【文摘一六】

永遇乐 李清照

落日镕金，暮云合璧，人在何处。染柳烟浓，吹梅笛怨，春意知几许。元宵佳节，融和天气，次第岂无风雨？来相召、香车宝马，谢他酒朋诗侣。　中州盛日，闺门多暇，记得偏重三五。铺翠冠儿，捻金雪柳，簇带争济楚。如今憔悴，风鬟霜鬓，怕见夜间出去。不如向、帘儿底下，听人笑语。

◎此词为李清照晚年所填，写在南方过元宵节，因联想到北宋京城的佳节盛况，两相映衬，抒发了国破家亡、孤独寂寞的身世之悲。◎落日镕金：夕阳灿烂，如同正在熔化的金子。暮云合璧：晚云合拢成片，如同美玉。人在何处：这里承前句，有景色美好、人事已非的意思。◎吹梅笛怨：笛子吹出哀怨的曲调。古代笛曲有《梅花落》。◎次第：接着，转眼。◎“来相召”三句：谓有朋友来邀请，被自己婉拒。谢，辞谢。◎中州：河南称中州，这里指汴京。盛日：指未沦陷时。闺门多暇：闺中女子闲暇多。三五：元宵节。◎铺翠冠儿：用翠鸟羽毛装饰的发冠。捻金雪柳：一种宋代妇女在元宵节佩戴的头饰，用丝绸或金纸扎成。簇带：这里指满头插戴。济楚：整齐，美观。◎风鬟霜鬓：头发散乱，不加修饰貌。怕见：懒得。

秋夜将晓，出篱门迎凉有感（二选一） 陆游

三万里河东入海，五千仞岳上摩天。遗民泪尽胡尘里，南望王师又一年。

◎三万里河：指黄河。五千仞岳：指西岳华山。摩天：挨着天。

十一月四日风雨大作 陆游

僵卧孤村不自哀，尚思为国戍轮台。夜阑卧听风吹雨，铁马冰河入梦来！

◎戍轮台：到轮台去戍卫。轮台本为汉代西域地名，此处代指宋代北方边境。◎夜阑：夜将尽。

诉衷情 陆游

当年万里觅封侯，匹马戍梁州。关河梦断何处，尘暗旧貂裘！　　胡未灭，鬓先秋，泪空流。此生谁料，心在天山，身老沧洲。

◎梁州：在今陕西、四川一带。这里指词人曾到的南郑前线。◎关河：边关。“尘暗句”：感伤战袍尘封，抗金斗争已成往事。◎鬓先秋：意谓人先老了。◎天山：在今新疆，这里借指抗金前线。沧洲：水边，隐者所居之处。

晓出净慈寺送林子方 杨万里

毕竟西湖六月中，风光不与四时同。接天莲叶无穷碧，映日荷花别样红。

◎净慈寺：在杭州西湖南岸。◎别样红：红得与众不同。

四时田园杂兴（六十选一） 范成大

采菱辛苦废犁锄，血指流丹鬼质枯。无力买田聊种水，近来湖面亦收租。

◎菱：一种水中植物，果实称菱角。“血指”句：是说采菱采到手指流血，人也瘦得不成样子。流丹，流血。鬼质枯，身体枯槁如鬼。◎“无力”二句：是说因为没钱买地，所以靠采摘水中菱角为生，不想近来官家对水面也要收租了。

英雄词人辛弃疾

南宋一朝力主抗金的文学家，还有辛弃疾。他比陆游小十五岁，两人志趣相投，陆游还有长诗写给辛弃疾。

辛弃疾（1140—1207）字幼安，号稼轩，出生在山东济南一个世宦之家。他出生时，家乡已经被金人占据十多年了。他爹死得早，是爷爷把他养大的。爷爷心向南宋，辛弃疾在爷爷的教导下，从小就立下恢复中原的志向。

辛弃疾

辛弃疾二十二岁那年，金主完颜亮大举南侵，内部空虚，北方民众纷纷起义。辛弃疾也聚集了两千多人，投奔了耿京率领的抗金义军，在军中

"掌书记"（从事文书工作）。义军中有个叫义端的和尚，偷了耿京的大印逃往金营。辛弃疾听到消息，上马追赶，半道赶上义端，夺回大印，杀掉叛徒！

辛弃疾劝耿京归顺南宋，并亲自过江接洽，还受到高宗的接见。可是当他赶回山东时，发现耿京已被部下杀害，人头也被献给金人。辛弃疾立刻率五十名骑兵冲入金营，抓住叛徒，马不停蹄跑了几个昼夜，把叛徒带回建康，献给高宗杀掉了。跟辛弃疾一同归来的义军有一万多人。

然而朝廷并不信任辛弃疾，只给他安排了个江阴签判的差使。他一次次上书，提出抗金的主张和建议，却没人重视。不过朝廷还是认可辛弃疾的军事才能，常派他去解决难题。他曾到江西救灾，又被派往湖南做官。他组建了一支英勇善战的"飞虎军"——金人一见"虎儿军"的旗号就胆战心惊！

南宋王朝无心收复失地，辛弃疾也早早做了退隐的准备。他在信州上饶城外建了一座庄园，叫"带湖新居"。园内筑有"稼轩"，意思是弃兵务农，学种庄稼。——这也成为辛弃疾的别号。不久辛弃疾遭人弹劾，真的住进了稼轩，一住就是二十年。中间除了有两年被任命为福建路安抚使外，他一直过着赋闲生活。

韩侂胄鼓吹北伐，重新起用辛弃疾，两年后，又派他做镇江知府。他在任上赶制军装、招募士兵，积极做北伐的准备。然而韩侂胄并不想重用他，不久他被免职。

北伐一开始，便告失败。金人提出讲和的条件：要韩侂胄的人头！韩侂胄大怒，再度对金用兵，想请辛弃疾再度出山，可诏命传到之日，辛弃疾已重病不起。就在开禧三年（1207年）九月，辛弃疾怀着一腔忧愤离开了人世。这年他六十八岁。

倩何人揾英雄泪

陆游以诗见长，辛弃疾则以词闻名。在辛弃疾笔下，词又拓展出新境界。有一首《水龙吟·登建康赏心亭》，是词人三十几岁时所写：

楚天千里清秋，水随天去秋无际。遥岑远目，献愁供恨，玉簪螺髻。落日楼头，断鸿声里，江南游子。把吴钩看了，栏杆拍遍，无人会，登临意。　休说鲈鱼堪脍，尽西风，季鹰归未？求田问舍，怕应羞见，刘郎才气。可惜流年，忧愁风雨，树犹如此！倩何人，唤取红巾翠袖，揾英雄泪！

◎建康：今江苏南京。赏心亭：在建康水门城上。◎遥岑：远山。玉簪螺髻：这里形容远山像由玉簪绾起的螺状的发髻。◎断鸿：失群哀鸣的孤雁。吴钩：一种弯刀。无人会：无人领会、理解。◎“鲈鱼”三句：西晋张翰字季鹰，在洛阳做官，秋风起时想起家乡的鲈鱼脍美味，毅然辞官还乡。这里用问话语气，表达欲辞官而未能。尽西风，西风刮过了。◎“求田”三句：东汉末年，许汜拜见陈登，谈话间净说些买地买房（“求田问舍”）的事，让陈登看不起。刘备事后听说，也对许汜表示鄙夷。辛弃疾因见朝廷不肯重用，预先修建带湖新居，故有“求田问舍”的说法。刘郎，刘备。才气，胸怀。◎流年：飞逝的年华。树犹如此：东晋大将军桓温北征路过金城，见自己从前种的树已长大，感叹说：“木犹如此，人何以堪！”◎倩（qìng）：请。红巾翠袖：借指歌女。搵（wèn）：擦拭。

以往词人写愁，多半是为爱情或羁旅所烦恼。辛弃疾所抒发的，却是报国无门、壮志难酬的苦闷，因而别有一种气度！——词人登楼远望，北方河山虽好，却为金人霸占，徒然“献愁供恨”。自己空怀壮志，但英雄无用武之地，愁上心头，也只有把“栏杆拍遍”，抒发愤懑了！

下片接连用典，说自己有心辞官，但始终犹豫；一味“求田问舍”，又怕被古人笑话。——这里话中有话：若朝廷肯重用我，我又何尝有闲暇经营个人的小天地呢？接下来词人又感叹光阴易逝，岁月催人。正值国家多难，自己却无所作为，思及此，不禁流下英雄的热泪！——英雄痛哭也与众不同，要“唤取红巾翠袖”来拭泪，这种格调，是辛词独有的。

辛词中还有多首登临眺望题材的，如《菩萨蛮·书江西造口壁》（文摘一七），那是他在江西游览赣州郁孤台所填。当年金人追赶北宋隆祐太后至此，因而词人说“郁孤台下清江水，中间多少行人泪”。

他还先后两次登临镇江的北固亭，写下《永遇乐·京口北固亭怀古》、《南乡子·登京口北固亭有怀》（文摘一七），追怀历史上在这里称雄的孙权、刘裕，感叹兵败于此的宋文帝刘义隆，同时抒发了自己老而弥坚的壮心。

辛弃疾不光有恢复中原的志向，还曾亲自参加抗金战斗。他在词作中回顾那段骄人的经历，伴随着壮志难酬的失落。看看这首《鹧鸪天》：

壮岁旌旗拥万夫，锦襜突骑渡江初。燕兵夜娖银胡𩍐，汉箭朝飞金仆姑。　追往事，叹今吾，春风不染白髭须。却将万字平戎策，换得东家种树书。

◎词的小序说："有客慨然谈功名，因追念少年时事，戏作。"◎壮岁：少壮时。锦襜（chān）突骑（jì）：身穿锦衣的精锐骑兵。◎"燕兵"二句：金兵夜间握着箭筒备战，宋军拂晓射箭进攻。娖（chuò），握。银胡𩍐（lù），镶银的箭筒。金仆姑，箭名。◎叹今吾：为今天的我而叹息。◎平戎策：平定金人的策略。辛氏早年曾献《美芹十论》。种树书：农艺书。

有个客人慷慨激昂，大谈功名，触动了辛弃疾的心思，填下这首词。词中追忆当年的战场厮杀，"壮岁旌旗拥万夫"并非夸张之语，年轻的辛弃疾确曾率领万名义军战士渡江南归。——可如今怎样？自己年齿渐长，得不到朝廷任用，那洋洋万言的"平戎"策论，也只好拿去向邻家换一本农艺书了！

另一首《破阵子·醉里挑灯看剑》（文摘一七），从醉酒看剑，写到梦回军营。词人在梦中驰骋沙场，奋勇杀敌，何等痛快！——可惜梦醒了，现实却是壮志难酬，白发已生，留给词人的，只有深深的无奈！

衣冠送壮士，灯火觅知音

有朋友到外地做官，乘舟离开，辛弃疾写了《鹧鸪天·送人》送行。他提醒朋友，江上的风浪算不了什么，宦海风波才是真正的“行路难”！

另一首送别之作，是词人为族弟辛茂嘉所作。茂嘉因事贬官，词人临别送他这首《贺新郎·送茂嘉十二弟》：

绿树听鹈鴂。更那堪、鹧鸪声住，杜鹃声切！啼到春归无寻处，苦恨芳菲都歇。算未抵人间离别。马上琵琶关塞黑，更长门翠辇辞金阙。看燕燕，送归妾。　将军百战身名裂。向河梁、回头万里，故人长绝。易水萧萧西风冷，满座衣冠似雪，正壮士悲歌未彻。啼鸟还知如许恨，料不啼清泪长啼血。谁共我，醉明月？

◎鹈鴂（tíjué）、鹧鸪、杜鹃：这三种鸟的鸣叫声都很悲切。◎“啼到”二句：是说三种鸟要啼到春天结束，可叹那时香花全都凋谢。芳菲，香花。◎“算未抵”句：算来都抵不上人间离别的悲苦。◎“马上”二句：这里举两个离别之苦的典故，王昭君在马上弹着琵琶去塞外和亲；汉武帝陈皇后失宠被打入冷宫。长门，冷宫名。翠辇，用翠羽装饰的宫车。◎“看燕燕”二句：用《诗经·燕燕》写卫君泣送妹妹远嫁的典故。◎“将军”四句：用汉代李陵与苏武告别的典故，李陵写过“携手上河梁”的诗句。◎“易水”三句：用燕太子丹易水送荆轲的典故。◎如许恨：这许多恨事。长啼血：这里用杜鹃啼血典故。

词开篇从三种鸟的悲啼声说起，然而比起人间的离别之苦，鸟的悲苦又算得了什么？词人一口气列举了昭君出塞、陈皇后被黜、卫君嫁妹、李陵别苏武、荆轲歌易水等离别之典，说鸟儿若了解这些人间悲苦，恐怕要啼出血来了！——词尾的“谁共我，醉明月”是感叹族弟走后，知音难觅。

辛弃疾填词喜用典故，这首词几乎句句用典，却又衔接自然，融合无间，营造了一种悲壮苍凉的氛围，前人评价：“古今无此笔力！”（陈廷焯《白雨斋词话》）

辛词并不总是激昂慷慨，辛弃疾曲高和寡，常常感到孤独寂寞。每当这时，他的词也染上凄凉悲伤的色彩。一次，他在带湖附近的一座草庵独宿，夜半醒来，写下了这首《清平乐》：

绕床饥鼠，蝙蝠翻灯舞。屋上松风吹急雨，破纸窗间自语。　　平生塞北江南，归来华发苍颜。布被秋宵梦觉，眼前万里江山。

◎此有小序：“独宿博山王氏庵。”

饥饿的老鼠绕床乱跑，蝙蝠围着孤灯上下翻飞。屋顶上，松间的风挟着急雨阵阵袭来，破窗纸被风吹响，像是自言自语！——词的上片渲染了极为凄凉的气氛。

下片写中宵醒来的思绪和感慨：塞北江南奔忙半生，如今免官归来，已是须发花白、容颜苍老。当这深秋之夜，一觉醒来，倍觉江山的可爱。——然而这万里江山，有一半还在金人手中呢！

辛词中也有不少乡村题材的小词，充满生活的情趣，如《清平乐·村居》《西江月·夜行黄沙道中》（文摘一七），都为人熟知。

辛弃疾身为将军，并非一味“粗豪”。他情感细腻，哲思敏锐。有《青玉案·元夕》一首，写元宵节所见所感：

东风夜放花千树，更吹落、星如雨。宝马雕车香满路，凤箫声动，玉壶光转，一夜鱼龙舞。　蛾儿雪柳黄金缕，笑语盈盈暗香去。众里寻他千百度，蓦然回首，那人却在、灯火阑珊处。

◎元夕：正月十五，古称上元节。◎花千树：形容灯火灿烂，如同千树花开。星如雨：形容满天焰火。◎凤箫：相传萧史弄玉吹箫，引来凤凰，故称。玉壶：这里指月亮。鱼龙舞：舞弄鱼灯、龙灯。◎蛾儿：闹蛾。雪柳黄金缕：见李清照《永遇乐》之“捻金雪柳”注释。◎蓦然：猛然，忽然。阑珊：零落。

满城灯火，像是春风催开了千树繁花；一天焰火，又像是被风吹落的星雨。贵家妇女也来看灯，一路车马华丽，香风拂拂。动听的管弦、皎洁的明月、通宵达旦的鱼龙灯舞，构成有声有色的元夕动画……

下片的“镜头”中出现一位可爱的女性：她头上插戴着闹蛾、雪柳，笑语含情，香气隐约，转眼却不知去向。词人在人群中寻觅，几乎已经绝望。猛然回头，惊喜地发现，那位遍寻不见的女子，正在灯火稀疏处！

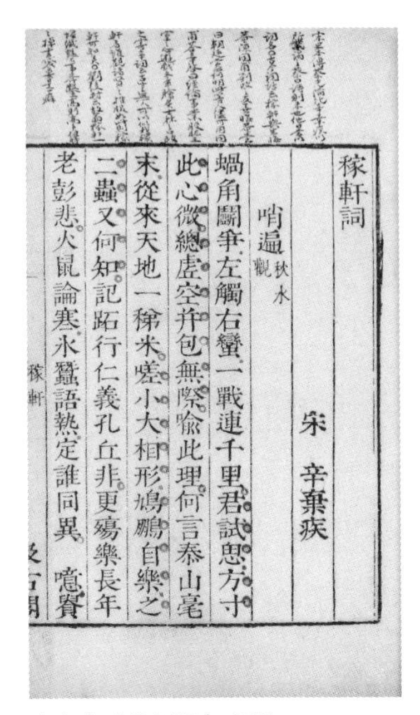

稼軒詞

宋 辛棄疾

哨遍 秋水觀

蝸角鬭爭左觸右蠻一戰連千里君試思方寸此心微總虛空并包無際喻此理何言泰山毫末從來天地一稊米嗟小大相形鳩鵬自樂之二蟲又何知記跖行仁義孔丘非更殤樂長年老彭悲火鼠論寒冰蠶語熱定誰同異噫貧

辛弃疾《稼轩词》书影

词人真的在元宵之夜遇到了一见倾心的女子吗？还是像有的学者所说，这位独来独往、不肯凑热闹的女子，是词人自喻？（梁启超：“自怜幽独，伤心人自有怀抱。”）无论怎样，词的末三句，留下不尽余味。——近代学者王国维借这几句来比喻读书治学的一种境界，可谓独具只眼。

辛弃疾雄韬伟略，有将相之才。可惜南宋小朝廷一心苟安，不肯委以重任。他“投闲置散”二十年，把全部精力投入到词的创作上，借以抒发豪情，宣泄悲愤，表达爱国之情。辛词继承了东坡词的豪放风格，两人并称“苏辛”。

不过跟苏词相比，辛词所反映的社会内容更广阔，风格也更多样；词中显示出奔放、豪爽的英雄本色，有着特殊的感染力。——在中国诗坛上，像辛弃疾这样英雄式的词章，还真的不多见。

辛弃疾有词集《稼轩词》，收词六百多首。今人据此整理为《稼轩长短句》。《四库总目·集部》“别集存目”中尚有《蕊阁集》一卷，也题“辛弃疾撰”。

几位豪放派词人

比辛弃疾早生几年的张孝祥（约 1132—1169）字安国，别号于湖居士，也是一位主战派词人。他的词作，同样浸染着悲愤的情绪。有一首《六州歌头·长淮望断》，内中有"闻道中原遗老，常南望、羽葆霓旌。使行人到此，忠愤气填膺，有泪如倾"（羽葆霓旌：皇帝的仪仗。行人：指南宋使者）等语。——这样的场景，在范成大、陆游、辛弃疾的诗词中，也都出现过。

张孝祥才情很高，填词从不打底稿，兴致一来，挥笔立成。相传这首词是他在一次宴会上即席所填，统领江淮兵马的大将张浚听了，难受得酒也喝不下，中途就退席而去。张孝祥有《于湖居士文集》和《于湖词》。

另有几位同时代词人，因词风受辛词影响，也被归入辛派词人中。如陈亮、刘过等。陈亮（1143—1194）字同甫，辛弃疾那首"醉里挑灯看剑"就是写给他的。陈亮一生喜欢谈兵，曾上书谈国事，却不受重视。他五十一岁参加礼部试，高中状元。他给皇帝写诗谢恩，有一联是"复仇自是平生志，勿谓儒臣鬓发苍"。——他的词作，以那首《水调歌头·送章德茂大卿使虏》最有名：

不见南师久，谩说北群空。当场只手，毕竟还我万夫雄。自笑堂堂汉使，得似洋洋河水，依旧只流东。且复穹庐拜，会向藁街逢。　　尧之都、舜之壤、禹之封，于中应有，一个半个耻臣戎。万里腥膻如许，千古英灵安在，磅礴几时通？胡运何须问，赫日自当中。

◎章德茂：章森，以侍郎身份出使金国，行前，词人填词勉励他。◎“不见”二句：长久不见宋军北伐，别说宋朝没人了。谩说，休说。北群空，蓟北的马群没有骏马。语出韩愈《送温处士赴河阳军序》。◎“当场”二句：这里称颂使者章德茂是独当一面的英雄。只手，独力支撑的意思。◎“自笑”三句：是说章大使代表南宋，堂堂正正，如黄河之水浩浩东流。洋洋，水盛大貌。河水，黄河之水。◎“且复”二句：暂时向敌人低头，相信不久就会在京城的藁街见到对方（被俘斩首）。穹庐，游牧民族的帐篷。藁街，汉代长安外族使者的居住地，也是处死敌酋的地方。◎“尧之都”三句：这里指中原地区本是尧舜禹的故都。壤，土地。封，疆域。耻臣戎：耻于向金人称臣（的志士）。◎腥膻（shān）：腥臊之气。“磅礴”句：浩然正气什么时候才能压倒邪气而通于天地之间？◎“赫日”句：是说南宋国运如红日中天。赫，泛指红色。

词中称颂章大夫，说他是危难中只手撑天的英雄。又鼓励他：你此次出使，暂时向敌酋低头，我保证再见他们时，会是在京城献俘的刑场上！词人坚信：尧舜禹的故乡，总应有不愿受奴役的仁人志士在。他呼唤古代豪杰的英灵和长存人间的浩气，并鼓舞说：金人的好运就要完了，大宋的国运却如红日当空、前途无限！——词气豪迈，只是文采稍逊。陈亮有《龙川文集》及《龙川词》传世。

辛派词人刘过（1154—1206）字改之，也曾上书朝廷，力主恢复。因不受任用，他一度流浪江湖，曾为辛弃疾座上客。他的词学辛弃疾，词风豪放，充满激情。有一首《六州歌头·吊武穆鄂王忠烈庙》，热烈歌颂抗金名将岳飞，说："中兴诸将，谁是万人英？身草莽，人虽死，气填膺，尚如生！"（身草莽：是说岳飞出身平民。）

日后还有一位刘克庄（1187—1269），填词也学辛弃疾。代表词作有《沁园春·梦孚若》等。——刘克庄又是"江湖派"的重要诗人，后面还要提到。

【文摘一七】

菩萨蛮·书江西造口壁　辛弃疾

郁孤台下清江水，中间多少行人泪！西北望长安，可怜无数山。　　青山遮不住，毕竟东流去。江晚正愁余，山深闻鹧鸪。

◎造口：在今江西万安县西南，又名皂口，有皂口溪，在此流入赣江。◎郁孤台：在赣州西北的贺兰山顶。清江：赣江。行人泪：金人曾追赶北宋隆祐太后至此，"行人泪"似指此。◎愁余：令我忧愁。鹧鸪：鸟名，其叫声似"行不得也哥哥"。

南乡子·登京口北固亭有怀　辛弃疾

何处望神州？满眼风光北固楼。千古兴亡多少事，悠

悠，不尽长江滚滚流。　　年少万兜鍪，坐断东南战未休。天下英雄谁敌手，曹刘，生子当如孙仲谋。

◎京口：今江苏镇江。北固亭：在镇江北固山上，下临长江。◎兜鍪（móu）：头盔，这里借指将士。坐断：占据。◎“天下”三句：《三国志》载，曹操曾说“今天下英雄，唯使君（刘备）与操耳”；又，曹操见东吴水军雄壮，曾称赞说“生子当如孙仲谋”。

破阵子　辛弃疾

醉里挑灯看剑，梦回吹角连营。八百里分麾下炙，五十弦翻塞外声，沙场秋点兵。　　马作的卢飞快，弓如霹雳弦惊。了却君王天下事，赢得生前身后名，可怜白发生！

◎吹角连营：各军营吹起号角。◎“八百里”句：部队都分到烤肉。八百里，晋代王恺养了一头牛叫“八百里驳”。麾下，部下。炙（zhì），烤肉。“五十弦”句：乐器奏出塞外军歌。五十弦，指瑟，这里泛指乐器。◎的（dì）卢：良马名。霹雳：形容弓弦声。◎“了却”句：替君王实现收复中原、统一天下的愿望。

清平乐·村居　辛弃疾

茅檐低小，溪上青青草。醉里吴音相媚好，白发谁家

翁媪？　　大儿锄豆溪东，中儿正织鸡笼。最喜小儿无赖，溪头卧剥莲蓬。

◎“醉里”二句：不知谁家的老公公、老婆婆喝醉了，用柔媚动听的吴地方言在谈笑。媪（ǎo），老妇人。◎无赖：无聊，闲得慌。

西江月·夜行黄沙道中　辛弃疾

明月别枝惊鹊，清风半夜鸣蝉。稻花香里说丰年，听取蛙声一片。　　七八个星天外，两三点雨山前。旧时茆店社林边，路转溪桥忽见。

◎别枝：斜枝。◎“旧时”二句：倒装，是说沿路转过溪桥，就能见到土地祠树林边的小酒店了。茆，同“茅”。社，土地祠。

永嘉四灵与江湖派

南宋后期的诗坛上，“永嘉四灵”和“江湖派”也引人瞩目。——今天的浙江温州古称“永嘉”，宋末那里出了四位诗人：徐照（？—1211，字灵晖）、徐玑（1162—1214，号灵渊）、翁卷（生卒年不详，字灵舒）和赵师秀（1170—1219，号灵秀）。他们的字或号中，刚好都有个“灵”字，因以“四灵”称之。他们开创的诗派，称“江湖派”——因为这一派的成员大多是流落江湖的布衣诗人。

四灵反对江西诗派的文学主张，推崇晚唐诗人。诗歌成就虽不算高，但一些小诗在平淡自然中蕴含着生机，显得别具一格。翁卷的《乡村四月》和赵师秀的《约客》（文摘一八），都为人熟知。

前面说到，刘克庄也属江湖派，不过他的身份比较特殊，远离"江湖"，官做得很大，曾为龙图阁学士。他的诗受四灵的影响，但也有不少鞭挞现实的作品，如《戊辰书事》：

诗人安得有青衫，今岁和戎百万缣。从此西湖休插柳，剩栽桑树养吴蚕。

◎青衫：读书人穿的服装。缣（jiān）：一种丝织品。

南宋伐金失败，与金人媾和，年年向金人输送大量白银和细绢。诗人在诗里讽刺说，国家拿了百万匹丝缣去"和戎"，搞得诗人没有衣服穿；今后西湖不要再栽花插柳，还是多种桑树、养蚕缫丝为妙！——刘克庄有《后村集》传世。

婉约词人姜夔、吴文英

南宋后期的文坛上，婉约派词人占了上风。他们一味讲究辞藻声律，小心避开政治，作品不是描山画水，就是抒写个人愁苦。当时就有有识之士不满这种词风，说是"称斤注两"、一派"衰气"。

在婉约派词人中，姜夔（kuí）、吴文英是成就较高的两位，追随他俩的词人也有不少。

姜夔（1155—约1221）号白石道人，一生不曾做官，只往来于高官府邸，陪人家作诗填词，当个清客。——他的诗写得很好，诗名差不多赶上了“中兴四大诗人”。他与杨万里、范成大和尤袤都有交情，常有诗篇唱和。

有一首《除夜自石湖归苕溪》，便是他在范成大别墅做客后，于除夕之夜回家途中写的：

细草穿沙雪半销，吴宫烟冷水迢迢。梅花竹里无人见，一夜吹香过石桥。

◎穿沙：从沙中冒出。迢迢：遥远貌。

梅花让竹林遮住了，没人注意到。可梅花的清香却遮不住，随风飘过石桥，任谁也挡不住。这是多么美妙的夜晚！

姜夔的词更有名。且看那首《扬州慢》：

淮左名都，竹西佳处，解鞍少驻初程。过春风十里，尽荠麦青青。自胡马窥江去后，废池乔木，犹厌言兵。渐黄昏，清角吹寒，都在空城。　　杜郎俊赏，算而今、重到须惊。纵豆蔻词工，青楼梦好，难赋深情。二十四桥仍在，波心荡、冷月无声。念桥边红药，年年知为谁生。

◎淮左名都：扬州在宋代是淮南东路的治所，因称淮左名都。竹西：扬州城东繁华处所，杜牧《题扬州禅智寺》诗有“谁知竹西路，歌吹是扬州”句。初程：因词人初到扬州，故称。◎“过春风”二句：当年春风十里的繁华扬州，如今遍地是荠菜、野麦。◎“自胡马”三句：宋高宗建炎、绍兴年间，金人曾两次南侵，扬州遭到很大破坏，城池残破，人们厌谈战争。胡马窥江，指金人入侵。◎杜郎俊赏三句：尽管杜牧写过赞美扬州的诗篇，估计（见到眼下的景象）也难以表述难过之情。◎“豆蔻”“青楼”等语，都出自杜牧吟咏扬州的诗篇。◎二十四桥：见杜牧《寄扬州韩绰判官》诗注。◎“念桥边”二句：二十四桥又名红药桥，桥边盛产红芍药。

词前有小序，说到词人在淳熙丙申年（1176年）冬至日路经扬州，刚刚下过一场雪，遍野的荠菜、野麦，一派惨绿。——且慢，既然是冬天，为啥后面又说“春风十里”呢？原来，唐代杜牧有“春风十里扬州路”的诗句，“春风十里”在这里成为扬州的代称。然而战后的扬州几乎成为一座空城，黄昏时分，号角呜呜，让人冷到心里。若杜牧重来又会怎样？恐怕他那支写过“豆蔻梢头二月初”“十年一觉扬州梦”的妙笔，也难表此刻的心情吧！杜诗中的二十四桥还在，如今只有一轮冷月映在波心。桥边的红芍药仍在，但年复一年，又为谁开？

有人说，读姜夔的词，如同“雾里看花”，总像是隔着一层。有人却喜欢这种韵味。当时的范成大、杨万里、辛弃疾，就都欣赏他的词。

姜夔还有一首《点绛唇·丁未冬过吴松作》（文摘一八），写词人游太湖的见闻感想，内中“数峰清苦，商略黄昏雨”等句，写得最妙。

姜夔的诗词集，有《白石道人诗集》。另有《白石道人歌曲》，收在《四库总目·集部》“词曲类”中。

吴文英（约1200—1260）字君特，号梦窗，是继姜夔之后又一位婉约派大词家。他的经历也跟姜夔相近，以布衣身份往来于苏杭一带，一生未做官。

吴文英的词多爱借景抒情，有一首《风入松》，吟咏一段破灭的爱情：

听风听雨过清明，醉草《瘗花铭》。楼前绿暗分携路，一丝柳，一寸柔情。料峭春寒中酒，交加晓梦啼莺。　　西园日日扫林亭，依旧赏新晴。黄蜂频扑秋千索，有当时、纤手香凝。惆怅双鸳不到，幽阶一夜苔生。

◎瘗（yì）花：葬花。庾信有《瘗花铭》。◎分携：分手。◎中酒，因酒成病。“交加”句：黄莺乱鸣，惊醒晓梦。◎双鸳：成对鸳鸯，这里喻女子的双脚。

在清明的凄风苦雨里醉写《瘗花铭》，“瘗花”本身就有爱情完结的意象。楼前的绿荫也让人伤心，那儿正是分手之地啊。几杯淡酒，暖得了身，暖不了心。晓莺乱啼，吵醒的恰恰是团圆美梦吧？到园子里散散心，到处都惹人伤心：秋千周围蜂飞蝶舞，绳索上一定还留着心上人的手上余香呢；少了她的往来足迹，青苔悄悄爬上阶石……

相似的题材，还有《望江南·三月暮》（文摘一八），惜春

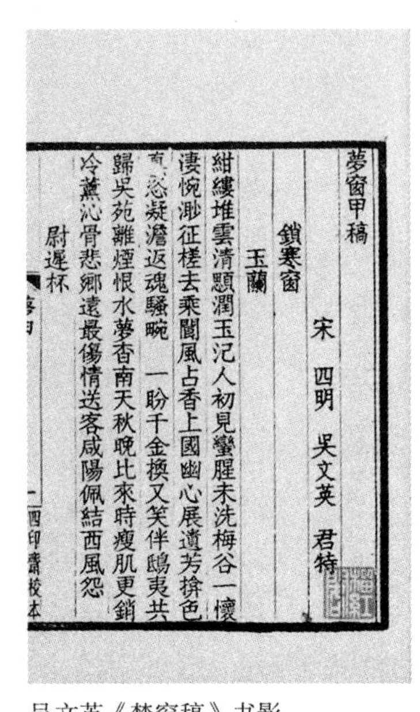
夢窗甲稿

宋 四明 吴文英 君特

鎖寒窗

玉蘭

紺縷堆雲清顋潤玉汜人初見蠻腥未洗梅谷一懷
淒惋泚征槎去乘闌風占香上國幽心展遺芳揜色
真恣凝澹返魂騷畹 一盼千金換又笑伴鴟夷共
歸吴苑離煙恨水夢杳南天秋晚比來時瘦肌更銷
冷薰沁骨悲鄉遠最傷情送客咸陽佩結西風怨

尉遲杯

四印齋校本

吴文英《梦窗稿》书影

的意绪伴着失恋的忧伤，虽然感人，却又过于纤细，有些女性化了。

吴文英自有一套理论，说填词“发意不可太高，高则狂怪而失柔婉之意”。——他有一首《八声甘州·灵岩陪庾幕诸公游》，写大题材又不失“柔婉之意”，倒是符合他的理念。

吴文英存词三百余首，有《梦窗稿》四卷，收在《四库总目·集部》“词曲类”中。

蒋捷叹《牛经》，文山歌《正气》

南宋晚期比较有名的词人，还有史达祖、高观国、周密、王沂孙、刘辰翁、蒋捷、张炎等。

蒋捷（生卒年不详）是宋末进士，入元后隐居不仕。他有一首《贺新郎·兵后寓吴》，记录宋亡后自己的流浪生活，其中几句写道：“明日枯荷包冷饭，又过前头小皋。趁未发，且尝村酒。醉探枵囊毛锥在，问邻翁要写《牛经》否？翁不应，但摇首。”［小皋：小山。枵（xiāo）囊：空囊。毛锥：笔。《牛经》：有关养牛知识的书。］——词人用枯荷叶包着冷饭，预备路上充饥。能在村店喝上几口酒，已是享受。空囊中唯有毛笔在，想替村翁抄写《牛经》，赚几个糊口钱，人家却频频摇头。——用词来表达真实的生活困境，以前还很少有人这么做。

蒋捷的词风格多样，例如那首《一剪梅·舟过吴江》（文摘一八），又是另一种格调。在潇潇春雨中行舟，难免有凄苦之感；但词人却不忘欣赏景致，玩味地名，心态超然。他想象着归家后洗却征尘、调笙燃香的安宁生活，可见他对美的感知与向往，并未因颠沛流离而磨灭。

有人称赞蒋捷的词“洗练缜密，语多创获”，堪称“长短句之长城”（刘熙载《艺概》）。——他的《竹山词》，收在《四库总目·集部》“词曲类”中。

张炎（1248—约1320）号玉田，他几乎是南宋最后一位词人。他本是贵族出身，祖上为“中兴四将”之一的张俊。到他这里，赶上南宋灭亡，家道败落。后半生隐居江南，卖卜为生，潦倒以终。

张炎词多写西湖。如《高阳台·西湖春感》写暮春时节的西湖，春花已谢，“更凄然，万绿西泠（líng），一抹荒烟”（西泠：桥名，在孤山下）。词人索性掩门饮酒，帘笼也不开，只因“怕见飞花，怕听啼鹃”。——作为南宋都城，临安如今已在元人治下。词人的感伤，远远超出个人的身世之悲。

张炎还有一首《南浦·春水》，依然是吟咏西湖之作，有人因此又称他“张春水”。——张炎有词集《山中白云词》（又名《玉田词》），收在《四库总目·集部》“词曲类”中。另有《词源》一书，是词学研究之作，很受学者重视。

刘辰翁、张炎等为南宋王朝唱着挽歌时，还有一些人“知其不可而为之”，面对蒙古人的铁骑，做着最后的拼搏。

文天祥

文天祥（1236—1283）字宋瑞，一字履善，号文山，是南宋末年爱国诗人的代表。他中过状元，在国难当头之际出任右丞相，曾出使元营去谈判，被敌方扣留，好不容易才脱险回来。

后来他在温州拥立宋端宗，转战东南，力图恢复。终因势单力薄，在广东五坡岭被俘，押往大都（今北京）囚禁了四年，坚贞不屈，遭到杀害。

他人在北方，心向南宋，曾有诗句“臣心一片磁针石，不指南方不肯休”（《扬子江》），表达了对南宋王朝的耿耿忠心。他的诗集也题为《指南录》。

在《指南录后序》中，作者自述出使元营被扣及脱险的经过，一口气数说了一路上遇到的十八个生死关头，可谓惊心动魄！

《过零丁洋》是《指南录》中很有名的一首七律：

辛苦遭逢起一经，干戈寥落四周星。山河破碎风飘絮，身世浮沉雨打萍。惶恐滩头说惶恐，零丁洋里叹零丁。人生自古谁无死，留取丹心照汗青！

◎零丁洋：在广东珠江口外，文天祥被俘后由元兵押解路过这里。◎“辛苦”二句：意为我的辛苦遭遇是从幼年读经书时就命里注定了的；如今我参与抗元，已经整整四个年头。四周星，四周年。◎“山河”二句：以风中柳絮喻南宋政权风雨飘摇，用无根浮萍遭雨打喻自己此时的遭遇。◎惶恐滩：在江西赣江中，文天祥曾率军从这里撤退。◎汗青：史册。

诗只有八句，内容却无比丰富：从诗人的身世经历，直写到国家的命运前途。“惶恐滩头”一联还巧妙地把地名嵌进对偶句中，既述经历，又写心情，十分巧妙。最感人的还是“人生自古谁无死，留取丹心照汗青”这一联，不知鼓舞了多少爱国志士舍生取义、杀身成仁！

文天祥被押到大都后，单独关进一间低矮狭小的土室中。一到夏天，里面湿热难挨。文天祥的《正气歌》，就是在这间土室里写成的。在序言中，文天祥自述土室内有七种气：水气、土气、日气、火气、米气、人气、秽气，哪一种气都足以令人发病。可是文天祥说：“孟子曰：‘我善养吾浩然之气。’彼气有七，吾气有一，以一敌七，吾何患焉！”（文摘一八）

文天祥在《正气歌》中一口气列举了十二位历史上的忠臣义士、志士仁人，说他们正因为有正气在胸，才做出可歌可泣的事业和举动！——也正是凭着胸中这股浩然正气，文天祥坚守节操、誓不降元，在青史中留下光辉的篇章！身后有《文山集》传世。

此外，还有几位遗民文人活跃在元初——所谓“遗民”，是指亡了国，仍然心怀故国的志士。其中有名的几位，是汪元量、谢枋得、谢翱、郑思肖、林景熙等，也都有诗文集传世。

【文摘一八】

乡村四月　翁卷

绿遍山原白满川，子规声里雨如烟。乡村四月闲人少，才了蚕桑又插田。

◎子规：鸟名，即杜鹃，也叫杜宇。◎了（liǎo）：完成。

约客　赵师秀

黄梅时节家家雨，青草池塘处处蛙。有约不来过夜半，闲敲棋子落灯花。

◎黄梅时节：指江南五月黄梅熟时阴雨连绵的时节。◎灯花：油芯久燃凝结成的火花。

点绛唇·丁未冬过吴松作　姜夔

燕雁无心，太湖西畔随云去。数峰清苦，商略黄昏雨。　第四桥边，拟共天随住。今何许？凭栏怀古，残柳参差舞。

◎丁未：宋孝宗淳熙十四年（1187年）。吴松：吴淞江，俗称苏州河。源出太湖，合于黄浦江入海。◎清苦：形容山峰荒凉凄冷的样子。商略：准备，酝酿。◎第四桥：指苏州甘泉桥。“拟共”句：是说准备学天随的样儿隐居江湖。天随，晚唐诗人陆龟蒙号天随子。

望江南　吴文英

三月暮，花落更情浓。人去秋千闲挂月，马停杨柳倦嘶风。堤畔画船空。　　恹恹醉，长日小帘栊。宿燕夜归银烛外，流莺声在绿荫中，无处觅残红。

◎恹恹：精神萎靡貌。帘栊：窗帘，也指闺阁。◎宿燕：栖息之燕。

一剪梅·舟过吴江　蒋捷

一片春愁待酒浇。江上舟摇，楼上帘招。秋娘渡与泰娘桥，风又飘飘，雨又萧萧。　　何日归家洗客袍？银字笙调，心字香烧。流光容易把人抛，红了樱桃，绿了芭蕉。

◎吴江：在今江苏苏州。◎楼上帘招：酒楼上酒旗招摇。◎秋娘渡、泰娘桥：都是吴江地名。◎银字笙：一种乐器。调：调弄，演奏。心字香：用香料末制成的心字形香。◎“流光”三句：光阴易逝，眼看樱桃红、芭蕉绿，春天又要过去了。抛，撇下。

正气歌序　文天祥

余囚北庭，坐一土室。室广八尺，深可四寻。单扉低小，白间短窄，污下而幽暗。当此夏日，诸气萃然：雨潦四集，浮动床几，时则为水气；涂泥半朝，蒸沤历澜，时则为土气；乍晴暴热，风道四塞，时则为日气；檐阴薪爨，助长炎虐，时则为火气；仓腐寄顿，陈陈逼人，时则为米气；骈肩杂遝，腥臊污垢，时则为人气；或圊溷，或毁尸，或腐鼠，恶气杂出，时则为秽气。

叠是数气，当侵沴鲜不为厉。而予以孱弱，俯仰其间，于兹二年矣，幸而无恙，是殆有养致然尔。然亦安知所养何哉？孟子曰："我善养吾浩然之气。"彼气有七，吾气有一，以一敌七，吾何患焉！况浩然者，乃天地之正气也，作《正气歌》一首。

◎文天祥于祥兴元年（1278 年）被元兵俘虏，次年押解到元都燕京。此诗作于两年后（1281 年）。◎北庭：这里指燕京。土室：土屋。◎寻：长度单位，八尺（或说七尺）为一寻。◎单扉：指独扇门。白间：不涂漆的窗子。◎萃（cuì）然：聚集貌。◎雨潦（lǎo）：雨后积水。◎半朝：半间屋子。朝，宫室，房屋。蒸沤历澜：指气蒸水沤，污烂不堪。◎风道四塞：四面风道都被堵塞。◎薪爨（cuàn）：烧柴做饭。炎虐：炎热的威虐。◎"仓腐"二句：仓中的储米腐烂，陈粮相积，霉气逼人。◎"骈肩"二句：这里指囚犯人挨人挤在一起，人体腥臊污垢之气混杂。杂遝（tà），纷乱堆集。◎圊溷（qīnghùn）：厕所。毁尸：残坏的尸体。秽气：臭恶之气。◎叠：累加。当：碰上的。侵沴（lì）：灾疫。鲜不为厉：很少不生病的。◎俯仰：这里意为生活，生存。于兹：至今。无恙：没生病。殆：大概。有养：有修养。◎所养：修养的内容。◎浩然之气：纯正博大刚毅之气。语出《孟子·公孙丑》。

辑九　元曲树新帜，明诗流派多

金源诗人元好问

与南宋对峙的金朝，是女真人建立的政权，兴起之地是阿城（今黑龙江省哈尔滨阿城区）。此地有金水（又名“按出虎水”），故而又称“金源”。不过在文学上，女真人甘拜汉人为师，作诗撰文全用汉文。最有名的女真诗人元好问，就有着很高的汉文化修养。

元好问（1190—1257）字裕之，号遗山，是由金入元的诗人。其远祖为北魏皇族拓跋氏，曾祖在北宋及金朝做官。元好问七岁能诗，受过很好的教育。他四十四岁那年，金朝为蒙古所灭。元好问亲身经历这场灾难，写了不少“丧乱诗”。如这一首《北渡》：

道旁僵卧满累囚，过去旃车似水流。红粉哭随回鹘马，为谁一步一回头？

◎累囚：被捆绑的俘虏。累，同“缧（léi）”，捆绑犯人的绳索。旃（zhān）车：毡车，指蒙古人的车子。◎红粉：代指年轻妇女。回鹘（hú）马：一种少数民族地区出产的马。

满地躺着被蒙古人俘虏的人；有个被蒙古兵抢走的年轻妇女一步一回头地哭望，她是舍不得爹娘，还是丢不下孩子？

元好问作为亡国之臣，被蒙古人押往山东聊城看管，后又转至冠氏县。多年后才回到家乡山西秀容。他的七律《外家南寺》，写的便是归家后的情景：

郁郁秋梧动晚烟，一庭风露觉秋偏。眼中高岸移深谷，愁里残阳更乱蝉。去国衣冠有今日，外家梨栗记当年。白头来往人间遍，依旧僧窗借榻眠。

◎外家：指母亲的娘家。◎“郁郁”二句：苍郁的梧桐笼罩在秋天傍晚袅袅的炊烟里，庭中但觉风寒露重，让人感到秋意已深。偏，这里是表程度的副词，很，深，特别。◎“愁里”句：秋蝉乱鸣，加深了残阳引来的愁绪。◎去国衣冠：离开（失去）祖国的士大夫。这里是作者自指。

秋意已深，但缭绕的“晚烟”仍带着一丝家的温暖。“高岸深谷”与“残阳乱蝉”一虚一实，写尽历史的沧桑变迁、心境的悲苦凄凉。诗人幼年曾在外婆家的南寺读书，后来离家求官，遭遇亡国，终于重回故地。幼时的梨树、栗树和僧寺床榻还在，只有当年的读书少年，如今劫波历尽，已是满头白发！

元好问的诗真挚凄切，感染力强。清代人评论他的诗歌说："国家不幸诗家幸，赋到沧桑句便工！"（赵翼）意思是说：国家的丧亡为诗人提供了诗歌题材，吟咏社会变乱的作品最容易打动人。

元好问在金亡后还搜集编辑了金代诗歌总集《中州集》，用来表达自己对祖国及民族的热爱、怀念。他自己的文集，则有《遗山集》。元好问还是小说家，有文言小说集《续夷坚志》。

元代诗坛一瞥

13世纪，蒙古人在中国的传统疆域内先后灭掉西域各国及北方的金国、西南的大理，吐蕃也俯首称臣。最后，南宋政权也没逃脱覆灭的命运。中国延续了一百五十年的分裂局面，最终在蒙古人手中重归一统。

元代的诗文作者仍以汉人居多，且大都有一官半职。他们一味模唐拟宋，艺术上也没有多少创新。不过总还出了几位诗写得不错的，像元初的刘因、赵孟頫（fǔ），以及后来的"元四家"。

刘因（1249—1293）字梦吉，号静修，本是北方人，却总以南宋遗民自居。他的诗常常流露出遗民思想。像那首《观梅有感》：

> 东风吹落战尘沙，梦想西湖处士家。只恐江南春意减，此心原不为梅花。

◎西湖处士：这里指喜爱梅花的宋代诗人林逋。他结庐西湖孤山，号称以梅为妻，以鹤为子。

诗人在北方观梅，很自然地联想到江南的局势：战争虽然结束了，可经历蒙古人的铁蹄践踏，江南的春光也要大大减色了吧？

赵孟頫（1254—1322）字子昂，号松雪道人。他本是宋代宗室，后来投降元朝，做了高官。由于他节操有亏，当时的遗民都看不起他；连他的侄子也跟他断绝了往来。他的内心十分矛盾，所写的诗文，也常流露出对故国的怀念。有一首七律《岳鄂王墓》，就是借着凭吊南宋抗金英雄岳飞，来抒写亡国之痛。——赵孟頫还是有名的画家和书法家，楷书写得秀丽潇洒，铁画银钩，号称“赵体”，跟颜真卿、柳公权、欧阳询的书法齐名。

元中叶的文坛上，还有虞集（1272—1348）、杨载（1271—1323）、范梈（pēng，1272—1330）和揭傒（xī）斯（1274—1344）四位，号称“元诗四大家”。他们生活在较为安定的环境中，作品里没有多么深刻的思想和感触，说是“元诗四大家”，也只是“矬子里拔将军”。

比元诗四大家稍晚，有一位隐居山林的平民文士王冕（1287—1359，字元章），却值得一提。他从小放牛，常偷着到书塾门外听学生们读书，牛却没人管，跑到人家田里乱踩。后来他索性住到佛寺中，夜间爬上佛像的膝盖，凑着长明灯读到深夜。

王冕还自学画画，擅画梅花。因见世乱，于是隐居九里山，造屋三间，绕屋种梅千株，自号“梅花屋主”。——不过王冕心中一刻不忘黎民百姓，他的不少诗，像《伤亭户》《悲苦行》等，都是揭露社会现实之作。此外，他写了大量咏梅诗，像这一首：

王冕绘墨梅

> 我家洗砚池头树，个个花开淡墨痕。不要人夸好颜色，只留清气满乾坤。(《墨梅》)

在平淡自然的字面下，包蕴着浩然之气。——清代小说家吴敬梓创作《儒林外史》，还把王冕写进书里，作为正面文人的典型。只是小说中的王冕活到明朝建国，与史实不符——王冕死于元亡前九年，留有《竹斋集》。

元人也填词，例如比元诗四大家略晚的萨都剌（约1272—1355，字天锡），就是填词高手。他本是色目人，又是将门之后，却偏爱文学。他中过进士，一生到过许多地方。他有一首《满江红·金陵怀古》，回顾六代为都的金陵往事，最终的结论是：一切人事繁华都是过眼烟云；只有青山常在、碧水常流的大自然，才是永恒不变的！全词说古道今，慷慨豪迈。词中还巧妙化用古人的名篇佳句，用得从容自如、不露痕迹。难怪有人把萨都剌推为“有元一代词人之冠”！——他的诗词都收在《雁门集》中。

一曲《不伏老》，汉卿自写真

在元代文坛上，一种新的艺术形式——曲，迅速发展完善，成为元代文学的一座高峰。

近代学者王国维总结说：“凡一代有一代之文学：楚之骚，汉之赋，六代之骈语，唐之诗，宋之词，元之曲，皆所谓一代之文学，而后世莫能继焉者也。独元人之曲，为时既近，托体稍卑，故两朝史志与《四库》集部，均不著于录；后世儒硕，皆鄙弃不复道。”（莫能继焉：不能继承其精髓。托体稍卑：指曲源于民间，出身低微。儒硕：这里指博通的学者。鄙弃不复道：轻视厌弃不肯论及。）

对于曲，《四库总目》并非完全不提，在“集部·词曲类存目”中，就列有元人张可久的《张小山小令》及杨朝英编集的《朝野新声太平乐府》，为元曲这种文体略存痕迹。

四库馆臣在《张小山小令》的存目提要中，还提到关汉卿、马致远、郑德辉、宫大用等曲作家，却又说他们“敝精神于无用”，表示出轻蔑的态度。

所谓元曲，又分为散曲、杂剧两种形式。散曲相当于抒情诗歌，又包括小令和套数。小令就是单支的曲子，也叫“叶儿”；套数又称“散套”，是指同一宫调的成套曲子。杂剧则另属于戏剧范畴。而散曲跟杂剧的关系，如同诗和诗剧、歌和歌剧的关系。——我们这里只谈散曲，不说戏曲：那是另一种文学体裁，也被排斥在《四库总目》之外。

近代以来，学者对元曲格外重视，经几代人的搜集整理，编辑了散曲总集《全元散曲》，内中收录二百多位曲作者的三千八百多首小令，四百多篇套数。关汉卿、马致远、白朴、郑光祖这四位，成就尤其突出，号称“元曲四大家”。他们既写剧本，也写散曲。至于张养浩、张可久、乔吉、睢景臣等，则专写散曲，风格或自然质朴，或典雅工丽，各有千秋。

且看一支马致远的小令代表〔越调·天净沙〕《秋思》：

枯藤老树昏鸦，小桥流水人家，古道西风瘦马。夕阳西下，断肠人在天涯。

◎昏鸦：黄昏天空中的乌鸦。

这支小令只有二十几个字：写秋日黄昏，漂泊天涯的游子骑着瘦马，走在坎坷不平的古道上。夕阳近山，秋风阵阵，景色凄凉，此时此刻，游子的心情又该是怎样的呢？

小令开头的三句，用九个词平行连缀，语法构造再简单不过，但那悲秋的意境，却已十分浓烈。难怪有人称它是“秋思之祖”，又说它“深得唐人绝句之妙”呢！

马致远（生卒年不详，主要活动在13世纪后半叶至14世纪初）是大都人，曾在江浙一带做官，后来便隐居在杭州乡下。有散曲集《东篱乐府》。另有杂剧《汉宫秋》《荐福碑》《青衫泪》等。

中国邮政为纪念关汉卿印发了主题邮票

关汉卿（约1220—约1300）是公认的元曲作家第一人。他号已斋叟，相传曾做过太医院尹，那是个不大的官。他一生主要生活在大都，晚年到过扬州、杭州一带。他以戏曲创作见长，保存至今的剧本有十七八个，《窦娥冤》《救风尘》《望江亭》《单刀会》等，都是杂剧舞台上的名作。

关汉卿也写散曲，看看这支〔南吕·一枝花〕《不伏老》吧，这是一首套曲中的一支，套曲又称“套数”，是以同一宫调的若干支小令组成的。

我是个蒸不烂、煮不熟、捶不匾、炒不爆、响珰珰一粒铜豌豆，恁子弟每，谁教你钻入他锄不断、斫不下、解不开、顿不脱、慢腾腾千层锦套头？我玩的是梁园月，饮的是东京酒，赏的是洛阳花，攀的是章台柳。我也会围棋、会蹴踘、会打围、会插科、会歌舞、会吹弹、会咽作、会吟诗、会双陆。你便是落了我牙、歪了我嘴、瘸了我腿、折了我手，天赐与我这几般儿歹症候，尚兀自不肯休！则除是阎王亲自唤，神鬼自来勾。三魂归地府，七魄丧冥幽。天哪！那其间才不向烟花路儿上走！

◎匾：同“扁”。铜豌豆：原为青楼勾栏中对老狎客的昵称，这里隐喻性格坚强，有反叛精神。恁：您。子弟：风流子弟。斫：用刀、斧砍。锦套头：锦绣的圈套、陷阱。◎梁园：又作“梁苑”，汉代梁孝王的花园。洛阳花：洛阳以牡丹著称。攀：攀折。章台柳：这里代指妓女。章台，汉代长安街名，为娼妓聚居区。◎蹴鞠（cùjū）：古代踢球游戏。打围：打猎。插科：在戏曲表演中插入滑稽动作、诙谐语言，也称“插科打诨”。咽作：唱歌。双陆：古代一种棋类赌博游戏。◎歹症候：恶疾。兀自：犹，还。

从这支曲子里，我们得知关汉卿才华横溢，不但会吟诗编剧，而且琴棋书画、赌博蹋球，无所不通。表面上看，这像是一段“情场老手”的自白，实则体现了关汉卿倔强的性格和叛逆的精神。你看他自称“蒸不烂、煮不熟、捶不匾、炒不爆、响珰珰一粒铜豌豆……”他决心跟世俗观念作对，那劲头儿足着呢！

元曲又有“四大家”之称，除了关汉卿、马致远，还有白朴（1226—约1306，字仁甫）、郑光祖（1264—？，字德辉）两位，也兼写散曲和剧本。至于散曲写得好的，还有张养浩（1270—1329）、张可久（约1270—约1350）、乔吉（约1280—约1345）、贯云石（1286—1324）、睢景臣（生卒年不详）、邓玉宾（生卒年不详）等。在下面的“文摘一九”中，我们选取散曲小令五首，略窥元曲风貌。

【文摘一九】

〔南吕〕 四块玉·闲适　关汉卿

旧酒投，新醅泼，老瓦盆边笑呵呵，共山僧野叟闲吟和。他出一对鸡，我出一个鹅，闲快活！

◎此曲吟咏闲适的隐居生活，洋溢着朴素真挚的情感。◎投：酘（dòu），指酒再酿。醅：未经过滤的酒。泼：煮。吟和：吟诗唱和。◎“他出”三句：这里当指划拳饮酒，并非真的出鸡出鹅。

〔双调〕 得胜乐　白朴

独自走，踏成道，空走了千遭万遭。“肯不肯疾些儿通报，休直到教担阁得天明了！”

◎此曲模拟情人口吻，向爱恋的对象提出“最后通牒”，所决定的事，或是幽会，或是私奔。◎疾些儿：快一点儿。担阁：耽搁。

〔南吕〕 四块玉·叹世　马致远

带野花，携村酒，烦恼如何到心头？谁能跃马常食肉？二顷田，一具牛，饱后休。

◎此曲赞赏田家生活，隐含着进取无门的失落情绪。◎跃马常食肉：意指做官。此处用典，战国人蔡泽自述其志，说：“跃马疾驰，食肉富贵，四十三年足矣。”◎一具牛：一头牛。具，通“犋”，本指能拉动一张犁铧的畜力。

〔正宫〕醉太平·无题 张可久

人皆嫌命窘，谁不见钱亲？水晶环入面糊盆，才沾粘便滚。文章糊了盛钱囤，门庭改做迷魂阵，清廉贬入睡馄饨，葫芦提倒稳。

◎窘：窘迫，穷困。◎“水晶环”二句：水晶饰物扔进面糊盆，立刻成为面糊团。这里影射清廉者入官场，也会变坏。◎“文章”四句：谓文章在金钱面前变得毫无价值，家门之内男盗女娼，清廉正直被贬低为不明事理；不问是非才稳妥。盛钱囤，钱库。迷魂阵，元人多指妓院。睡馄饨，昏睡。馄饨，混沌。葫芦提，糊里糊涂。

〔正宫〕叨叨令·道情 邓玉宾

一个空皮囊包裹着千重气，一个干骷髅顶戴着十分罪。为儿女使尽些拖刀计，为家私费尽些担山力。您省的也么哥，您省的也么哥？这一个长生道理何人会！

◎道情：中国传统曲艺中的一种，以渔鼓、简板伴奏，演唱韵文。一开始是在道观内表演，内容与道教宣传有关。这里是借其名目。◎皮囊：指人的躯体。干骷髅：这里指头。罪：

这里指生活的辛苦。◎“为儿女”句：意谓为儿女的幸福与前程使出浑身解数。拖刀计，本指战场上使用刀的一种战术技能。家私：家财。担山力：极大的力气。◎“您省”句：意为你明白吗。也么哥，语助词。《叨叨令》第五、六句末尾用此语。◎长生道理：指道教追求个人长生不老的终极主张。

明初诗文：宋濂送马生，高启望大江

元朝未满百年而亡，接下来的朱明王朝，却延续了近三百年。明代的开国皇帝是朱元璋，他出身农民，在马上得天下，对文化有着一种隔膜和恐惧，总觉着文人心眼儿多，不好对付，因此屡兴大狱，大杀功臣和文士。明初的文士也噤若寒蝉。

不过到了明代中后期，文化控制松弛，文坛上出现众多流派，文学创作也活跃起来。《四库全书》收有明人别集二百多部，存目数量还要多得多。

就说说号称“开国文臣之首”的宋濂（1310—1381，字景濂）吧，他年轻时家里穷，买不起书，只好借了人家的书，抄写一遍，跑着送回去，生怕还迟了人家不高兴。他还四处求师问道，终于成为大学者。

他在《送东阳马生序》一文中，回忆了自己早年求学的经历。其中一段说到吃饭穿衣的情形：同窗中有不少阔公子，穿着锦绣衣裳，头戴缀着珠宝红缨的帽子，腰系玉带，左边佩刀，右边挂着香囊，光彩照人，如同神仙。再看自己，穿着破麻布袍子厕身其间。不过他泰然自若，一点儿也不羡慕别人。为什么呢？“以中有足乐者，不知口体之奉不若人也”——因为他心中自有乐事，并不觉得吃的穿的不如人家。宋濂所说的乐事，就是学识所带来的精神愉悦啊。

宋濂一直做到翰林学士，明朝许多典章制度，都是他一手创制的。他还主持编纂《元史》，并亲自撰写了好几篇人物传记，如《王冕传》等。他的诗文，收在《宋学士集》里。

明初另一位有影响的文学家刘基（1311—1375，字伯温），他在元代中过进士，元末参加反元斗争，后来成为明代开国功臣。

刘基关心百姓疾苦，有一篇散文《卖柑者言》，说有个卖柑老人，常把“金玉其外、败絮其中”的柑橘卖给人家。作者去责问他，他反说出一篇大道理来：那些威风凛凛、仪表堂堂的大官，难道真的有治理国家的本领吗？你只看到我在搞欺骗，干吗不去看看他们！——刘基此文写于元末，显然是借卖柑老人之口，指责元代的腐朽官僚。

明初的诗人中，高启（1336—1374）才情最高。其古风代表作有《登金陵雨花台望大江》（文摘二〇），开篇即说：“大江来从万山中，山势尽与江流东。钟山如龙独西上，欲破巨浪乘长风！”气势奔放，把金陵城“龙盘虎踞”之势写活了！诗人酒酣登城，坐览山川形胜，仿佛自己也置身于历史长河，达到物我两忘的境界！诗中回顾了金陵六朝为都、群雄割据的历史，最终归结到明朝的一统大业，表达了四海一家的欣喜与自豪。——不过也有人认为全诗暗喻金陵不宜建都，含有嘲讽之意。

高启是个散淡的人，不愿为官，朱元璋认为他不肯合作，竟借故将他腰斩，死时还不到四十岁！身后有《高太史大全集》

传世。他的诗备受后人推崇，清人赵翼称他为“(明代)开国诗人第一”。

明前期诗人还有“三杨”，即杨士奇(1366—1444)、杨荣(1372—1440)和杨溥(1372—1446)。这三位的诗歌总脱不开歌功颂德、粉饰太平；看上去四平八稳的，却没啥真情实感。——因三人都是台阁重臣，这种诗体也被称为“台阁体”。可别小看台阁体，它在明初文坛上盘踞了将近一百年。

也有不受台阁体影响的，于谦就是一位。于谦(1398—1457)是挽救了明王朝的民族英雄。明正统年间，蒙古瓦剌部落在土木堡大败明军，还俘虏了英宗皇帝，一直攻到北京城下。于谦是兵部尚书，他一面拥立景泰皇帝以稳定民心，一面抵抗入侵者，终于使局势转危为安——后来却遭到英宗清算，被杀了头。

于谦一生光明磊落，有一首《石灰吟》可以表明他的心迹：

千锤万击出深山，烈火焚烧若等闲。粉骨碎身全不惜，要留清白在人间。

石灰石出在深山，采出后经过烧炼，成为洁白的石灰。于谦这是拿石灰比喻自己的节操呢！——于谦有《于忠肃集》传世。

“七子”口号：文必西汉，诗必盛唐

明代正德、嘉靖年间，有两个文学流派前后衔接，声势不小。又因两派的领袖人物恰都是七人，因此又有“前七子”“后七子”之称。

前、后七子都主张复古，有个响亮的口号是“文必西汉，诗必盛唐，大历以后书勿读”。他们认为散文是汉代的最好，诗歌是盛唐的最妙，盛唐以后的书，看也不要看！至于写文作诗，只要模拟古人就对了。他们还振振有词地辩解说：写字不是讲究临摹古帖吗？写文作诗自然也是这个理儿！

这一派文人盲目尊古，学古人的词语和句法，连思想感情也模拟古人。有人干脆到古人文集中去剽窃、抄袭。这样的东西当然是不高明的。不过话说回来，前后七子也并非一无是处。他们掀起声势浩大的复古运动，摧垮了台阁体的一统天下，好像在一潭死水里投了一块石头，让这沉寂百年的死水起了波澜。

前七子的领袖是李梦阳（1473—1530，字献吉，号空同子）、何景明（1483—1521，字仲默，号大复山人），成员还有徐祯卿、边贡、康海、王九思、王廷相等。后七子的领袖是李攀龙和王世贞，成员还有谢榛、宗臣、梁有誉、徐中行和吴国伦。

李梦阳有一首《林良画两角鹰歌》，诗题中的林良是位宫廷画师，擅画禽鸟。诗人在他画的双鹰图上题诗咏赞，夸他画技精良。然而笔锋一转，诗人又说：宋徽宗也善画鹰，可后来竟把江山丢了，自己饿死在五国城！所以说：“从来上智不贵物，淫巧岂敢陈王前。良乎，良乎，宁使尔画不直钱，无令后世好画兼好畋。”［上智：聪明人，这里指君王。不贵物：不重视物质享受。淫巧：过分的精巧。陈：陈列，献上。畋（tián）：田猎。］诗人点着名说：林良，林良，宁可让你的画不值钱，也不希望后世君王被你所引诱，沉迷于绘画、畋猎，误国误身！——李梦阳写这诗时，那位荒淫无道的武宗皇帝刚死，这诗当是写给继位的嘉靖皇帝看的。

李梦阳有《空同集》传世。《四库总目·集部》别集类还著录了边贡的《华泉集》，康海的《对山集》和徐祯卿的《迪功集》《谈艺录》。而王九思《渼（měi）陂集》、王廷相《内台集》，都列于"集部·别集"存目中。

李攀龙（1514—1570）字于鳞，号沧溟，是后七子领袖之一。他为人正直，不畏强权。中丞王忬（yù）被严嵩冤杀，李攀龙特地写《挽王中丞》诗（文摘二〇）悼念他，公然表达对权臣的不满。李攀龙的文集题为《沧溟集》。

王忬的儿子，即后七子另一领袖人物王世贞（1526—1590），字元美，号凤洲，又号弇（yǎn）州山人。他著作等身，收入《四库总目》的就有《弇州山人四部稿》《续稿》《读书后》等，多达数百卷。——且看一首七绝《戚将军赠宝剑歌》：

曾向沧流剸怒鲸，酒阑分手赠书生。芙蓉涩尽鱼鳞老，总为人间事渐平。

◎沧流：沧海，这里指东南沿海。剸（tuán）：切割，截断。怒鲸：这里借指倭寇。酒阑：酒罢。书生：诗人自指。◎芙蓉：古代宝剑名，因剑身有花纹如芙蓉得名。涩尽：因使用日久（花纹）磨去。鱼鳞老：剑鞘以鲨鱼皮包裹，因时间久而老化。

戚将军即明代抗倭英雄戚继光，据说他追击倭寇到闽地，

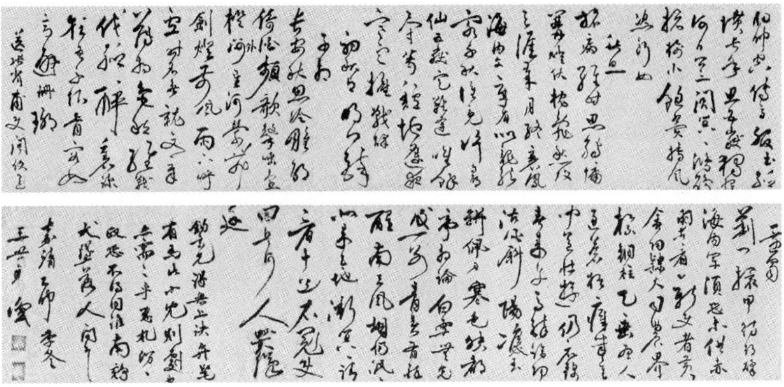

王世贞墨迹

于海中捞得一支古船锚，经回炉锻炼，打了八把刀、三把剑。一把剑戚继光自佩，一把赠人，第三把则在这次宴会上赠给王世贞。王世贞当场赋诗十首，这是第五首。

诗的前两句赞美这把曾经斩杀“怒鲸”的宝剑，感谢赠剑人的殷殷盛情。后二句含意颇深：宝剑磨损，正说明久经战阵，如今倭寇败北，“人间事渐平”，这把剑也成为戚将军丰功伟绩的见证。

后七子中的宗臣（1525—1560）字子相，散文写得极好。他的《报刘一丈书》，借着给长辈“刘一丈”写信，刻画了一群为升官发财而攀龙附凤的无耻之徒的丑态，写他们如何到权贵之家进谒，如何对看门人“甘言媚词作妇人状”，如何在马棚里忍饥冒暑等待权贵接见，又如何向权贵作揖叩拜、阿谀献金，然后四处吹嘘，自鸣得意……形容得穷形尽相。

宗臣在文中强调做人要“守分”，也就是严守本分，做个有尊严的人。哪怕有天大的利益，也绝不趋炎附势、出卖灵魂！——当时有个叫杨继盛的谏官上书弹劾严嵩，被严嵩杀害。宗臣公然表示同情，还解下袍子遮盖他的尸体，并作文哭祭。人们都说“文如其人”，宗臣的文和人，就都带着一股凛然正气。

后七子成员也都有别集，宗臣有《宗子相集》，谢榛有《四溟集》，都著录于《四库总目·集部》。至于徐中行的《天目山堂集》《青萝馆诗》、吴国伦的《甔甀（dānzhuì）洞稿》，则列于存目。

为丫鬟立传的归有光

就在前、后七子风靡文坛的当口，有个“唐宋派”也很活跃，代表人物是王慎中、唐顺之、茅坤和归有光。七子不是鼓吹学习汉文唐诗吗？王慎中、唐顺之等则提倡学习唐宋文章——“唐宋派”的名称，也是由此而来的。

茅坤（1512—1601）字顺甫，号鹿门，他从唐宋古文作家中选了韩愈、柳宗元、欧阳修、三苏、王安石和曾巩这八位，号称“唐宋八大家”，还编选了一部《唐宋八大家文钞》，给大家做范文。这部文选一出来，风行海内，连乡下孩子都知道有个“茅鹿门”。

唐宋派的主将是归有光。归有光（1507—1571）字熙甫，别号震川，又号项脊生。他年纪轻轻就中了举人，可先后八次进京，都没考中进士。于是他在嘉定安亭江边读书、边讲学。跟他学习的弟子有好几百人，大家都尊称他“震川先生”。后来他到底中了进士，但已是年届六十的白发老翁。

归有光写文章喜欢用平和的语调讲说身边的琐事，文从字顺，亲切感人。例如那篇《项脊轩志》，就是典范之作。项脊轩是归有光家的一间小阁子，一丈见方，只能容下一个人。归有光回忆年少时在轩中读书的情形，还连带写到与轩相关的人和事：老保姆、祖母、母亲和故去的妻子……虽只是一两句话、几个动作，却让人体会到作者深沉的爱，读了几乎让人落下泪来。

归有光的文章中还有一篇很特别的悼念文章《寒花葬志》——寒花是他家的一个小丫鬟。文章写道：

婢，魏孺人媵也。嘉靖丁酉五月四日死。葬虚丘。事我而不卒，命也夫！婢初媵时，年十岁，垂双鬟，曳深绿布裳。一日天寒，爇火煮荸荠熟，婢削之盈瓯，予入自外，取食之，婢持去不与。魏孺人笑之。孺人每令婢倚几旁饭，即饭，目眶冉冉动，孺人又指予以为笑。回思是时，奄忽便已十年。吁，可悲也已！

◎寒花：丫鬟的名字。◎魏孺人：作者妻子魏氏。媵（yìng）：这里指陪嫁的丫环。◎嘉靖丁酉：1537年。◎虚丘：墟丘，坟地。◎事我而不卒：伺候我却没到头。◎曳：拖着。裳（cháng）：裙。◎爇（ruò）：点燃。荸荠：一种水边草本植物的球茎，又称马蹄。盈瓯：满盆。◎即饭：将要吃饭。冉冉：形容眼睛忽闪的样子。◎奄忽：形容时光迅速。

寒花当年作为妻子的陪嫁丫鬟来到归家，只是个十岁的小姑娘。文中除了写她的穿戴，还写了两件小事：一是削荸荠不

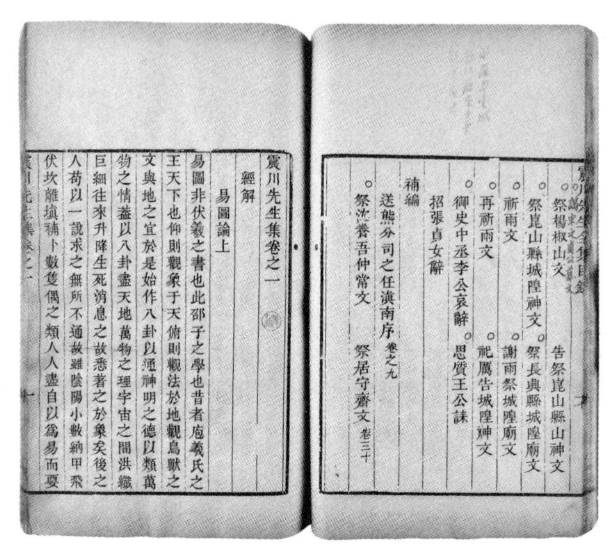

○祭楊椒山文　○告祭崑山縣山神文
○祭崑山縣城隍神文　○祭長興縣城隍廟文
○祈雨文　○謝雨祭城隍廟文
○再祈雨文　○祀厲告城隍神文
○御史中丞李公哀辭　○思質王公誄
招張貞女辭

補編
送熊分司之任滇南序 卷之九
○祭沈養吾仲常文　祭居守齋文 卷三十

震川先生集卷之一
經解
易圖論上
易圖非伏羲之書也此邵子之學也昔者庖羲氏之
王天下也仰則觀象于天俯則觀法於地觀鳥獸之
文與地之宜於是始作八卦以通神明之德以類萬
物之情蓋以八卦盡天地萬物之理宇宙之間洪纖
巨細往來升降生死消息之故悉著之於象矣後之
人苟以一說求之無所不通故雖陰陽小數納甲飛
伏坎離塡補卜數隻偶之類人人盡自以爲易而要
震川先生集卷之一

《震川先生集》书影

肯给男主人吃，二是每回吃饭前那期盼的眼神。——事情小到不能再小，却又是这个小姑娘留在作者记忆中的鲜活样貌。在追忆寒花时，还不时写到妻子的音容笑貌。作者撰作此文时，妻子也已病故，因而文末那一声“吁，可悲也已”，也便显得格外沉痛！

一代大儒给一个年幼位卑的小丫鬟写传，这还是开天辟地头一遭。从字里行间，我们能看出作者内心深处的人性闪光。此外，作者另有《女二二圹志》（文摘二〇），“二二”是归有光的小女儿，不到一岁而亡。归有光听到她的死信后，悲伤之余又有自责，认为自己在外读书讲学，对孩子关心太少。在看似平淡的叙述中，涌动着爱的潜流。——归有光有《震川文集》传世；王慎中、唐顺之也分别留有《遵岩集》和《荆川集》。

袁宏道为啥反感“忧民”诗

不过唐宋派还是没法子跟前、后七子抗衡，一是势单力薄，二是唐宋派爱讲道学，让人反感。真正对复古派打击沉重的，是兴盛于万历时期的公安派。

公安派代表人物是袁家哥儿仨：老大袁宗道（1560—1600，字伯修）、老二袁宏道（1568—1610，字中郎）、老三袁中道（1570—1626，字小修）。三人都是进士，袁宗道还中了状元。不过论文学成就，要数袁宏道最高。

三袁反对拿古人的诗文当样板儿，认为秦汉人写文章模仿六经，还会有秦汉文章吗？唐人写诗总模拟汉魏，哪里还会有盛唐气象？时代变了，诗文也要随之变化。“各极其变，各穷其趣”，这才是可贵的。一味模拟古人，就如同三九严寒还披着夏天的纱衣一样可笑。

三袁还提倡“独抒性灵，不拘格套”，说写文章要能表达个性，释放情感，不要受条条框框的约束。如果一味卖弄学问，故作深奥古怪，反而是浅薄的表现。——袁家兄弟是湖北公安县人，这一派因称“公安派”。

公安派不但有理论，也有实践。三袁的文章大都语言平易，尽量用俗语、说白话，几乎不用典故。“宁今宁俗，不肯拾人一字”，便是公安派的个性。这跟七子的“无一语作汉以后，亦无一字不出汉之前”，如同针尖儿对麦芒儿！

看看袁宏道的这首《显灵宫集诸公，以“城市山林”为韵》：

野花遮眼酒沾涕，塞耳愁听新朝事；邸报束作一筐灰，朝衣典与栽花市。新诗日日千余言，诗中无一忧民字；旁人道我真瞶瞶，口不能答指山翠。自从老杜得诗名，忧君爱国成儿戏。言既无庸默不可，阮家那得不沉醉？眼底浓浓一杯春，恸于洛阳年少泪。

◎共四首，这是第二首。◎显灵宫：王灵官祠，在北京宫城西，也是此次游览宴集之地。诸公：袁氏三兄弟和黄平倩、江进之、谢在杭等朋友。城市山林：有隐居于城市之意，这里是以这四个字做韵脚写诗。◎涕：涕泪。◎邸报：朝廷定期发布的布告消息等，相当于官方报纸。束：捆束。朝衣：朝服。典：典当。◎瞶瞶：昏瞶糊涂。◎老杜：杜甫。◎无庸：无用。阮家：晋人阮籍，以好饮留名。◎一杯春：一杯酒。恸：悲痛，大哭。洛阳年少：指贾谊，他因才高不得重用而痛哭。

当年诗人三十一岁，在京城当个闲官。刚好哥哥和弟弟也在京城，三人同几位朋友结成诗社，闲暇时四处游玩，饮酒作诗。此诗便是在显灵宫雅集时所作。

诗的前八句，描述自己的精神状态：懒闻朝事，不看邸报，连朝服都典当了买花。每日作诗，下笔千言，但“诗中无一忧民字”。面对人家的责问，也只有手指青山，“王顾左右而言他”了。

其实诗人并非无话可说，诗的后六句，他给出答案说：人人作诗学杜甫，把“忧君爱国”的严肃题目当成了儿戏。他们的诗倒是字字“忧民”，那是真情实感吗？国事一天天糜烂，说实话没用，不说又不行，只好拿酒来麻醉自己，内心的痛苦，超过了阮

袁宏道墨迹

籍、贾谊！——这首诗，可以看作公安派反对复古派的一篇宣言。

公安派的诗文，给文坛带来一股清新空气。这一派的影响，一直延续到“五四”以后。就是新文化运动的先锋们，也还在提倡“有性灵的文字”。

三袁都有文集传世。袁宗道的别集自题《白苏斋集》，以示对白居易和苏东坡的推崇。袁宏道有《袁中郎集》，袁中道的集子则题为《珂雪斋集》。——四库馆臣不喜欢公安派，认为公安派的优点固然是“变板重为轻巧，变粉饰为本色”，但七子以学问为根基，三袁则仅依赖小聪明，结果是“破律坏度”，流弊比七子更甚！也正因如此，《四库总目》只把《袁中郎集》列入集部存目，宗道与中道的文集都弃而不录。

张岱：夜夜西湖入梦来

公安派也写散文。袁宏道有游记《满井游记》《虎丘记》

等，篇幅不长，文字轻松，人们把这种文章叫作“小品文”。明末小品文写得好的还有好几位，其中张岱最为引人注目。

张岱（1597—约1685）字宗子，又字石公，号陶庵。他的一生充满传奇色彩。他出身仕宦之家，祖上有好几位进士，还出过状元。可张岱对科举功名毫无兴趣。四十岁之前，一直过着阔公子生活。就在四十岁那年，明朝灭亡了。他不愿降清，便跑到深山里做了隐士。他布衣草鞋，粗茶淡饭，屋里只有破旧的桌椅和残缺的书砚。他几乎每夜都梦见明亡前的西湖，于是他写了许多回忆往事的小品文，结成的集子多用“梦”来命名，像《西湖梦寻》《陶庵梦忆》。此外还有《琅嬛文集》《夜航船》《石匮书》等多种文史著作传世。

张岱的文笔好极了。小品文在他这儿达到了顶峰。翻开他的散文集，风景名胜、世事人情、词曲技艺、古玩器皿，没有

张岱声称“西湖无日不入吾梦中”

他不写的。有一则《湖心亭看雪》(文摘二〇),在写景叙事之余,流露出士大夫特有的情趣。

跟张岱不同,明末还有一批积极参与政治斗争的文学家。像张溥(1602—1641)字天如,号西铭,是复社创始人。复社是个带政治色彩的文学社团,他们抨击权贵,讥评时政,声势不小。在文学上,复社属于复古派,拥护七子,反对公安、竟陵派。

张溥的散文代表作为《五人墓碑记》。碑中所记五人原是苏州的普通市民,打头的叫颜佩韦。他们是在反抗大太监魏忠贤的市民暴动中英勇就义的。张溥高度赞扬了这五位义士。文中记述五人英勇就义的场景,并将他们与"缙绅"(士大夫)做了对比,说当魏忠贤专权乱政时,缙绅士大夫慑于邪恶势力,很少有人能保守节操的。而这五位平民义士,从没读过圣贤书,反能激于大义,奋不顾身,这到底是为什么?他们的举动使魏忠贤也感到畏惧,不敢肆意妄为。后来崇祯继位,魏忠贤畏罪自杀,这不能不说是五位义士的力量所致啊!——张溥还写过一篇驱逐阉党顾秉谦的檄文,也是那么大气磅礴!

张溥还是位勤奋的学者,在不足四十年的生命历程中,著有《七录斋集》十五卷,还编述了《汉魏六朝百三家集》一百一十八卷,收录由汉至隋的诗文辞赋作品共一百零三家。张溥为每部别集撰写题词。此书虽有前人的成果为基础,编辑中也难免有遗漏错讹,但仍然得到四库馆臣的肯定,认为"原原本本,足资检核"。

复社成员里,还有一位陈子龙(1608—1647)字卧子,明亡后在松江起兵，坚持抗清，被俘后投水身死。他是明代复古派的最后一位重要作家。

陈子龙有个弟子叫夏完淳（1631—1647，字存古），才十四岁，就跟老师一块起兵抗清，就义时也才十六岁！兵败被捕，临刑前夜，他写遗书给母亲，书末说："人生孰无死？贵得死所耳！父得为忠臣，子得为孝子。含笑归太虚，了我分内事。……恶梦十七年，报仇在来世。神游天地间，可以无愧矣！"（太虚：宇宙。）——他要了却的"分内事"，就是拯救国家民族啊！夏完淳留有诗词赋文四百多篇，近人编为《夏完淳集》。

抗清志士里，还有一位张煌言（1620—1664），字玄著，号苍水。他在明亡后坚持抗清二十年，最终被捕。他被押解路过家乡，家乡人的态度是那么复杂：有人哀怜他的不幸，有人嘲笑他的痴癫，也有人说：这样的结局比衣锦还乡还要光彩！面对死亡，张煌言一点也不后悔，他说："人生七尺躯，百岁宁复延！所贵一寸丹，可逾金石坚。求仁而得仁，抑又何怨焉！"（《被执过故里》）人活百岁终有一死；我丹心不改，追求正义，死得其所，又有什么可抱怨的！——张煌言有《张苍水集》，内收《冰槎集》《奇零草》《北征录》等。

【文摘二〇】

登金陵雨花台望大江　高启

大江来从万山中，山势尽与江流东。钟山如龙独西上，欲破巨浪乘长风！江山相雄不相让，形胜争夸天下壮。秦皇空此瘗黄金，佳气葱葱至今王。我怀郁塞何由开，酒酣走上城南台。坐觉苍茫万古意，远自荒烟落日之中来。石头城下涛声怒，武骑千群谁敢渡？黄旗入洛竟何祥，铁锁横江未为固。前三国，后六朝，草生宫阙何萧萧。英雄来时务割据，几度战血流寒潮。我今幸逢圣人起南国，祸乱初平事休息。从今四海永为家，不用长江限南北！

◎雨花台：在今南京市南聚宝山上。下文又作城南台。◎钟山：一名紫金山，在今南京市中山门外。◎相雄：相互争雄。◎“秦皇”两句：秦始皇听说东南有王者之气，让人埋下金玉杂宝以镇压，然而至今王气依旧旺盛。瘗，埋。葱葱，郁勃葱茏之貌。王（wàng），通“旺”。◎“黄旗”句：三国时，吴主孙皓听信术士传言，要打着黄旗青盖到洛阳承受天命，结果遇雪而还。后来晋灭吴，孙皓果然全家入洛，所以诗人说“竟何祥”。祥，吉凶的预兆。“铁锁”句：晋吴作战，吴人在江上横以铁锁。晋人乘木筏进攻，以火炬将铁锁烧断。◎务：努力实施。◎圣人：这里指明朝开国皇帝朱元璋。事休息：这里指轻徭薄赋，使百姓得以休养生息。◎限：隔绝。

挽王中丞 李攀龙

司马台前列柏高，风云犹自夹旌旄。属镂不是君王意，莫作胥山万里涛。

◎王中丞：王世贞之父王忬，曾任蓟辽总督，因边防失事，遭奸臣严嵩构陷被杀。李攀龙作挽诗，表达对王忬的同情，暗含斥责严嵩之意。◎司马台：指兵部，王忬曾任兵部侍郎。列柏：指御史台，汉代御史台植列柏，又称柏府。王忬曾任御史。旌旄：旌旗。◎属镂：古剑名。吴王夫差曾以属镂剑赐伍子胥，迫令自刎。这里是说，杀王忬是严嵩的主意，与皇帝无关。“莫作”句：意思是希望王忬的灵魂不要像伍子胥那样，死后驾怒涛以泄愤。胥山，在苏州，因伍子胥而得名。

女二二圹志 归有光

女二二，生之年月戊戌戊午，其日时又戊戌戊午，予以为奇。今年予在光福山中，二二不见予，辄常常呼予。一日，予自山中还，见长女能抱其妹，心甚喜。及予出门，二二尚跃入予怀中也。既到山数日，日将晡，予方读《尚书》，举首忽见家奴在前，惊问曰：“有事乎？”奴不即言，第言他事。徐却立曰：“二二今日四鼓时已死矣。”盖生三百日而死，时为嘉靖己亥三月丁酉。予既归为棺敛，以某月日，瘗于城武公之墓阴。

呜呼！予自乙未以来，多在外。吾女生既不知，而死又不及见，可哀也已！

◎圹志：墓志，是埋在墓中刻有死者生平的墓石。◎“生之年”二句：这里是用干支法记述年、月、日、时。◎光福：

在今江苏省苏州境内。◎晡（bū）：申时，即下午三至五点。◎第：但，只。◎却立：退后一步，表郑重。四鼓：四更，凌晨一至三点。◎嘉靖己亥三月丁酉：嘉靖十八年（1539年）三月十九日。◎瘞：埋葬。城武公：归有光的曾祖父归凤，曾为城武县令。墓阴：墓北。

湖心亭看雪　张岱

崇祯五年十二月，余住西湖。大雪三日，湖中人鸟声俱绝。是日更定矣，余拏一小舟，拥毳衣炉火，独往湖心亭看雪。雾凇沆砀，天与云、与山、与水，上下一白。湖中影子，惟长堤一痕，湖心亭一点，与余舟一芥，舟中人两三粒而已。到亭上，有两人铺毡对坐，一童子烧酒，炉正沸。见余大惊喜，曰："湖中焉得更有此人！"拉余同饮。余强饮三大白而别。问其姓氏，是金陵人，客此。及下船，舟子喃喃曰："莫说相公痴，更有痴似相公者。"

◎崇祯五年：1632年。◎更定：指初更时分，相当于晚上七时左右。拏（ná）：此处有驾船意。毳（cuì）衣：毛皮衣。◎雾凇：本指凝结的冰晶，这里指冰冷的雾气。沆砀（hàng dàng）：形容雾气弥漫、一派混茫之状。◎芥：小草。◎三大白：三大杯酒。

辑一〇　清人慕古调，文章数桐城
（附：《文心雕龙》等）

清代文坛别集多

1644年，李自成率农民军攻入北京城，明代最后一个皇帝崇祯逃出宫门，在御苑的一棵歪脖树上了吊，“大明朝”就此落幕。清军在吴三桂的引导下杀进山海关，一个新王朝就此取代了旧王朝。

清朝是满族贵族建立的政权，少数人统治多数人，毕竟不是件容易事。在文化方面，统治者两手并用，一面大兴文字狱，一面以科举制笼络读书人。乾隆皇帝在位时，兴起编纂《四库全书》的文化工程。——整理文献典籍本来是大好事，可在此过程中，御用文人奉命把不利于清朝统治的文献改的改、烧的烧，好事因而变了味。

同时，社会安定，经济复苏也促进了文学的发展。文坛日渐繁荣，复古之风盛行。以前每个朝代都有成就突出的文学样式，如楚辞、汉赋、唐诗、宋词、元曲、明代的章回小说……清代则诗、词、曲、赋，散文、戏曲、小说、笔记……全都取得可观的成就。

此外，清代人口激增，读书人多于历代，文人别集格外丰富。《四库全书》收书籍截至在乾隆以前，清代别集只有四十几部。但据近世学者搜罗统计，已知清代诗文作者有两万多家，别集包括已刊的、未刊的，有数万部之多！

清人还编了不少总集，如前面提到的《全唐诗》九百卷，此外还有黄宗羲所编《明文海》四百八十二卷，朱彝尊编的《明诗综》一百卷。朱彝尊又编有《词综》，此外还有沈德潜所编《唐诗别裁》等。

“两截人”钱谦益、吴伟业

清初的文坛上有两种人：一种人以明代遗民自居，不肯跟清统治者合作。在他们的诗文里，表现出凛然的民族气节，为人所敬重。顾炎武、黄宗羲、王夫之这三位便是代表，也就是人们常说的“顾黄王”。

另一类是做了“两截人”的士大夫。他们也读孔孟的书，也宣誓效忠“大明朝”；可清军一来，他们就变节投降，留起辫子。他们中间，钱谦益、吴伟业、龚鼎孳的名气最大。

钱谦益（1582—1664）字受之，号牧斋，在明末官至礼部侍郎，在东林党内威望很高，又是明末诗坛领袖。可惜他骨头不硬，南明时投靠阉党；清军一过江，他又率领南都文臣投降了清军。不过清朝并没有重用他，钱谦益大失所望，不久就称病还乡。晚年他的思想发生变化，曾给抗清武装写密信出谋划策。郑成功围攻南京时，他还亲自到江边犒劳义军。

在文学上，钱谦益反对七子“诗必盛唐”的主张，独倡宋元诗，推崇苏轼和元好问。他的主张，对清代诗坛影响不小。他的诗写得很好，晚年写了不少怀念故国的诗篇。看看这首七绝《后观棋绝句》（六首之三）：

寂寞枯枰响泬寥，秦淮秋老咽寒潮。白头灯影凉宵里，一局残棋见六朝。

◎后观棋绝句：诗人此前曾有“观棋绝句”，因而称“后观棋绝句”。◎枰：棋枰，棋盘。因是残局，故称“枯枰”。泬（jué）寥：本为旷荡空虚貌，这里形容落子回音的稀疏。秦淮：南京秦淮河。秋老：深秋。咽寒潮：潮声如呜咽。

诗人在秦淮河畔观棋，那里原是南京最繁华的所在，如今却是一派荒凉破败。白头诗人在这深秋“凉宵”，听着落子的回音以及槛外呜咽的水声，不禁联想到六朝的没落。这里的“六朝”，应是暗指刚刚覆灭的南明王朝吧？——爱国文人黄宗羲把钱谦益引为知己，作诗说“平生知己谁人是，能不为公一泫然”，也侧面印证了钱谦益的矛盾内心。

钱谦益著作等身，著有《牧斋诗抄》《有学集》《初学集》《投笔集》等，都没能收入《四库全书》中，因为他的著作在清代被划入“禁毁”之列。

吴伟业

吴伟业（1609—1672）字骏公，号梅村，也属“两截人”。他自幼天资聪明，十四岁时已写得一手好文章。后来参加科考，名次比老师张溥还要高。入清后，清廷召他入朝做官，他不敢违抗。可没过几年，他便借口母丧回到故里，以后再也没有出仕。——对于这段历史，他抱憾终生。在《过淮阴有感》一诗中，有“浮生所欠止一死”的句子，道出他心中的悲凉。

吴伟业的诗，语言华丽，格律严整。入清以后，又转而为沉郁苍凉。有人把他比作六朝时写《哀江南赋》的庾信。他的诗中有不少反映民间疾苦、讽刺降臣的作品。有一首歌行体《圆圆曲》，堪称代表。

“圆圆”即陈圆圆，本是苏州有名的妓女，曾被选入豪门，又送进宫中，几经周折，成了明将吴三桂的妾。李自成攻下北京，陈圆圆被俘。吴三桂当时正把守山海关，听到消息，一怒之下投降了清军，引狼入室，一直攻进北京，把圆圆夺回。——明朝就这样完了！

诗歌表面吟咏吴三桂与陈圆圆的悲欢离合，实则含着犀利的讽刺。像“恸哭六军俱缟素，冲冠一怒为红颜”“全家白骨成灰土，一代红妆照汗青”等句子，都反话正说，成为刺痛卖国者的警句。据说吴三桂要以重金买去此诗，吴伟业没有答应。

吴伟业另有《过吴江有感》《楚两生行》《捉船行》《织妇词》等诗，或感慨身世，或记录“鼎革”之际的人物遭遇，或同情劳苦百姓，称之为“诗史”也不为过。——吴伟业有《梅村集》，被四库馆臣列为“国朝别集之冠”。

“两截人”中还有一位龚鼎孳（1615—1673），诗写得也很好，然而人品极差。他跟钱、吴合称“江左三大家”。有《定山堂集》《龚端毅公集》等存世。

顾炎武：天下兴亡，匹夫有责

顾炎武（1613—1682）字宁人，人称“亭林先生”。他少年时参加了复社；明亡后，奔走大江南北，联络各地豪杰，力图复国，还曾被捕下狱。此后的二十年里，他离开家乡，遍游北方各省，沿路考察山川地形，结交豪杰，做恢复故国的准备。

六十五岁时，他在华阴那地方住下来，专心著述。他有一部治学笔记《日知录》，是花了三十年心血写成的。在书中，他提出“天下兴亡，匹夫有责”的响亮口号：

> 有亡国，有亡天下。亡国与亡天下奚辨？曰：“易姓改号，谓之亡国；仁义充塞，而至于率兽食人，人将相食，谓之亡天下……是故知保天下，然后知保其国。保国者，其君其臣肉食者谋之；保天下者，匹夫之贱与有责焉耳矣。”《日知录·正始》
>
> ◎奚辨：有何区别。◎易姓改号：皇帝换姓，国号变更。◎“仁义”句：仁义之途被堵塞，发展到当权者率领野兽吞噬人，甚至人吃人，这叫“亡天下”。◎肉食者：指当官吃国家俸禄的。◎匹夫：布衣百姓。

顾炎武把“国”和“天下”做了区分：“国”即政权，在帝制时代，国为皇帝、大臣所私有，因而他们有责任去维护；至于“天下”，则指道统及文化，当一个民族的文化衰败时，每个人都有责任起而捍卫，哪怕他身份微贱，只是个“匹夫”。——

后人把顾炎武的话概括为“天下兴亡，匹夫有责”，成为鞭策士人的响亮口号。

顾炎武常以诗抒发怀抱，看一首《精卫》，借“精卫填海”的神话传说，歌颂一种“知其不可而为之”的精神；尾联则对降清士人表达了极大轻蔑！

顾炎武还是朴学大师，在学术上的声誉高过他的文名。他留下的著作除了《日知录》，还有《天下郡国利病书》《音学五书》《金石文字记》《亭林诗文集》等。

另一位由明入清的思想家兼学者黄宗羲（1610—1695），字太冲，号南雷，又号梨洲；几乎与顾炎武齐名。他的父亲是东林党人，他本人曾参加复社。明亡后，他奔走于钱塘一带，组织抗清武装，历尽艰危。后来见大势已去，便聚众讲学，隐居著书，以此保存民族文化，激发人们的爱国热情。

黄宗羲的代表作中有一部《明夷待访录》，内中包括《原君》《原臣》《原法》等二十篇文章。——“原君”就是探讨“君”的本义。在文中，黄宗羲把帝王说成“天下之大害”，又说“天下之治乱，不在一姓之兴亡，而在万民之忧乐”；至于做大臣的，应当“为天下，非为君也；为万民，非为

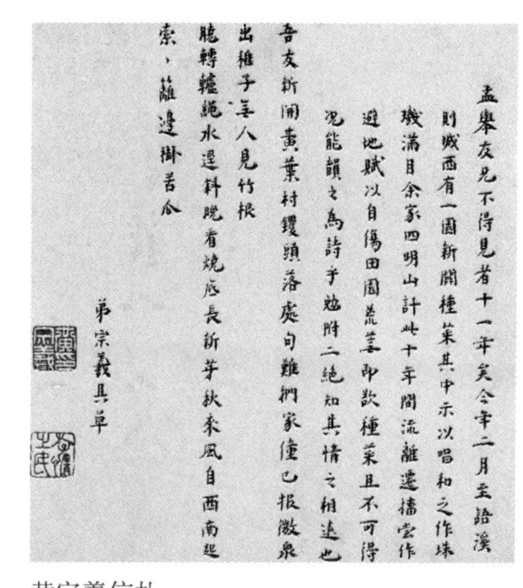
孟舉友兄不得見者十一年矣今年二月至語溪
則城西有一園新闢種菜其中示以唱和之作殊
殘滿目余家四明山計此十年間流離遷播尝作
避地賦以自傷田園荒蕪即欲種菜且不可得
况能韻之為詩乎炫附二絕知其情之相遠也
吾友新闢黄葉村钁頭落處句難刪家僮已報微泉
出稚子年八見竹根
臕轉轆繩水還斜晚看燒底長新芽秋來風自西南起
索、蘿邊掛苦瓜
弟宗羲具草

黄宗羲信札

一姓也”。这种思想，已经显露出民主思想的萌芽。

另一位遗民学者王夫之（1619—1692）号姜斋，少年时读书刻苦。明亡后，他积极参加武装抗清。失败后，便躲到湖南常宁的深山里，改名换姓，刻苦著书四十余年。晚年在衡阳石船山著书讲学，人称“船山先生”。

王夫之对天文、历法、数学、地理都很有研究，尤其精通经学、史学、哲学和佛学。他留下的著作有《张子正蒙注》《尚书引义》《读通鉴论》等一百多种，全是在深山瑶族寨子里写成的。他的著作写成后便随手赠人，不留底稿。直到死后多年，才由他的族孙陆续搜集刊行，“船山先生”的大名也才渐渐为人所知。

与“顾黄王”和“江左三大家”同时或略迟的有名诗人，还有吴嘉纪、屈大均等。

渔洋主“神韵”，板桥颂农夫

继钱谦益、吴伟业之后，清代诗坛上的大家要数王士禛了。王士禛（1634—1711）字子真，号渔洋山人，世称“王渔洋”。他官做得不小，但人却很谦和，结交了许多诗人朋友，是继钱谦益之后又一位文坛盟主。

王士禛是“尊唐派”，他崇尚王维、孟浩然，编选了《唐贤三昧集》，多选盛唐诗，作为学诗的范本。他创立“神韵”说，倡导“不著一字，尽得风流”；这还是严羽最早提出的呢。且看一首《秦淮杂诗》（二十选一）：

年来肠断秣陵舟，梦绕秦淮水上楼。十日雨丝风片里，浓春烟景似残秋。

◎秣陵：南京别称。◎雨丝风片：形容春日的细雨和风。明汤显祖《牡丹亭》有“雨丝风片，烟波画船”句。

诗人于清初到南京游玩，留连于秦淮河，作诗二十首，题为《秦淮杂诗》。在绵绵细雨中，诗人只觉得浓春烟景，竟带有令人愁苦的残秋味道。——诗中的故国之思似有还无，这正是王士禛所倡导的“神韵”吧？

王士禛一生著作等身，有五百多种。主要有《渔洋山人精华录》《渔洋诗集》《渔洋文略》《带经堂集》等，另有笔记《池北偶谈》，也很有名。

钱谦益和王士禛，一个“崇宋”，一个“尊唐”，从此，清代诗人也分为两大派。像施闰章、宋琬、朱彝（yí）尊、赵执信等，都是尊唐的一派；而宋荦（luò）、查慎行、厉鹗等，则主张学习宋诗。

“尊唐”派中还有沈德潜［1673—1769，字碻（què）士］，他一生科举不利，直到六十六岁才时来运转，考取进士。乾隆皇帝看重这位“江南老名士”，常跟他有诗歌唱和。

沈德潜从“尊唐”的目的出发，编选了好几部诗选：《唐诗别裁》《明诗别裁》《国朝诗别裁》《古诗源》等。其中以《唐诗别裁》影响最大。——他的传世别集为《沈归愚诗文全集》。

差不多跟沈德潜同时的，还有位特立独行的文人郑燮（xiè，1693—1765），字克柔，号板桥，人们更熟悉“郑板桥”这个称呼。他既不主张崇宋，也不提倡尊唐。他说自己的诗文就是“清诗清文”，何必跟前代扯到一块儿！他的诗、词、文章都那么真实坦率，没有一点忸怩作态。

郑燮有《道情十首》，是一组鼓曲，很有特色。其中一首概括华夏历史，是这样说的：

邈唐虞，远夏殷。卷宗周，入暴秦。争雄七国相兼并。文章两汉空陈迹，金粉南朝总废尘，李唐赵宋慌忙尽。最可叹龙盘虎踞，尽销磨《燕子》《春灯》。

◎邈：邈远。唐虞：指尧舜。◎宗周：周王朝，也指周朝都城。◎“文章”句：指两汉文化已成过去。“金粉”句：南朝奢靡，故称金粉南朝。废尘，归于尘土。◎“最可叹”二句：这里是感叹南明王朝的覆亡。龙盘虎踞，指金陵形胜。南明王朝建都于此。《燕子》《春灯》，南明大臣阮大铖所作传奇《燕子笺》《春灯谜》。当清军虎视江南之际，阮大铖还忙着排演他的剧作。

这里只用八句五十四个字，便将华夏历史讲述一过。对南明王朝的覆灭，诗人感慨尤深，从中还能隐约感受到诗人的民族情怀。

郑燮的散文也自有特点，有十几封家书，大都是写给堂弟的。堂弟郑墨在家乡主持家务，教育子弟。郑燮在信中谆谆嘱咐：奴仆、使女也都是“黄帝尧舜之子孙”，不要轻慢他们。又说：“我想天地间第一等人，只有农夫……使天下无农夫，举世皆

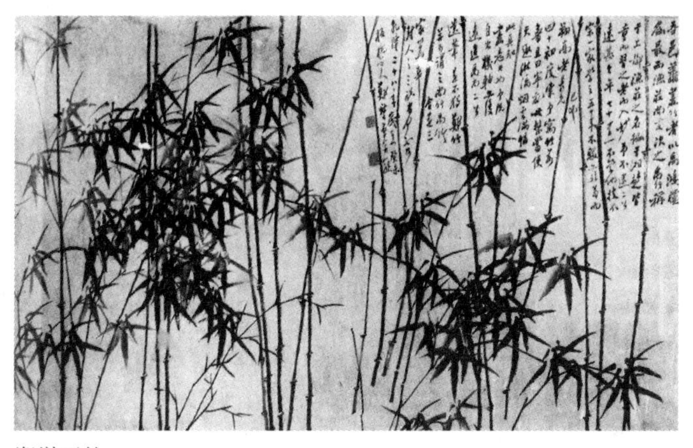

郑燮画竹

饿死矣！”他还说，读书中举、中进士、做官都是小事，“第一要明理作个好人”。身在那个时代，他的见解是很可贵的。由于是家书，所以写起来并不端架子，直抒胸臆，出语真率，朴实生动。

郑燮的书法绘画都很有特色，是书画名家“扬州八怪”之一。有《郑板桥集》传世。

江右三家：袁枚、赵翼和蒋士铨

乾隆年间，清代文坛上有“乾隆三大家”，也称“江右三大家”，即袁枚、赵翼和蒋士铨三位。

袁枚（1716—1797）字子才，号简斋。他于乾隆年间登进士第，后来当过几任县令，但早早退隐。他在南京购买了一处旧园，园子最早的主人是江宁织造曹寅，也就是《红楼梦》作者曹雪芹的祖父。不过袁枚是从后任织造官隋赫德手中买下的，取名“随园”，袁枚因号“随园主人”。

袁枚的诗别有才思，看这首《苔》：

白日不到处，青春恰自来。苔花如米小，也学牡丹开。

诗人观察细致，发现阳光照不到的地方，也有生命在孕育。苔藓开花如米粒大小，但也像牡丹那样郑重开放，并不自轻自贱。另有一首《马嵬》，说人们总是同情唐明皇、杨玉环，为他们的爱情悲剧唏嘘不已；其实石壕村的老夫妻，才更值得同情呢！

袁枚的散文，也以自然真率见长。有一篇《黄生借书说》，讲述他小时候家里穷，买不起书，只好向富人家去借；人家不肯借给，回家后连做梦都想着。后来自己做了官，家中藏书多起来，他很乐意借书给贫穷好学的年轻人。——这叫将心比心吧！

不过袁枚散文最感人的，还要数那篇《祭妹文》。他的三妹跟他感情最好，又很有才，可惜出嫁后备受丈夫虐待，不得不离婚回家，刚刚四十岁便患病死去。袁枚在祭文中回忆了自幼跟妹妹一同生活的往事；事情虽然平淡，感情却极为深挚。祭文的最后一段这样写道：

鸣呼！生前既不可想，身后又不可知；哭汝既不闻汝言，奠汝又不见汝食。纸灰飞扬，朔风野大，阿兄归矣，犹屡屡回头望汝也。鸣呼哀哉！鸣呼哀哉！

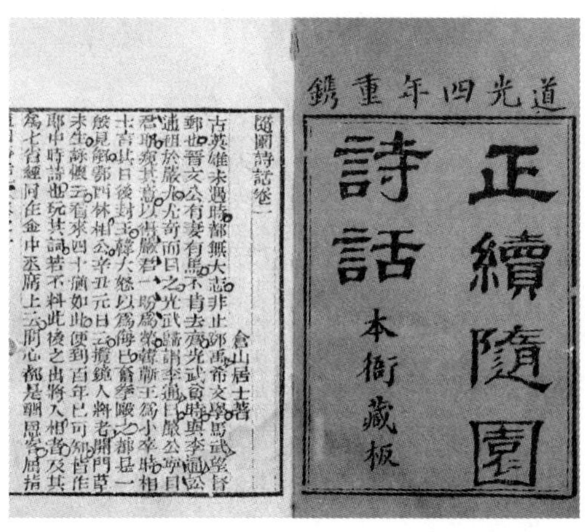
道光四年重鐫
正續隨園詩話
本衙藏板

隨園詩話卷一　倉山居士著
古英雄未遇時都無大志非止鄧禹希文學馬武望督
郵也晉文公有妻有馬不肯去齊光武貧時與李通訟
逋租於嚴尤尤奇而目之光武歸謂李通曰嚴公寧目
君耶窺其意以得嚴君一盼為榮韓蘄王為小卒時相
士言其日後封王韓大怒以為侮己奮拳毆之都是一
般見解鄂西林相公辛丑元日云攬鏡人將老開門草
未生詠懷云看來四十猶如此便到百年已可知皆作
郎中時詩也玩其詞若不料此後之出將入相者及其
為七省經略在金中丞席上云問心都是酬恩客屈指

《随园诗话》书影

想到这样的文字出自士大夫之手，就更觉得可贵。——袁枚有诗文集《小仓山房集》等，他的论诗笔记《随园诗话》也很著名。

赵翼（1727—1814）是著名的史学家，著有《廿二史札记》，我们在介绍历史典籍时已经提到。他有一组《论诗》很有名，其中一首写道：

> 李杜诗篇万口传，至今已觉不新鲜。江山代有才人出，各领风骚数百年。

他说每一时代的文学都有自己的风格特色及才子巨匠，今人不必跟在古人后头鹦鹉学舌。——赵翼作诗也主张“性灵”，有《瓯北集》《瓯北诗话》传世。

这一时期有成就的诗文作家，还有蒋士铨、翁方纲等。

清代词坛不寂寥

这里要特别说说清初的词坛，有成就的词人有好几位：陈维崧、朱彝尊、顾贞观、纳兰性德……

陈维崧（1625—1682）字其年，号迦陵。填词有苏、辛之风，不但擅长写《满江红》《金缕曲》那样长调词，小令也写得慷慨豪壮。例如那首《南乡子·邢州道上作》（文摘二一），写“三河年少客”带刀跨马、林中射雕，词带慷慨之气。

有一首《贺新郎·纤夫词》，开篇颇有史诗气度：“战舰排江口。正天边、真王拜印，蛟螭蟠钮。”（战舰在江边排列，统帅接受印信，准备出征。真王：清军统帅是一位亲王。蛟螭蟠钮：指印钮雕成蟠龙状。）——然而词中的真正主人公，却是那个被强征的纤夫。纤夫向“草间病妇”告别说：“此去三江牵百丈，雪浪排樯夜吼，背耐得、土牛鞭否？”（后句是说此去免不了受奴役、挨鞭打。）词尾又暗示，纤夫很可能再也回不来了。陈维崧有《湖海楼诗文词全集》，其中词占了一大半。他所开创的词派，称“阳羡词派”。

另一位清初著名词人朱彝尊（1629—1709）字锡鬯（chàng），号竹垞（chá），饱读诗书，出远门也要带上“十三经”“廿一史”，把客店也堆得满满的。后来他当上翰林，曾偷偷带了抄书手到宫里抄录珍本书籍，因而受到降职处分；可人们称这是“美贬”，他本人也觉着挺光彩。

朱彝尊一生藏书八万卷，还特地建起一座曝书亭。他用八年时光，编选了一部《词综》，收录从唐到元六百五十多家词人的两千两百多首词。他不大喜欢苏、辛的豪放词风，更推重姜夔、吴文英、张炎等婉约派的词作。他开创的词派，以“浙西”为名。

在那首《解佩令·自题词集》（文摘二一）中，朱彝尊一面抒发怀抱，一面宣示自己的词学主张。朱彝尊生活于改朝换代之际，从词中的悲凉之气，还能看到时代氛围的影响。朱彝尊有《曝书亭集》《日下旧闻》《经义考》等著作传世。诗词选本除了《词综》，还有《明诗综》等。

顾贞观（1637—1714）字华峰，号梁汾。曾做过小官，还乡后以读书为乐。他填词不事雕琢，以情动人。他有个好友叫吴兆骞（字汉槎），顺治年间因受科场案牵连，被流放到关外宁古塔。好友无辜受难，顾贞观觉得自己有义务解救他，填了两首《金缕曲》，表达救助朋友的决心。

贵公子纳兰性德也爱填词，他读了这两首词，深受感动，于是利用自己的特殊身份，设法将吴兆骞救回。——顾贞观与纳兰性德以词会友、慷慨仗义的举动，一时传为佳话！

纳兰填词有温情

纳兰性德（1655—1685）原名纳兰成德，字容若，满洲正黄旗人。爹爹纳兰明珠是康熙朝大学士，主政多年。纳兰性德二十岁时，靠着自己的才学得中进士，做了康熙皇帝的侍卫。由于能文能武，很受康熙的赏识器重。

纳兰填词，不乏军旅生活的作品，像那首《菩萨蛮·朔风吹散三更雪》（文摘二一），便是他跟随康熙东巡时所填。不过纳兰填词，仍以花前月下的居多。他有着一颗诚挚而质朴的心，故能写出真情，词风与南唐后主李煜相近。有一首《浣溪沙》，是悼亡之作：

> 谁念西风独自凉，萧萧黄叶闭疏窗，沉思往事立残阳。　　被酒莫惊春睡重，赌书消得泼茶香，当时只道是寻常。
>
> ◎萧萧：冷落凄凉貌。疏窗：窗棱稀疏的窗扇。◎被酒：酒醉。“赌书”句：此处用典——李清照在《金石录后序》中提到，她与丈夫赵明诚一同读书品茶，赌赛记忆力，胜者先饮；但胜者常因大笑而将茶水洒入怀中。消得，消受，享受。

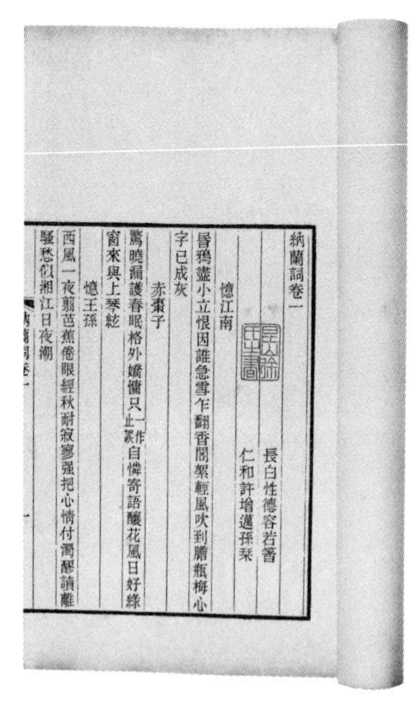
納蘭詞卷一

長白性德容若著

仁和許增邁孫栞

憶江南

昏鴉盡小立恨因誰急雪乍翻香閣絮輕風吹到膽瓶梅心字已成灰

赤棗子

驚曉漏護春眠格外嬌慵只（一作止）欵自憐寄語釀花風日好綠窗來與上琴絃

憶王孫

西風一夜翦芭蕉倦眼經秋耐寂寥强把心情付濁醪讀離騷愁似湘江日夜潮

纳兰性德《纳兰词》书影

纳兰娶妻卢氏，两人志趣相投。可惜共同生活只有三年，卢氏便因病下世。词人在秋日黄昏独立疏窗，回思往事，几个场景浮现心头：一是妻子酒醉酣眠，自己不敢惊动；二是两人赌书游戏，乐在其中。——虽都是寻常小事，如今回想，只恨当时太不珍惜了！

纳兰有不少诗朋文友，他与顾贞观的友谊，前面已经说到。有一首《金缕曲·赠梁汾》，便是他与顾贞观订交时所填。

近代学者评论说："纳兰容若以自然之眼观物，以自然之舌言情。此初入中原，未染汉人风气，故能真切如此！"（王国维）——可惜纳兰才高寿短，只活了三十一岁。著有《通志堂集》，另有词集《饮水词》。

清代词人成就较高的，还有张惠言（1761—1802），其《水调歌头·今日非昨日》一词，感叹光阴易逝，主张及时行乐，实则倾诉了心中的苦闷。——张惠言有《茗柯词》传世。他的散文也很好，是散文流派"阳湖派"的代表人物。

古文三家，桐城压轴

清代的散文创作又如何？清初有三位散文家，号称"古文三大家"，即魏禧、汪琬和侯方域。

魏禧（1624—1681）字冰叔，号裕斋，是抗清志士。明亡后，他与另外几家人占据宁都险要的翠微峰，自成一个小社会，秘密筹划恢复。可惜势孤力单，未成气候。

魏禧的人物传记写得很出色。有一篇《大铁椎传》，记述一位身怀绝技却不为世用的奇人，那大概正是作者心目中理想的豪侠人物吧！

侯方域（1618—1655）字朝宗，世家子弟，风流倜傥，在明末复社中很有威望。入清后，他被迫参加了清廷的科考，得中副榜，给自己的一生留下污点。他撰有《李姬传》（文摘二一），记述一位深明大义的秦淮名妓李香，而文中的"侯生"，便是作者自己。——后来戏曲家孔尚任把这段故事撰为传奇《桃花扇》，成为清代剧坛上的不朽之作。

三大家各有文集传世，魏禧有《魏叔子文集》，汪琬有《尧峰文钞》《钝翁前后类稿》，侯方域有《壮悔堂集》《四忆堂诗集》。

清代影响最大的古文流派是桐城派，这一派的主要作家方苞、刘大櫆（kuí）、姚鼐（nài）都是安徽桐城人，“桐城派”的名字就是这么叫响的。

方苞（1668—1749）字灵皋，晚年号望溪，是桐城派的创始人。他的散文远承唐宋八家，近宗明代归有光。他还创立了一套理论，说作文要遵循“义法”。——什么叫“义法”呢？义是指“言有物”，法是指“言有序”。他的理论后来在姚鼐那儿又得到发展。

方苞的文章大都是一些谈经说理的文字，但写得最好的，还是一些写人记事的杂记小品。如《左忠毅公逸事》一文，记录了明末忠臣左光斗的事迹。左光斗受大太监魏忠贤的迫害，被关进东厂牢狱，受尽酷刑。文中记述他的学生史可法到狱中看望他时的情景，左光斗的不屈形象，被作者描绘得栩栩如生，令人肃然起敬！（文摘二一）

方苞也曾受文字狱牵连，蹲过大狱，亲眼见识狱吏的无法无天、贪残凶狠。出狱后，他写了一篇《狱中杂记》，揭露狱中的重重黑幕，让人读了毛发倒竖！——方苞有《方望溪先生全集》传世。

刘大櫆（1698—1779）比方苞小三十岁，他的文章深受方苞赏识。在桐城派里，刘大櫆是个承上启下的人物，倒是他的学生姚鼐，发展了方苞的理论，成为一代文宗。

姚鼐（1732—1815）字姬传，又称惜抱先生。他不满足以“义法”来论文，提出“义理、考据、词章三者兼善”的理论；并说“神理气味、格律声色”是文章的八大要素。他还把文章分为阳刚、阴柔两大类，说“阳刚之美”和“阴柔之美”都是文章所需要的。——姚鼐自己的文章，是偏于阴柔的。

姚鼐有一篇《登泰山记》，记述冬日登泰山的见闻，文笔精练、渲染出色，充分显示作者的古文功力。其中写日出一段，十分生动：

> 戊申晦五鼓，与子颖坐日观亭待日出。大风扬积雪击面。亭东自足下皆云漫，稍见云中白若樗蒱数十立者，山也。极天，云一线异色，须臾成五彩，日上正赤如丹，下有红光动摇承之。或曰：此东海也。
>
> ◎戊申：这里是以干支纪日，这天正值乾隆三十九年（1774年）的除夕。晦：夏历每月最后一天。子颖：作者的朋友朱孝纯。日观亭：亭名，在日观峰上。◎樗（chū）蒱：古代赌博用具，犹如后来的骰子。◎极天：天边最远处。丹：丹砂，一种红色颜料。

文中记述日出景象，用笔极为简洁，却又色彩鲜明，充满动感。“大风扬积雪击面”以及拿樗蒱来比喻群山，都给人感同身受的印象。

为了宣扬桐城派的理论和主张，姚鼐还编选了一部《古文辞类纂》，选取了从战国到清代的散文，分成论辩、序跋、奏

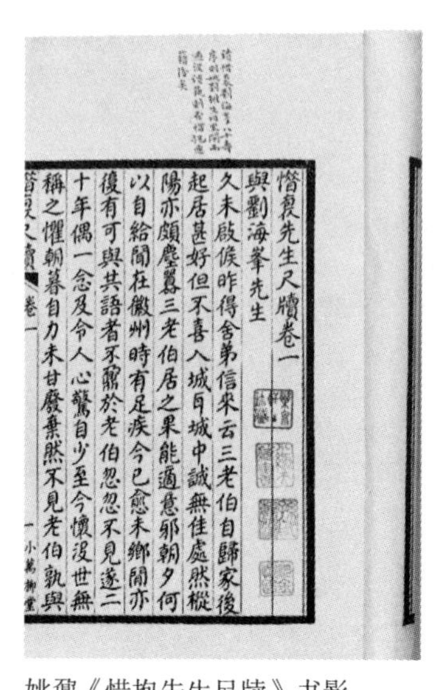
惜抱先生尺牘卷一

與劉海峯先生

久未啟候昨得舍弟信來云三老伯自歸家後
起居甚好但不喜入城戶城中誠無佳處然樅
陽亦頗囂囂三老伯居之果能適意邪朝夕何
以自給聞在徽州時有足疾今已愈未鄉間亦
復有可與共語者不窮於老伯忽忽不見遂二
十年偶一念及令人心驚自少至今懷沒世無
稱之懼朝暮自力未甘廢棄然不見老伯孰與

惜抱尺牘 卷一 一 小萬柳堂

姚鼐《惜抱先生尺牍》书影

议、书论等十三类。这部书成为流传极广的古文范本。姚鼐自己的诗文，则收于《惜抱轩全集》中。

清代乾嘉时期，散文流派中又有阳湖派，因代表人物张惠言、恽敬都是江苏阳湖人而得名。这一派以桐城派为宗，又能博采众长，兼重文采。恽敬有一篇《游庐山记》，内中有含鄱岭看云的一段描写，读了令人心胸开阔。

清代不仅散文创作兴盛，骈文领域也不寂寞。陈维崧、毛奇龄、袁枚等，又都是骈文高手。

承先启后龚自珍

学者习惯上把“古代文学”的范畴截止到1840年，即鸦片战争爆发的那年。按这个分期，龚自珍算得上古代文坛的最后一位文学家了。

龚自珍（1792—1841）字璱（sè）人，号定盦（ān）。家里祖祖辈辈都读书做官。他的外公是清代名气很大的文字学家段玉裁，曾作《说文解字注》。龚自珍年近四十才中进士，当个礼部主事，不过是六品官儿。

龚自珍有一组《己亥杂诗》，共三百五十首，是他四十八岁辞官南下时在旅途中所作。诗人路过镇江时，见到成千上万的百姓在祭祀玉皇及风雷之神，于是即景生情写下那首著名的七绝：

> 九州生气恃风雷，万马齐喑究可哀。我劝天公重抖擞，不拘一格降人材。
>
> ◎恃：凭借。喑（yīn）：哑。

他在诗中慨叹：九州大地万马不鸣、死气沉沉，太让人伤心了；真需要一场激荡的风雷来洗刷振作！我期待玉皇能抖擞精神，不拘一格送来各种人才。——不难看出，这个卸了任的小官儿，胸中装的却是整个天下。

他的七律《咏史》（文摘二一），借古讽今，抨击时政。其中“避席畏闻文字狱，著书都为稻粱谋”一联，写出在政治高压下的文人小心翼翼的畏缩心态。

龚自珍墨迹

龚自珍的散文也含蕴深刻。有一篇《病梅馆记》，说江南一带的养花人总爱把梅花的枝条捆绑得弯弯曲曲、砍削得稀稀落落的，不惜摧残梅花的“生气”，只为求卖个好价钱。作者买来三百盆“病梅”，砸碎花盆，解掉绑缚的棕绳，统统栽在地上，发誓要用五年时光让生病的梅花恢复生机。他在文章末尾感叹说：唉，怎样能让我有更多的闲暇和土地，把南京、苏杭的“病梅”全都搬来，用毕生的力量去诊治它们呢！——透过这些文章，不难看出龚自珍对束缚、摧残人才的科举制的反感与批判！

龚自珍是19世纪上半叶具有启蒙色彩的思想家，近代学者梁启超称他为“近世思想自由之向导”；诗人柳亚子也称赞他是“三百年来第一流”！

在文学史上，龚自珍承先启后，占着一席重要地位。——他著有《定盦文集》，今人辑为《龚自珍全集》。

【文摘二一】

南乡子·邢州道上作　陈维崧

秋色冷并刀，一派酸风卷怒涛。并马三河年少客，粗豪，皂栎林中醉射雕！　　残酒忆荆高，燕赵悲歌事未消。忆昨车声寒易水，今朝，慷慨还过豫让桥！

◎邢州：今河北邢台。◎三河：泛指北方。栎（lì）：树名。◎荆高：荆轲、高渐离，他俩以及下文提到的豫让，都是古代著名的刺客侠士。

解佩令·自题词集　朱彝尊

十年磨剑，五陵结客，把平生涕泪都飘尽。老去填词，一半是空中传恨，几曾围燕钗蝉鬓。　　不师秦七，不师黄九，倚新声玉田差近。落拓江湖，且吩咐歌筵红粉。料封侯白头无分。

◎五陵：陕西咸阳附近的五座汉帝陵墓。这里指五陵少年，是侠客的代称。◎“老去”三句：意思是晚年喜欢填词，用来抒发胸中忧愤，并非柳永式的艳词。燕钗蝉鬓，指妖娆女性。◎“不师”三句：意为不学北宋的秦观和黄庭坚，只学南宋张炎的词风。师，师法，学习。秦七，秦观。黄九，黄庭坚。倚，唱和。玉田，张炎号玉田。差近，相近。◎红粉：这里指歌女。◎无分：没有（封侯当官的）福分。

菩萨蛮　纳兰性德

朔风吹散三更雪，倩魂犹恋桃花月。梦好莫催醒，由他好处行。　　无端听画角，枕畔红冰薄。塞马一声嘶，残星拂大旗。

◎词咏随军出征，缠绵的梦境与醒时的军旅生活形成鲜明对照。◎倩魂：指词人的梦魂。桃花月：桃花盛开时的月亮，暗示美好的爱情。◎无端：这里有突兀之意。红冰：红泪结成的冰。

李姬传（节录） 侯方域

……未几，侯生下第。姬置酒桃叶渡，歌《琵琶词》以送之，曰："公子才名文藻，雅不减中郎。中郎学不补行，今琵琶所传词固妄，然尝昵董卓，不可掩也。公子豪迈不羁，又失意，此去相见未可期，愿终自爱，无忘妾所歌《琵琶词》也！妾亦不复歌矣！"侯生去后，而故开府田仰者，以金三百锾，邀姬一见。姬固却之。开府惭且怒，且有以中伤姬。姬叹曰："田公岂异于阮公乎？吾向之所赞于侯公子者谓何？今乃利其金而赴之，是妾卖公子矣！"卒不往。

◎李姬：名香，是南京秦淮名妓。与侯生（即侯方域）相善。《李姬传》前半幅，写李香提醒侯方域站稳正义立场，拒绝阉党人物阮大铖的贿赂。◎下第：考试落榜。这里指侯方域应乡试落第。◎《琵琶词》：指传奇《琵琶记》，演蔡中郎、赵五娘的悲欢离合故事。蔡即蔡邕，因依附董卓而留下污点，李姬说他"学不补行"，要侯生引以为戒。◎开府：清代各省巡抚又称开府。田仰：南明大臣，官至巡抚。金三百锾：白银三百两。锾（huán），重量单位，这里代"两"。◎阮公：南明大臣阮大铖。◎卒：最终。

左忠毅公逸事（节录） 方苞

……史前跪，抱公膝而呜咽。公辨其声而目不可开，乃奋臂以指拨眦，目光如炬，怒曰："庸奴！此何地也，而汝来前！国家之事糜烂至此，老夫已矣，汝复轻身而昧大义，天下事谁可支拄者。不速去，无俟奸人构陷，吾今即扑杀汝！"因摸地上刑械作投击势。史噤不敢发声，趋而出。

◎左忠毅公：左光斗，明万历进士，因弹劾大太监魏忠贤而下狱。这一段记述他的学生史可法冒着危险化装到狱中去看他，他为保护史可法，硬赶他走。◎史：史可法，公：左光斗。◎眦（zì）：眼眶。庸奴：无能的奴才。◎已矣：完了。轻身而昧大义：看轻自己而不明大义。支拄：支撑。◎"无俟"二句：不等奸人陷害你，我现在就打死你。◎噤：闭口不出声。趋：小步快走。

咏史 龚自珍

金粉东南十五州，万重恩怨属名流。牢盆狎客操全算，团扇才人踞上游。避席畏闻文字狱，著书都为稻粱谋。田横五百人安在，难道归来尽列侯？

◎"金粉"二句：是说长江下游地区旧属金粉南朝，那里的社会名流醉心声色，沉溺于个人恩怨。十五州，泛指长江下游地区。名流，有地位、有名望的人。◎"牢盆"二句：是说盐商的帮闲及无行文人如鱼得水。牢盆，本指煮盐的盆子，这里代盐商。狎客，帮闲清客。团扇才人，泛指流连声色的文人。操全算、踞上游，写其得意。◎"避席"二句：写士大夫因畏惧文字狱而不敢参加聚会，写书撰文也完全为了谋生吃饭（而不是为了研究学问，服务社会）。◎“田横”二句：田横是秦末狄人，不愿归顺汉朝，率五百余人入海岛。刘邦用高官厚禄引诱田横，田横用自刎来回答，所率五百人也全部自刎而死。诗人这里是反用典故，问道：为啥眼下没有田横那样的气节之士了？是不是田横等人真的归顺封侯了？

附：《文心雕龙》等

《文心雕龙》：教你欣赏文学

《四库总目·集部》单列“诗文评类”，按四库馆臣的说法：“文章莫盛于两汉”；汉代诗文“浑浑灏灏，文成法立”，不受格律约束。自汉末起，文章体裁渐渐完备，文人们开始探讨文学的创作规律，品评作品的高下。曹丕的《典论·论文》，是文学批评的开山之作，只是篇幅不长。而整部的文学理论专著，则以刘勰的《文心雕龙》、钟嵘的《诗品》为最早。这两部书，分列于《四库总目·集部》“诗文评类”的前两位。

刘勰（约465—约520）字彦和，跟谢朓、丘迟、吴均同时。他早年丧父，穷到无力娶妻。他酷爱读书，于是投靠和尚僧祐，在佛寺读了不少佛经及各类典籍，佛寺成了他的“大学”。后来他到昭明太子萧统手下做通事舍人，因学识渊博，很受太子敬重。

《文心雕龙》是他早年的著作，共五十篇，又分上下两编。

刘勰精通佛理，但他的文学观却是儒家的。他认为天地之外有“大道”，那是人们撰文做事的依据。圣人的文章便是阐释“道”的文字，“五经”成为一切文章的本源。

以上观点，全包括在全书开头的《原道》《征圣》《宗经》《正纬》《辨骚》中，这五篇因此成为全书的纲领。

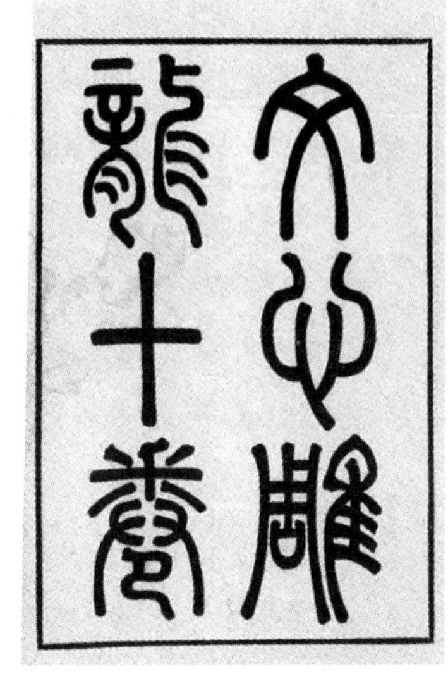

《文心雕龙》封面

上编其余各篇，阐述了各种文章体裁的源流，看标题，有《明诗》《乐府》《诠赋》《铭箴》《哀吊》《杂文》《史传》《诸子》《论说》《章表》《书记》等等，共二十种。对一些作家、作品，也有简要中肯的评价。

诸多篇目，又分为“论文”“叙笔”两部分。——今天人们把“文笔”看成一回事，可古人认为，文是文，笔是笔。文指有韵的文章，像诗、赋、铭箴等；笔则是无韵的，如史传、诸子、论说、章表之类。

《文心雕龙》用大量篇幅讨论文学的创作，内中有不少精辟见解。例如说大自然本身就很美：“云霞雕色，有逾画工之妙；草木贲华，无待锦匠之奇。”［雕色：描绘色彩。逾：超过。画工：画匠。贲（bì）华：开出多彩的花。锦匠：工艺师。］而艺术作品的美，又是自然之美的反映。又说诗人自身的禀性、气质、才能、学识修养，在创作中也都起着重要作用。

刘勰还看到历代朝政、世风对文学的影响。《文心雕龙》下编有《时序》一篇，其中讨论建安文学时说：

自献帝播迁，文学蓬转，建安之末，区宇方辑。魏武以相王之尊，雅爱诗章；文帝以副君之重，妙善辞赋；陈思以公子之豪，下笔琳琅：并体貌英逸，故俊才云蒸。……观其时文，雅好慷慨，良由世积乱离，风衰俗怨，并志深而笔长，故梗概而多气也。

◎播迁：流离迁徙。这里指汉献帝刘协先后被董卓、曹操胁迫迁往长安、许昌。蓬转：如蓬草一样转徙。区宇：天下。辑：安抚，安定。◎魏武：曹操，因身为宰相，封魏王，故谓“相王”。雅爱：很爱。◎文帝：曹丕。副君：储君，太子。◎陈思：曹植，生前封陈王，死后谥“思”，故称。公子：王子。琳琅：美好珍贵，这里形容文采斐然。英逸：英俊洒脱。云蒸：云霞升腾貌。◎良：实在。世积乱离：指社会长期经历战乱。风衰俗怨：民气衰飒哀怨。志深而笔长：感慨深沉，下笔沉重。梗概：慷慨。

这里是说，随着政权“播迁”，文坛也被搅动。至建安末年，天下稍稍安定。此刻身居高位的三曹及建安文人引领文学潮流，这些人“雅爱诗章”、才高八斗，他们的诗文受“世积乱离，风衰俗怨”的社会风气影响，形成“雅好慷慨”的独特文风。

谈到文学批评，刘勰打比方说：“凡操千曲而后晓声，观千剑而后识器。”（操：弹奏。晓声：通晓音乐的奥妙。器：兵器。）这是说批评家的实践积累很重要。

《文心雕龙》涉及的内容林林总总，如情和景、神和物、风格和风骨，还有结构、用事、修辞、声律……后人称赞它“体大而虑周”，系统而全面。——总之，这是一本教你欣赏、创作文学的书，对后世的文学批评影响极大。

为啥叫“文心雕龙”呢？“文心”当然是指“为文（创作诗文）之用心”，“雕龙”呢，指修饰、雕琢文字。战国时有个叫驺奭（ZōuShì）的，口才非常好，人们称他“雕龙奭”。——不过刘勰把“雕龙”用作书名，恐怕另有用意，是跟“雕虫”相对而言吧？汉代扬雄不是说撰文赋诗是雕虫小技吗？刘勰偏偏把这比作“雕龙”，文学的地位也因而大大提升。

《文心雕龙》洋洋数万言，全是用骈文写成的，文辞的优美是不用说了；可这么一来，有些地方却又因文害义，影响了表达上的明白显豁，不能不说是美中不足。

两部《诗品》，各有千秋

与刘勰几乎同龄的，还有一位文学批评家钟嵘（约468—约518），他活动于齐、梁时期，对当时的形式主义诗风很不满，于是写了一部文学批评著作，取名《诗品》。书中借用东汉品评人物的办法，把一百二十二位诗人分成上中下三品。列入上品的十一人，中品的三十九人，下品的七十二人。——“诗品”的名字就是这么来的。

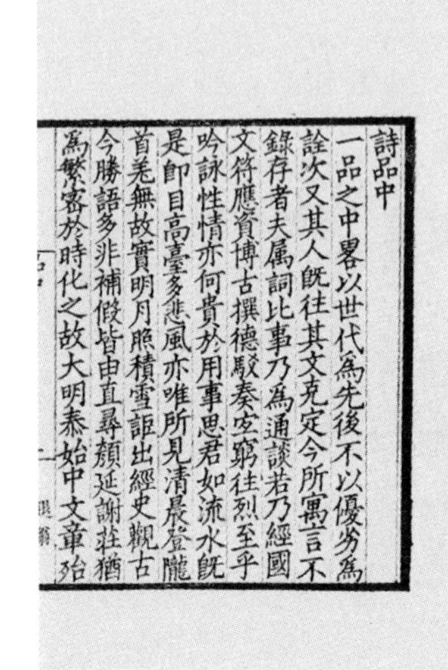
詩品中
一品之中畧以世代爲先後不以優劣爲
詮次又其人既往其文克定今所寓言不
錄存者夫屬詞比事乃爲通談若乃經國
文符應資博古撰德駁奏宜窮往烈至乎
吟詠性情亦何貴於用事思君如流水既
是卽目高臺多悲風亦唯所見清晨登隴
首羌無故實明月照積雪詎出經史觀古
今勝語多非補假皆由直尋顏延謝莊猶
爲繁密於時化之故大明泰始中文章殆

钟嵘《诗品》书影

在序言里，钟嵘阐述了自己的文学观点。他反对一味用典，说作诗是为了“吟咏情性”，典故用得多了，写诗就成了抄书。他尤其反对沈约等人过分讲究声律的做法，说那样一来必然会“文多拘忌，伤其真美”。钟嵘才华横溢，序言文字如诗如赋，读起来朗朗上口。（文摘二二）

钟嵘对诗人的品评大都三言两语，多的也不过十句八句，却能准确概括出一位诗人的风格品位。且看他对曹植的评价：

魏陈思王植：其源出于《国风》。骨气奇高，词采华茂，情兼雅怨，体被文质，粲溢今古，卓尔不群。嗟乎！陈思之于文章也，譬人伦之有周、孔，鳞羽之有龙凤，音乐之有琴笙，女工之有黼黻。俾尔怀铅吮墨者，抱篇章而景慕，映余晖以自烛。故孔氏之门如用诗，则公干升堂，思王入室，景阳、潘、陆，自可坐于廊庑之间矣。

◎“情兼”二句：意思是兼有典雅与哀怨的情调，内容质实，文采斐然。“粲溢”二句：意为光华超越古今，独立不群。卓尔，超越貌。◎人伦：本指人际关系的标准，这里如同说有道德的人。周、孔：周公、孔子。鳞羽：这里指水族和飞禽。女工：指缝纫刺绣等。黼黻（fǔfú）：礼服所绣的华美图案。◎“俾尔”三句：令一般拿笔写作的人，读着他的文章敬仰羡慕，借他的光辉映照自己（指向他学习）。怀铅吮墨，从事著作。铅，铅粉，用作涂改；吮墨，用笔蘸墨。景慕，仰慕，羡慕。烛，照亮。◎“故孔氏”五句：这是说，如果用孔子的话来评价诗作，那么刘桢可以登堂，曹植已经入室，张协、潘安、陆机等，只能坐在外面的廊庑之间。公干、景阳，分别为刘桢、张协字。孔子曾评价子路说：“由也升堂矣，未入于室也。”

在这里，钟嵘使用众多比喻，称颂曹植是人中的周公、孔子，动物中的龙凤，音乐中的琴笙之曲，绣工中的最华丽图案。又说一般的学者只能借借他的光，若用孔子评论弟子的话来评各人的诗，七子之一的刘桢只能进到堂屋，张协、潘安、陆机等人连堂屋都进不去，只好在外面的廊庑间坐一坐，而曹植却可以直接进入内室——评价不可谓不高。

钟嵘的眼光并不完全准确，例如他虽然称赞陶渊明是“古今隐逸诗人之宗”，却只把他列为中品。而“甚有悲凉之句”的曹操，竟只安放在下品。

不过《诗品》又是我国头一部论诗专著，它不但推动了当时的诗歌发展和创作，对后世诗歌批评也产生了不可低估的影响。

唐代的司空图，也撰有一部《诗品》——《二十四诗品》。司空图（837—908）自号知非子。他把诗的风格分成二十四类，如“雄浑”“冲淡”“纤秾”“沉著”“高古”“典雅”等，每一类都用一首十二句的四言诗来描摹。看看他对“旷达”之境的描述：

生者百岁，相去几何。欢乐苦短，忧愁实多。何如尊酒，日往烟萝。花覆茅檐，疏雨相过。倒酒既尽，杖藜行歌。孰不有古，南山峨峨。

◎相去几何：指生死之间相距不远。◎烟萝：花草茂密，这里指美景。◎疏雨相过：在小雨中拜访朋友。过，过访。◎杖藜：杖着拐杖。◎“孰不”二句：这里是说，谁没有一死，且去游山玩水。古，作古，死。

这十二句中，有议论，有描摹，指出人生有限，不如饮酒赏花、访友看山、及时行乐；而“旷达”的意境，即蕴含其中。此外，书中对“雄浑”、“典雅”（文摘二二）等境界的描画，也都概括准确，富于文采。——只是这种打比方的阐述方式不够明确，理解起来有些模糊，作为理论的东西，不能不说是个缺欠。

此外，唐人孟启《本事诗》一卷，专记唐人诗歌“本事”，也就是一些诗歌作品的写作背景及相关掌故。又分为情感、事感、高逸、怨愤、征异、征咎、嘲戏等七类。不少唐代诗人的创作逸事，都是靠这本书流传下来的。如“韩翃与柳氏”、“崔护讨浆”、“刘禹锡玄都观看花”及“梧叶题诗”（文摘二二）等，都为人熟知。

《六一》《沧浪》，诗话开山

《四库总目·集部》“诗文评类”中，还著录了不少诗话作品。

诗话是诗歌批评的一种特殊形式，多为笔记式，内容随意，有的记录创作逸闻，有的考订或赏析名篇佳句，三言两语，不端“架子”，轻松而有趣味。

早期诗话最有名的，应数宋代欧阳修的《六一诗话》。欧阳修晚年号“六一居士”，他解释说：自家有一万卷藏书，一千卷金石遗文，一张琴，一局棋，一壶酒，再加上自己一个老翁，总共是六个“一”，所以自号“六一居士”。在诗话里，作者提出写诗以闲、远、古、淡为高；并拿梅尧臣说的“状难写之景如在目前，含不尽之意见于言外”当作论诗的准则。

《六一诗话》中有一则评说孟郊、贾岛的诗歌创作：

> 孟郊、贾岛皆以诗穷至死，而平生尤自喜为穷苦之句。孟有《移居》诗云：“借车载家具，家具少于车。”乃是都无一物耳。又《谢人惠炭》云：“暖得曲身成直身。”人谓非其身备尝之，不能道此句也。贾云：“鬓边虽有丝，不堪织寒衣。”就令织得，能得几何？又其《朝饥》诗云：“坐闻西床琴，冻折两三弦。”人谓其不止忍饥而已，其寒亦何可忍也！
>
> ◎惠炭：好心赠炭。“暖得”句：烧炭屋暖，原本因寒冷中佝偻的身体伸直了。◎丝：指白发。

作者抓住孟郊、贾岛诗中爱叹贫、哭穷的特点，加以申说，有例证，有评点，虽只百多字，却是一篇很有趣味的学术小品。

《六一诗话》给诗话这种形式开了个头。其后又有司马光的《续诗话》、刘攽（bān）的《中山诗话》、陈师道的《后山诗话》、

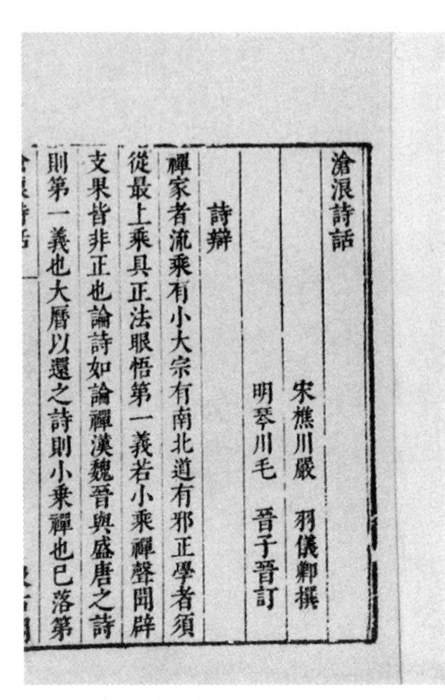
滄浪詩話
宋樵川嚴　羽儀卿撰
明琴川毛　晉子晉訂
詩辯
禪家者流乘有小大宗有南北道有邪正學者須從最上乘具正法眼悟第一義若小乘禪聲聞辟支果皆非正也論詩如論禪漢魏晉與盛唐之詩則第一義也大曆以還之詩則小乘禪也已落第

严羽《沧浪诗话》书影

杨万里的《诚斋诗话》、严羽的《沧浪诗话》……

严羽（生卒年不详，约生活于南宋中叶）字丹丘，号沧浪逋客，诗话因以“沧浪”命名。《沧浪诗话》共四卷，分为诗辩、诗体、诗法、诗评、考证五部分。严羽习惯使用和尚的套语来评诗，这叫“以禅喻诗”。

他不满意苏轼、黄庭坚以来的诗风，认为他们只是“以文字为诗，以才学为诗，以议论为诗”。他提倡学习汉魏、盛唐诗，说诗的最高境界应是“言有尽而意无穷”，是“羚羊挂角，无迹可求”——佛家有个比喻说：羚羊休息时，以角挂树，身体悬空，地上不留痕迹。拿这个来比喻诗的境界，真是玄妙得很。

严羽的诗论影响很大，后来的性灵派、神韵派，全是引申和发挥他的观点。——可以说，欧阳修开创了诗话的形式，严羽使它达到了高峰。

诗话之外，单篇的诗文评作品也有不少。如女词人李清照有一篇《词论》，回顾词的发展史，对历代词人也都有所褒贬。她说柳永的词“虽协音律，而词语尘下”（虽然合于音律，但语言太俗）。又说晏殊、欧阳修、苏轼都是“学际天人”的大作家，写写小词，像是从大海舀一瓢水；只是他们的词都是“句读不葺之诗尔”（句子长短不齐的诗罢了），不大合于音律。至于王安石和曾巩，文章可追西汉，但一作小词，“则人必绝倒，不可读也”（令人笑倒，读不下去）。

李清照认为，直到晏几道、贺铸、秦观、黄庭坚等人，对词才有了一点感觉；但晏几道少铺叙，贺铸没学问，秦观呢，作词如贫家丫头，美虽美，“终乏富贵态”。黄庭坚又因用典太多，仿佛美玉有瑕，价值减半！——总之，李清照认为词“别是一家”，其中奥妙，只有极少数人能把握！这口气，哪像是出自女性？

南宋词人张炎也有一部论词专著《词源》，被认为是中国文学理论史上第一部比较系统的词学专著。书分上下两卷，写得颇有章法。上卷论音乐声律，下卷谈创作。全书又分为音谱、拍眼、制曲、句法、清空、意趣、用事、咏物等十五个段落。

张炎特别强调词的音乐性，并在婉约、豪放之外，鼓吹一种“清空”的词风，对同时代词人姜夔的作品十分赞赏。张炎的理论对后世影响不小，清代浙西派词人朱彝尊便说自己“倚新声玉田差近”，并将张炎的理论奉为金科玉律。——“玉田”是张炎的别号。

【文摘二二】

诗品序（节选） 钟嵘

若乃春风春鸟，秋月秋蝉，夏云暑雨，冬月祁寒，斯四候之感诸诗者也。嘉会寄诗以亲，离群托诗以怨。至于楚臣去境，汉妾辞宫；或骨横朔野，或魂逐飞蓬。或负戈外戍，杀气雄边；塞客衣单，孀闺泪尽。或士有解佩出朝，一去忘返；女有扬蛾入宠，再盼倾国。凡斯种种，感荡心灵。非陈诗何以展其义，非长歌何以骋其情？

◎祁寒：严寒。"斯四候"句：意为四时气候景物对诗的影响。诸，之于。◎嘉会：宾主宴会。亲：亲近，亲热。离群：离群索居的人。怨：倾吐哀怨。◎"至于"二句：用"楚臣"屈原被逐和"汉妾"王嫱和亲之典。◎负戈外戍：扛着兵器到边疆戍卫。◎士有解佩出朝：指朝士解职归隐。◎女有扬蛾入宠：指汉武帝李夫人受宠事。◎骋：原指纵马奔驰，引申为尽情释放。

二十四诗品·典雅　司空图

玉壶买春，赏雨茅屋。坐中佳士，左右修竹。白云初晴，幽鸟相逐。眠琴绿阴，上有飞瀑。落花无言，人淡如菊。书之岁华，其曰可读。

◎作者借可见可感的形象，说明文学创作中"典雅"这种风格意境。◎玉壶买春：这里指以玉壶沽酒。◎眠琴：横琴。◎人淡如菊：指人恬淡高雅，有菊花的风格。◎书：书写。岁华：岁时，一年中的好时光，如春花秋月之类。

本事诗·梧叶题诗　孟启

顾况在洛，乘间与三诗友游于苑中，坐流水上，得

大梧叶题诗上曰："一入深宫里，年年不见春。聊题一片叶，寄与有情人。"况明日于上游，亦题叶上，放于波中。诗曰："花落深宫莺亦悲，上阳宫女断肠时。帝城不禁东流水，叶上题诗欲寄谁？"后十余日，有人于苑中寻春，又于叶上得诗以示况。诗曰："一叶题诗出禁城，谁人酬和独含情？自嗟不及波中叶，荡漾乘春取次行。"

◎此则出自《本事诗·情感》篇。◎顾况：唐代诗人，就是说白居易"长安居大不易"的那位。乘间：抽空。苑：这里指宫禁外的皇家园林。◎"自嗟"二句：这是宫女的话——我自叹还不如这水波中的树叶，乘着荡漾春波自由漂流。取次，任意。